我宣誓：忠于国家，忠于人民，忠于宪法和法律，忠实履行法律监督职责，恪守检察职业道德，维护公平正义，维护法制统一。

宣誓人：[signature]

功夫包子 著

破晓

附件结案报告

我爱一个人，会把家里钥匙给他

辛健

我会永远不告诉他

付态

江苏凤凰文艺出版社
JIANGSU PHOENIX LITERATURE AND ART PUBLISHING

图书在版编目（CIP）数据

附件结案报告. 破晓 / 功夫包子著 . -- 南京 : 江苏凤凰文艺出版社，2021.10
ISBN 978-7-5594-5989-3

Ⅰ . ①附… Ⅱ . ①功… Ⅲ . ①长篇小说 – 中国 – 当代
Ⅳ . ① I247.5

中国版本图书馆 CIP 数据核字 (2021) 第 103511号

附件结案报告. 破晓

功夫包子 著

责任编辑 白 涵
策划编辑 李 艳
特约编辑 连 慧
装帧设计 ABOOK STUDIO
责任印制 刘 巍
出版发行 江苏凤凰文艺出版社
南京市中央路 165号，邮编：210009
网 址 http://www.jswenyi.com
印 刷 河北照利印刷有限公司
开 本 690毫米 ×970毫米 1/16
印 张 20
字 数 320千字
版 次 2021年 10月第 1 版
印 次 2021年 10月第 1 次印刷
书 号 ISBN 978-7-5594-5989-3
定 价 55.00元

江苏凤凰文艺版图书凡印刷、装订错误，可向出版社调换，联系电话 025-83280257

世界不可能靠着一个人去颠覆，
但是起码有些结果是人为可以去左右的。

黑暗一片的环境中，
辛健只能看见眼前的人
闭上眼睛再睁开，
撑不住了
再闭上，

然后
闭眼的时间越来越长，
那所代表的信息
危险得让他恐惧。

——辛健，
你这辈子大概都不会知道
什么叫作害怕！

毫无预警地，
之前付志跟他吵架的时候说起的那句话
冲进耳朵里。
然后
他另外一只手猛地
攥成了拳。

c o n t e n t s

目录

第一章　未觉　001

第二章　谜团　037

第三章　陷入　079

第四章　挣扎　109

第五章　力竭　157

第六章　逃脱　191

第七章　反攻　229

第八章　审判　267

番外　303

第一章

未觉

付志每天早上起来上班的时候，都有一种浓郁的没睡够的惆怅感。

严格说，他的睡眠时间并不算短，却就是诡异地成天犯困。

所以，即便他很努力想要振作精神生龙活虎地出现在办公室，最终依然是难逃恹恹欲睡的面相和行动迟缓的状态。

久而久之，已经是习惯性游魂了。

是个人看见他，都会拍一把他肩膀，“哟？昨儿做贼去了？”

他也只是漫不经心地瞅一眼，勉力地挤出一个苦笑，“您真有慧眼。”

遥想当年，刚从学校毕业的时候他也是踌躇满志，一门心思投入在这份伟大崇高的工作之中，兢兢业业不敢亵渎。

不过，“当年”这个词的意义就在于，表示一切都已经是过去式了。

付志偶尔想起当年的自己，最多也就是对着电脑屏幕上的结案报告打个哈欠，然后继续。

这工作就是日复一日，年复一年。

有点像西游记里那只常年摆渡的乌龟。

亘古，绵长。

“小付，魏东那个案子弄好了吗？”

对面跟他合作了好几年的王检察官从电脑后面歪头看了他一眼，付志慢吞吞地抬起头，“还有一点，一会儿就好。”

付志的声音很低沉。

不知道是不是因为睡得实在太多，他的嗓音总是泛着一层阴郁的沙哑，配上缓慢的语速，总有一点蛊惑人心的味道。

他推了一下脸上的眼镜，键盘上的手动得又快了点。

入院六年了却还在做书记员，他的人事档案拿出来去给谁看，大概都免不了僵一下。

原因倒是不难解释——司法考试永远过不了。

所谓年年考试年年老，一年更比一年糟。

连周围看的人都累了，他还是持续着一年一报的恒心，就是每次复习的时候，谁都不觉得他有多上心。

或者说，大概很少有人能见到付志认真的样子。

印象里他做任何事都是那样的调调，慢悠悠的，不显得懈怠，就是有点困乏。个人职场中唯一值得夸两句的地方就是心比较细，从入院到现在，所有经手的案子，从来没有出过纰漏。

效率或许没有让人眼前一亮的时候，却用固定的频率将每件事都做得很稳重踏实。

这大概也是处长和检察长能一直忍受他的主要原因。

业务工作能够完成，也没人去在乎你到底是闭着眼睛做的还是睁着眼睛做的。

反正……

生活就是这么回事呗！

付志又打了个哈欠，把文档点上保存，然后拖到了共享。

缓了一会儿他才站起来，一样是平淡的语调，“王姐，结案报告弄好了。”

“好，我一会儿看看。”

“嗯。”

付志应了一句，站起来去倒了一杯水，看着茶杯里的茶叶被热水一冲翻搅腾跃的样子，他又愣了一会儿神。

然后他抬起头，“王姐，你说我这是不是到春困了？”

他对面桌的老检察官没忍住笑出了声。

“你啊，这不是春困，你这叫年困！”

付志的犯困还分时节？

那不是一年三百六十五天一天二十四小时一小时六十分钟的常态吗？

付志被调侃了一句，也没见生气，他把茶杯端回座位上，盯着茶杯中冒着的热气，意识又开始不受控制地神游。

然后，还没能发呆多久，办公室的门便被推开，辛健走了进来。

“晚饭去哪儿吃？”

“食堂。”

辛健对这个答案一点都不意外，“我说你有点追求好不好？”

“食堂。”

执着于最近的吃饭路线，付志不为所动地把视线转回手里的茶杯，小心地抿了一口，被温暖得很满足。

年假刚过，总觉得提不起精神。

虽然年前也没觉得有多振作……

“晚上跟我去吃火锅呗？”

暖和又实惠。

付志考虑了一会儿，还是摇摇头说：“不去。”

“你就当陪我！”

“不去。”

付志捧着茶杯看着辛健眉角抽搐的脸，慢吞吞地喝着茶，对于这种情况已经习以为常。对面的王姐看得乐了，“辛健请客你都不去？”

他转过头，嘿嘿一乐，“不去。”

三分钟后，辛健如来时一般神出鬼没地消失在了办公室。

付志一杯茶喝了一半，终于又点开一个新建文档，换过一个卷宗开始打另外一份结案报告。

一直干到快 6 点钟，桌上的电话响了。

付志接起来，偶尔嗯两声，最后说了一句，“又是冰火锅？你开车……”

王姐看他挂了电话忍不住好奇了一下，“辛健？”

“嗯。”付志点点头，关了电脑换上衣服，“赵强那个案子打一半了，明儿一早能完，提讯排了两个，我去吧。”

检察官点点头，“行吧。”

把羽绒服什么的裹了个严实，一脸“我很困”的付志终于磨磨蹭蹭地出了办公室，公诉一处的人零零散散也走得差不多了，他拉了一下衣领，深吸了一口气才推开办公楼的大门。

扑面一股寒风。

他窒息了一下，下意识地眯起眼睛。

院门口有辆车开着车灯，他小跑过去，二话不说地坐上了副驾驶。

“你是有多冷啊？”辛健看着他一副炸丸子的状态就想笑。

付志没搭理他，只是伸手把暖气调大了，“少废话，开车。”

他压根理解不了辛健这种大冬天只套个制服西装到处乱逛的。

这个时节天黑得早，路上的行人都带着一股周末才有的气场，付志往车窗外看了一眼，对于热腾腾的街边小吃摊有点流连。

其实院门口不就挺好的？

离宿舍还近。

他家乡不在本地，是大学毕业之后被留下的，院里给解决住房安排了一个宿舍，但是环境不太好，在地下室，夏天虽然凉快，冬天简直是要人命的冷。

也就是亏了这边靠北，还不太潮。

辛健提前订了位子，人满为患的火锅店给他们留了一个包间。

付志钻进店里的时候满足地长出一口气，旁边领位的小姐笑了笑说："今天挺冷。"

"是啊。"他点点头，"冷得都不会说话了。"

于是，辛健停好车进门的时候，刚好就看见挺漂亮的一个服务员站在付志旁边，笑眯眯地说："那就一会儿多点点肉，涮着吃暖和。"

付志赞同得一直点头。

辛健走过去拍了一下那人的肩膀，"行，点多了算你的。"

付志笑了，回头看了一眼迎宾的领位小姐，"我看我还是回去好了。"

话还没说完，辛健眉头一皱拽着他的羽绒服帽子硬给他拖进了包间。

不过，这顿饭终究也没吃踏实。

辛健的手机一直响到了付志一边叼着羊肉一边耻笑他的地步，最初他还接两通，后面干脆直接按掉。

不过最后一个他没敢按。

那是处长的电话。

接起来那边的指示简单明了："你现在在什么位置？立刻回来。"

辛健皱了下眉，"领导，我在外面吃饭呢。"

"你就是正在洗澡也得给我穿了衣服立刻回来。"老处长脾气不好。

"付志现在跟我一起。"

"那叫他也回来！"

于是吃得连半饱都没有的付志一脸不爽地被扯了起来，临走抓了一头糖蒜。

到了院里的时候，人已经差不多走光了，俩人推开处长办公室的门，里面坐着的人让两个人都愣了一下。

"陈检察长。"

就连付志都把懒惯了的调子收敛了起来，后背下意识地一挺。

沙发上的中年男人笑着摆摆手，“还什么检察长，已经不干了，叫我老陈就行了。”

话是这么说，谁敢叫……

陈锐是检察体系之中的老检察长了，前年才刚刚退休，大检察官之中他的名号绝对算是响的，一生献给这份事业，建树实在不少，说院里的不少新人将他看作一个传奇一点都不夸张。

处长朝两个人招了下手，“先坐下。”然后才转头看着陈锐说：“这帮小兔崽子什么时候见了我能这么恭敬就好了！”

不说辛健从来不知道“听话”两个字怎么写，就连付志也是当人一面背后一面，表面说什么都应着，一转头就不是那么回事了。

付志有点敷衍地笑了笑，没吭声。

这时候多说多错。

陈锐闻言摇了摇头，一脸笑意，“年轻人嘛，本来就不是咱们这些老家伙该去管太多的，有点自己的想法挺好。”

俩人赶紧溜边坐下，付志看陈锐杯子里的水没了，顺手给续上。陈锐打量了辛健半天，探究的视线里带了点审视和端详，过了一会儿点点头，“不错，小伙子挺精神。”

付志转头去看了辛健一眼，一脸的幸灾乐祸。

这领导突然开口夸人，接下来等着辛健的肯定不是好活儿。

果然，下一秒陈锐就把桌子上的一沓卷宗递给辛健，“来，看看这个案子。”

辛健接过来仔细看了一遍，眉头越皱越紧。付志在旁边看着，一点也不好奇。直到辛健放下手上的卷宗，陈锐才开口说：“怎么样，能诉吗？”

好半天没有人接话。

辛健看了一眼老处长又转头看向面前的陈锐，斟酌很长时间后才神情严肃地给了一个答复：“难度很大。”

“但是能诉！”陈锐眼睛一亮，满是欣赏。

对此，处长的反应是有点担心又有点得意地点点头，付志则敛了一下视线，没吭声。

辛健点点头说：“能诉。”

两个字说得底气一点都不虚。

“好！这案子给你。”

有那么一瞬间，付志觉得自己在陈锐眼里看到了松了一口气的意味，这情况有点诡异，他分析了一下局面，最后决定继续装哑巴，这样比较安全。

不过，他想躲，有不肯让他清闲的。

辛健拿起卷宗重新看了一遍，漫不经心地补充道：“不过，我一个人处理这个案子大概有点难。”

付志有种不好的预感。

他抬头看了辛健一眼，旁边的人没抬头。视线再一转，不料看见了处长琢磨的眼神，心里一紧。

果然，下一刻就是老处长不允许拒绝的开口，“我把付志调给你，这案子他跟你一起吧。”

——我的天咧！

付志不敢置信地腹诽了一句。

他这真的是躺着都中枪啊！

结果就是，第二天付志满脸不好意思地去跟王姐解释情况，本来该他出的两个提讯都得让王姐自己去。对此王姐倒是没说什么，只是在听说他要被调去给辛健帮忙的时候笑得有点微妙。

陈锐给的这个麻烦比最初付志预想到的情况还要严重。

付志扫了一眼卷宗，觉得有点惆怅，“没有证据怎么诉？”

辛健坐在沙发上喝咖啡，视线落在窗外的电线上，有点漫不经心地说：“有人证。”

对于他的话，付志有点不给面子地“哈”了一声，没说话。

就凭个人证要诉谋杀？

这屋子里肯定有一个人是在异想天开。

法庭本来就是重物证多过口供，在这种完全不利的情况下要定一个谋杀罪……

付志放下卷宗，看着辛健。

屋子里一时没人讲话。

沉默的时间长了，付志又有点犯困，他动了一下想找个更舒服的姿势，辛健发现了，适时地打断了他，“别睡。”

他有时候真怀疑付志上辈子是困死的，不然这辈子怎么就跟赶着要投胎一样，怎么睡都不满足？

被他喊了这么一下，付志勉强振作了一点，他揉了揉僵硬的脖子，“说吧，你要怎么办？”

俩人坐在这里大眼瞪小眼也不会打开目前的局面。

既然辛健答应陈锐了，总得给人家一个交代。

辛健没直接回答他的问题，只是目光流连在桌子上的卷宗，看了好一会儿才状似无心地问了一句：“你说，为什么陈检察长会要我办这个案子？”

虽然是有点麻烦，但是这似乎不是陈锐会关心的案件类型。

这中间没涉及什么太过敏感的人物，看了一遍也似乎没有什么可以挖掘的背景。

一个退休的大检察官把这案子特地拿到他这里来，还大晚上的把他召回来，避开了其他人，这出发点无论怎样都值得去琢磨一下。

付志挑了下眉，也跟着看了卷宗一眼。

半天，他有点漫不经心地开口：“反正不会是路见不平。”

这话说得嘲弄，却无可厚非。

这案子其实是一起再审案。

一审判决是十五年有期徒刑，两名嫌疑人于波和巫世国在喝醉了的情况下尾随一名女大学生至无人胡同将其强奸，之后一名嫌疑人为了掩盖犯罪事实开车多次撞击被害人，导致被害人重伤昏迷，送医不到48个小时就因为伤势严重且救治不及而死亡。

当时被害人的家属报案之后，侦查机关立案侦查，通过在被害人身上找到的嫌疑人的皮屑组织、精液中提取的DNA以及案发现场附近发现的残留烟头将两个人逮捕归案，但在那之后，整个案子开始陷入僵局。先是其中一名嫌疑人巫世国的DNA鉴定被推翻，之后是被害人身上发现的一些证据被要求重新提证，预审期长达八个多月，耗时冗长且过程烦琐，直至最终到达了诉讼程序，之前的一个重要目击证人又发生意外死了。

就因为这些层出不穷的状况，一审判决花了一年多的时间才算是下判，于波被判处十五年的有期徒刑，另外一个最终因为直接证据不足，证人又不属于特别可靠的时间证人，法院判了个不作为。

当时，于波提出上诉，检察院也同时就巫世国的判决提出了抗诉，要求补充侦查，但是等这案子提交到他们这边，已经搁置了快要两年半了。

再审的案子难诉是众所周知的，而这种证据缺失的奸杀，无论是在证据链条梳理还是在案件的细节规整上，都会遇到很大问题。

这种案件牵扯的当事人往往就几个，嫌疑人和被害人，如今三个人里的一个已经死了，物证如果也不支持，说通俗了就是典型的死无对证。

辛健跟付志两个人研究了一下午卷宗，找出了所有感觉有问题的口供漏洞，就给预审处打了个电话。

这案子的预审立案是钱真和庄一伟，付志对庄一伟有点印象，之前在其他案子有过接触，印象里还算是不错的一个人，挺讲道理，就是脾气稍微有点急。但是辛健这次打过去，刚开口问起这个案子，电话那边庄一伟就直接挂了电话。

临末给了几个字——我什么都不知道。

如果之前只是有所怀疑的话，现在几乎可以百分百确定了。

辛健挂了电话看了付志一眼，“怎么看？”

后者还在翻卷宗，听到他的问话才抬起头，“不接电话就过去吧。”

钱真一直用各种理由搪塞，说人不在，出外勤去了，但是显然这理由蹩脚得想信都不太容易。

两个人当机立断去了趟公安局，第一个逮到的是钱真。

当三个人碰面的时候，钱真的表情难看得非常精彩。他放下手里正在收拾的文件，眉头拧成了疙瘩，“什么事？”

辛健抬头看了一眼他的办公室门牌。

档案室三个字看起来尤其刺目。

辛健也没兜圈子，开门见山地说：“巫世国的案子现在是我负责。”

他说完钱真愣了一下，然后再看向辛健和付志的时候一脸的同情冷笑，“恭喜。”

换言之，他认为自己现在之所以被埋没在这些堆积如山的旧卷宗里，都是拜这个案子所赐。

辛健皱了皱眉，“这案子具体有多复杂？”

“有多复杂？”钱真笑着转回身走到办公椅前坐下，“复杂到我还没搞清楚到底怎么个情况就进来了！”

这口气钱真憋了很久。

从被强制调离刑侦队再到美其名曰“升官”到这个档案室，他能忍着没出去跟人干一架，纯粹是他从小家教好修养好，换了别人，八百年前就爆发了。

“能跟我们谈谈吗？”辛健一边说一边走进档案室找了个椅子坐下，付志站在旁边四处扫了一眼，没开口，那态度摆明了今天钱真不说出点什么，他们不会离开。

钱真刚想说话，就被电话铃声打断了。

他站起来去接电话，没听两句就下意识地看了辛健和付志一眼，两人相视而望眼睑一沉。

果然，钱真挂了电话后摊了摊手，“通知我开紧急会议。”

这也太不凑巧了！

钱真指了一下门口，有点冷地笑笑，“请吧二位。”然后在跟辛健和付志擦肩而过的时候，很低声地说了一句，“等我联系你吧。”

说完，他有点不耐烦地把两个人请了出去，然后毫不客气地摔上门。

要不是刚才那句话，大概辛健现在的心情会恶劣上十倍不止。

但是现在也没多舒畅，这案子比最初他所以为的要复杂。

付志看了他一眼，然后他率先下了楼，“走吧，回去还能赶上晚饭。”

“你这种除了吃就是睡的生活模式，对于提高猪之类哺乳动物的自尊心其实挺有积极作用的。”辛健跟着下楼，忍不住吐槽了句。

走在前面的付志懒懒地瞄了他一眼，“你以为你说得这么含蓄就表示你有文化了？”

后面的辛健乐了，“我都说到这份儿上了还含蓄呢？”

对此，已经有过太多次口头之争最后下场惨烈的男人，聪明地选择了缄默。

辛健看着他，在开车门的时候插了句话：“我想去趟良镇。”

已经坐在副驾驶上的付志只是把头靠在车窗上，顺手打开了车里的音响，然后闭上眼睛。

“开车。”

监狱这地方，就是你去过几次都不会变得习惯。

从骨子里会泛出一股很阴冷的悚然感，哪怕是如辛健和付志这样常年跟犯罪分子打交道的，也不会喜欢老往这地方跑。

两人在接待处大概表达了一下来意，办事人员客客气气地招呼俩人坐下，然后去打电话。

大约过了半个小时，终于有人走了出来，看样子是个领导，刚看见辛健他们就笑得阳光灿烂，“哎哟，检察官同志，真是大驾光临。”

这用词让付志有点想纠正，不过最后还是忍住了。

双方握完手喝完茶又彼此问候了一遍吃没吃饭，辛健终于抽了个空把来意说了，这位领导立刻表示为难，“你知道，我们没有公函，是不能轻易批见的。”

“公函稍后会补上。”

“这个……违反程序啊……你说我们这单位本来就卡得紧，要不，等你们拿到了公函再过来？”有些矮胖的中年人说起话来不算多利索强势，但语气之中却没有半点退步的余地，辛健皱了下眉，对面的监管还是笑笑，一脸糊弄小孩的表情。

当即，辛健有点后悔，陈检察长还真是丢了个好差事给他们俩。

到了院里，辛健直接跑去找了老处长。

有些话之前陈锐在的时候没有给他说清楚，现在碰了一鼻子灰，总得把该搞明白的事给搞明白。

不能将来连怎么死的都不知道。

付志不失时机地冲去了食堂，辛健从处长办公室出来又找到食堂的时候，付志在闷头啃排骨。

旁边的位置空着，饭已经给打好了。

他俩能成为搭档，其实回头去想有点莫名。

付志比辛健早进的这个检察院，他是一毕业就被处长要来了，因为在学校里的成绩很不错，当时带他的教授导师刚好就是老处长的熟人，提了两三次，也就上心了。至于辛健，以前是在地方检察院干的，那丰功伟绩数出来非常有励志感，因为一个案子需要合作来院里帮过一段时间忙，顺理成章地被检察长力排众议给留了下来。

而他们俩是在认识对方大概半年之后，才知道彼此原来是校友的。

同所大学毕业的，但是在学校里完全没有交集，更没说过半句话。

理论上应该同堂上过课，但双方没有任何的印象。

或许就是因为这点渊源，平时不太喜欢跟人拉交情的辛健意外地很喜欢去找付志。时间长了，慢慢形成了一种模式，两个人一起去提讯的时候，一个到了肯定帮另一个预留车上的座位。

付志的性格太过慵懒，对什么都漫不经心，辛健对人大部分时候是采取无视态度的。

辛健低头看了一眼自己的饭，有点奇怪，“排骨呢？”

他旁边的人抬起头举了一下手上啃得不亦乐乎的排骨，“最后一份。”

说完嘚瑟地挑了下眉。

钱真果然过了一天就主动联系了辛健，不过是在晚上 9 点多的时候。

两个人约了时间和见面的地方，然后辛健跑去宿舍把付志拉了起来。

开车的时候，辛健从倒车镜里看着付志的表情就一直在乐，“你这样就跟我虐待你了一样。”

付志衣服都没穿好。

“你以为你没有？”

付志没好气地甩回去一句话，一边打着哈欠一边懒洋洋地把衣服扣好，然后头一歪，横躺在后座上又开始睡。

辛健赶在红灯之前使劲踩了一脚刹车，差点把付志从座位上甩下去。

“你疯了？会不会开车！”

付志晕头转向地坐起来扶着车门上的扶手，脸色有点发白地瞪着辛健。

前面作为司机的人只是笑了笑，“不困了吧？”

说得付志恨不得抓起什么东西，直接砸到辛健那张无比皮痒的脸上……

地点是钱真选的，在一家挺偏僻的茶座，辛健他们到的时候，钱真已经在等了，看见两人招了下手。

他们走过去，辛健左右看一眼，“庄一伟没来？”

听了辛健的话，钱真脸色沉了沉，“那种小人是不会掺和进来的。”

若是同一战线，又怎么会是他去档案室，而庄一伟还留在刑侦大队？

辛健没接话，只是依言坐下，付志缩在里面，热茶搞得他眼镜上蒙了一层水雾，他摘下来眼镜拿旁边的餐巾纸一直在擦。

钱真没太多时间，也就没有再浪费时间寒暄，“是谁让你们负责这个案子的？”

“这个问题没办法回答你。”辛健也没兜圈子。

钱真怔了一下，有点不满，他来回看了辛健半天，最后还是把话咽了回去。

过了一会儿，钱真才又开口 ：“巫世国这个案子本来是我们……”话才说了一句就觉得有点不对，钱真皱了皱眉，换了个人称接着说，“我和庄一伟一起接的案，单是取证的过程就很艰难，被害人身上明明最初检验到了巫世国的精液，后来鉴定所却说鉴定品受到了污染，鉴定结果作废，那时候被害人尸体都火化了，还怎么再鉴定？我们当时想了无数的办法，几次返回案发现场，好不容易证据搜全了，人证出车祸死了。于波一开始供认是他跟巫世国两个人一起犯的案，到了法庭上又翻供说是自己开车撞死的被害人，巫世国并没有参与实施过程。”说到这里，钱真捶了一下桌子，“最后竟然判了个无作为！”

然后钱真就被调离了刑侦队。

辛健听完了没有立刻接话，而是想起了之前他去见处长的时候，老处长留给他的几句话。

“我不能告诉你任何事，也告诉不了你什么，这个案子，你用心去查，但是尽力就行，不要太勉强。没人能提供给你实质性的帮助，纯粹得靠你自己。”

很明显，这案子里涉及了很多的人。

但是这些人不能露出台面。

作为检察官来说，其实工作内容真正复杂的不在于梳理案情，而是在于你要怎么在非常复杂的环境之中拿到一个你想要的结果。

辛健喝了口茶，长出了一口气，“就是说，这案子没有什么可以挖掘的新证据了？”

“有。”钱真的态度倒是挺坚决，“但是需要靠你们自己去找。”

他现在有心也使不上什么力，至于庄一伟，压根就不需要考虑。

付志听了钱真的话朝旁边的辛健看了一眼，后者刚巧也转过头来看他，俩人视线一撞，交汇了一下又分开。

见过钱真的第二天，付志去了鉴定所。

他得搞清楚到底为什么当年的鉴定结果会被推翻为无效，而辛健拿到了正规的手续，又去了一趟良镇监狱。

这次，他终于见到了于波。

看见他的时候，辛健倒是有点想明白了为什么他会在法庭上翻供。

理论上，他看见的于波应该是比平时要强些的，今天好歹他是穿了件半新的衣服，脸上有伤，但是起码还算干净。

于波整个人哆哆嗦嗦的，脸色惨白如纸，坐在讯问席上的时候，双手还在一直打战。

“于波？”

辛健叫了一声，面前的男人抬起头。

眼里除了恐惧就是逃避和消沉，几乎没有什么聚焦，看着辛健的眼神十分茫然。

“于波，你认不认识巫世国？”

“认识。”

“你还记不记得前年3月，也就是 × 年 × 月 × 日晚上，发生了什么事？”

“那天我跟巫世国两个人出去吃饭，结束的时候路过 ×× 路边的一个超市，看见被害人从里面走出来，我当时喝多了，就想上去跟她玩玩，她不肯，我就强奸了她。后来我怕她报警，就开车撞她，觉得她死了，一害怕我就跑了。”整个叙述的过程平静刻板，如同在念一篇已经烂熟于心的稿子，辛健皱了下眉，“那当时巫世国在做什么？”

“我当时太紧张，没注意。”

“那辆你用来撞被害人的车呢？”

“我后来开去了修车厂，重新喷漆换零件，给处理了。”

辛健看了一眼手上的卷宗，“在哪个修车厂？”

于波抬起头，有点不知所措，“我想不起来了。”

“被害人当时穿的什么衣服？”

“……忘了。”

在那之后，辛健问的所有细节问题，于波的回答都是不记得、忘了或者当时没注意。

这种讯问并不少见，应该说，其实挺常见的。

合上卷宗，辛健看着于波，“于波，你会被判十五年或者更多。”

听到十五年，于波惊恐地抬头看着辛健，眼里深深的全是恐惧。这地方，仅仅是这一年多，已经快要让他崩溃了，不要想再过个十五年或者更久，他一定会死在里面，而且死得无比痛苦。

“你这种主动交代得不到任何的宽大处理，只是一个人承担了两个人的刑罚。于波，你考虑清楚。”

没有坐过牢的人，不会知道那里面的日子有多痛苦。

无论于波当初是出于什么目的和理由翻供，时至今日，总该有些其他的考虑。

果然，于波闻言低头沉默了很久，他浑身都在发抖，嘴唇抖得像高频的震动仪一样，然后他很慢地抬起头，“检察官同志，求求你救救我……我没杀人……人不是我杀的……"

那声音很沙哑。

带了点歇斯底里的味道。

眼泪混着脸上的伤口狰狞而下，于波抱头痛哭。

辛健看着他哭，一时分不清楚心思意绪。

他见过太多因为悔恨而流泪的犯人，却每一次看到这种眼泪都觉得心情很复杂。早知如此，何必当初？犯罪之后总是难免要付出代价，当时能逞得一时之快，事到临头却无法承受应有的后果。可怜与可恨，往往是如影随形。

讯问室的房间本来就很窄小，这哭泣的回声回荡在里面显得尤其刺耳。辛健等了一会儿，又问了一次："我再问你一次，巫世国到底有没有参与强奸杀人？"

于波哭得满脸泪水地抬起头，哽咽了很久，最终还是惨白着脸摇摇头，"没……没有……"

辛健站起来就走。

身后，于波挣扎着站起来抓住栏杆拼命晃动地哀号："我没杀人，那人不是我杀的！我是冤枉的，我不要坐牢，人不是我杀的！"

一声比一声凄厉。

辛健走出监狱的时候，接到了付志的电话，他在鉴定所那边没有找到当年的鉴定人员，说是已经离职了，拿到了地址，现在正在往那边走。

"大概中午我能回到院里。"

"要不要我过去？"

不知道为什么，见了于波后，辛健突然自心底涌上了一层不安。

"不用，快到了。"

付志大概是在过马路，旁边的声音很嘈杂，辛健看了一眼时间，"好吧，那我在院里等你。"

"嗯。"简单地说完，付志就挂了电话。

辛健一个人走上车，关上车门之后却没有立刻发动。

对于一个检察官来说，最难熬的不是你对一个案子一筹莫展不知道最后的真相，而是真相明明就摆在那里，你却没有办法告诉其他人这就是事实。

这不是拨开迷雾的问题，而是你与真相近在咫尺，你却隔了一层防弹玻璃碰触不得。

他紧紧地抓了下方向盘，扫了一眼倒车镜里的自己，最后一挂挡，狠狠一脚油门往院里驶了回去。

比起辛健，付志这边还要更悲剧一点。

他到了这个法医家里之后被人告诉说那人去钓鱼去了，一路问着去找，好不容易找到了犄角旮旯的一个公园，溜达大半圈就看见了一条类似小沟的地方，怎么看也不像能钓鱼的，最后兜了个大圈子，终于在一个类似假山喷水池的地方找到了几个拿着鱼钩的人。

一群人中间有个穿着白色风衣的男人尤其显眼。

付志几乎是下意识地，叫了一声："司徒茁？"

果然，穿风衣的男人回过头，鼻梁上架着一副半透明的墨镜，"不在。"

说完，他还咧嘴露出了一口白牙，那笑容让付志有一种很微妙的熟悉感……

接下来的时间，他就在旁边等了几个小时，一直到这位司徒法医耗了半天一条小鱼都没钓上来，终于放弃，收拾起东西。

司徒法医走过付志旁边的时候，稍稍停了一下，"为了哪个案子？"

"巫世国。"

司徒茁眉毛微微扬了一下，审视的目光从上到下地扫了付志好几圈，"你是哪个检察院的？检察官？"

"书记员。"至于分院，付志没说。

"那真正的办案人是谁？"

"辛健。"

付志说的时候，没指望对方知道这是个什么人。

让他意外的是司徒茁竟然点了点头，"果然也就只有他敢碰这种案子。"

司徒茁笑了笑，他走在前面，发觉付志没反应又回头看了他一眼，"走啊，愣着干吗？"

一个小时之后，付志又认了一位校友。

准确地说，是师哥。

付志后来问辛健的时候，辛健完全不记得司徒茁这号人物。

据说司徒茁也是他们同校的研究生，司法鉴定技术专业续读的法律，法医专业的悲催似乎不足为外人道，只得到了司徒茁一声惆怅的叹息。

关于之前巫世国的案子，他倒是说得比较明白。

当时负责鉴定的人是他，但是写鉴定书的却不是。

“这案子当时就觉得很有趣，不过可惜没能凑上热闹。”司徒茁这么说的时候，手上在收拾渔具，他抬头看了付志一眼，“是谁找你们办这个案子的？”

哪怕是辛健，级别也低了点。

付志没回答，只是皱眉打了个哈欠。

他实在等太久了，这一天折腾下来太耗费精力。

“当初的 DNA 鉴定，为什么会无效？”他看着司徒茁收拾完东西就去倒了一杯茶，不过只有自己的份。而坐在付志对面的司徒茁笑了笑，“因为当时从被害人身上获取的 DNA，根本就不是巫世国的。”

他说完，对面的人一愣。

“于波的？”

“也不是。”

司徒茁抬头看了一眼付志，“跟于波和巫世国的 DNA 都匹配不上。”

付志直接掏出手机就给辛健打电话。

在等待对方接线的时候，他回头看着司徒茁似笑非笑的表情，眉头微微一皱。

“辛健。”付志直入主题，“案发时现场可能还有第三个人。”

卷宗里有巫世国的照片，是一个非常颓废阴郁的男人。

看守所的日子不好过，照片中蓬头垢面，脸色蜡黄得看起来像没吃过几顿饱饭的体力工人。档案上说他是南方人，北上住在亲戚家里，父母早亡，高中毕业，文化水平不算高，但是当时口供卷上的签名却写得还算规整。

怎么看，都不是一个会让人产生好感的人。

而等辛健和付志真正见到了他本人，这份感觉又更强烈了一点。

无论是闪躲的目光还是回避的态度都似乎印证了做贼心虚四个字，辛健亮出证件的时候明显从对方眼中读出了抗拒的情绪，他很简单地自我表明了身份：“我们是检察院的，关于你那个案子的细节，需要跟你确认一下。”

避无可避，巫世国只能勉强打开门，“进来吧。”

付志跟在后面也举了一下证件，环顾下四周。

同样是嫌疑人，一个在监狱里半人半鬼，一个在外面还能住得上两室一厅。

巫世国虽然把门打开了，却没有招待的意思，他径自绕过辛健坐在沙发上，表情很僵硬，“法官已经判了我无罪，你们还来干什么？”

辛健一扬眉，“不是无罪，是不作为。”

沙发上的男人局促地搓了搓手，没有答话。

付志选了个最靠边的位置坐下，辛健看了一眼巫世国，“案发当晚，你们到底是几个人？”

这个问题明显让他的情绪紧张起来。

巫世国先是抬头看了辛健和付志一眼，然后低回去，“两个。”

付志敛了下视线，表情很微妙。

没想到，巫世国并不是一个擅长掩饰的人。

这种人在预审的时候就不可能扛得过讯问，更别提法庭上。

可是他竟然没有被定罪。

司徒茁并没有解释为什么当初巫世国的鉴定结果被推翻，而且没有任何人提到过现场可能存在第三个嫌疑人，更甚者，为什么最初那个样本会被当成巫世国的样本，一样没有解释。

司徒茁给付志的答案只有简单的三个字，“不是我。”

一般鉴定所并不会跟进一个案子的具体进展，一旦文书交上去，其他的部分他也就不再关注了，直到钱真找他的时候，他才知道鉴定书里到底写了什么。

因为第二天，他就从原本的鉴定所调职了。

侦查不配合，法医物证鉴定不配合，嫌疑人不配合。

难办的案子不少，但是这种情况未免有些邪门了。

不过……

“巫世国，你去看过于波吗？”辛健的声音把付志有些游离的思绪拉了回来，而巫世国听到于波的名字时，整个人僵了一下。辛健把他的反应看在眼里，声调带着一股蓄意的凉薄地对巫世国说：“他在监狱里的日子很不好过，他跟我说，杀人的不是他。”

巫世国盯着茶几，“凶手没几个不喊冤的。”

“那你呢？”

“我没杀人。”

答得斩钉截铁。

辛健没再追问，跟付志一起就这么离开了。

检察官不同于警察，上门询问这种情况不属于正常的司法程序，所以辛健没有问太多，事实上，他想要知道的，已经很清楚了。

在回去的路上，他问了付志一句：“是你的话，这案子你会怎么办？”

付志只是懒懒地靠在靠背上瞄了他一眼，“不是我，我不需要考虑这个问题。”

车里变得有点沉默，辛健一直看着前方的路，路灯在夜幕之中晃得一切都很不真切。

行人走得很匆忙，似乎没什么人愿意去多留意身边的事情。

但是这社会上的关系就是如此。

事不关己高高挂起说起来有些冷漠，却也不失为一种自保的手段，辛健记得在地方检察院的时候有人问过他：“如果再给你一次机会，你还会不会选择做一名检察官。”

当时他的回答非常干脆。

“会！”

他不擅长后悔，更不喜欢后悔。

要么不做，只要他决定了，就一定会走到尽头为止。

而旁边的付志只是在这片沉默中安静地看着窗外的路灯，欣赏着灯火阑珊，眯起的双眼中，感觉众生影影绰绰。

在检察院的门口，辛健和付志遇到了被害人的家属。

是那个女大学生的父亲。

他经过门卫的介绍得知他俩就是自己女儿案子的办案员，抱着他俩哭得歇斯底里。

周围的人都驻足在门口看着这一幕。

有好奇的，有打量的。

辛健几次去搀那位老父亲都没有搀起来，后来是付志跟门卫一起才勉强把人给安抚在了门卫室的椅子上，辛健倒了一杯水，半蹲在他面前承诺。

“老人家，我答应，我一定还你女儿一个公道。”

——这句话有太多人说过。

电视上甚至都快放烂了。

但是当时在付志的心里，却觉得这一句话压得他心口几乎喘不过气。

眼前被害人的父亲老泪纵横的面容，和辛健的侧脸似乎是端在一个水平面上，如同重叠的人生一样显得很不真实。

案子进入了一个死胡同，回到院里，辛健在办公室看了整整一天的卷宗。

其实仔细研究的话，会发觉到很多的疑点，但是正如这世上没有完美的结案报告一样，一个案子在审理的过程中也不可能事无巨细。

付志临时被王姐叫回去帮忙了，到了归档的时候，一个人也实在忙不过来。

中午吃饭的时候，有同事好奇问了一下案件的进展。

付志塞了一口米饭看了旁边人一眼，“你来帮忙吗？”

瞬间对方的脸色有点僵硬。

他笑笑，“来帮忙我就告诉你。”

现在院里对于这个案子的态度，他猜也猜得到。

同系统之内是没有什么秘密的，一个案子有多复杂，即便其他人了解不到全部，肯定也会听说一些，而因为办案员是辛健，就显得更微妙了。

冷眼旁观的有，准备落井下石的也有，有些人等了很久大概就是为了等一个机会，无论是针对辛健的还是针对处长甚至是检察长的，这案子最后肯定会牵扯到很多的关系。目前唯一能肯定的是，雪中送炭的肯定没有。

付志一顿饭吃得很快，趁着还有饭菜他帮辛健打了一份，直接送到了办公室。

推门进去的时候，辛健没回头。

大概是没听见。

他还在看卷宗，非常专注。

付志把饭放在了沙发前的小桌子上，没吭声地坐了下来。

他对辛健的第一印象已经很模糊了，大概是在晨会上，处长介绍了一下新人，前面说了一大堆形容词，到最后也只对他名字残存了一点记忆。

之后一直没有打过交道。

第一次真正接触大概是辛健提讯六个犯人被安排在了一天，当时处里没有其他书记员了，他就被临时指派了。

车上，他知道辛健一天要提讯六个的时候，心里笑了一下。

倒不是说幸灾乐祸，只是觉得这人有点悲催。

但是辛健极为专注认真。

一路上他都在反复地看手上的预审口供，到看守所的时候，问起问题毫不拖泥带水，切入重点之后绝对不多留一句废话。

那天他们加班到了晚上 9 点多，结束的时候，辛健非要请客。也没选多铺张的地方，就检察院附近的一家小餐馆。

吃饭的时候他才知道原来俩人是校友，就势聊了几个还有点印象的教授和同学，虽然有点强做熟人的嫌疑，但是一顿饭吃得倒也还算是愉悦。

从头到尾，辛健没有过半句抱怨。

正如最初处长对他的夸赞：自信、严谨，不免有点骄傲和目中无人，但是尚在让人接受的范围之内。

付志相比辛健总是沉默很多，对方提到什么，他也就是附和地点点头。

不多做评价，也不怎么提起自己。

他也知道对方不需要他说太多……

就检察官这样的职业来说，辛健长得很符合大众的需要。端正、大气，隐隐有股强势的气场，说话做事都带点不容人质疑的控制力。跟付志俨然是截然相反的两个典型。

所以，谁也没想到从那天之后，辛健和付志成了好朋友，没事就拉着付志做这做那，反正是俩单身，付志经常是周末一大早被他砸门给砸起来，然后睡眼蒙眬地被抓着左逛右逛。

最初还骂几句无聊，后面连骂都懒得骂了。

他看着辛健审阅卷宗，坐了一会儿开始觉得犯困，干脆就把眼睛闭上了。

直到他睡着了，辛健才转头看了他一眼，笑了笑，视线又移回手上的卷宗。

付志大概睡了一个小时，醒来的原因是感觉到脖子后面被人捏了一下。

他猛地睁开眼睛，皱了下眉，“你为什么这么喜欢捏人脖子？”

是辛健的一个习惯动作，力气不算太大，刚好能酸到人皱眉的程度。

辛健扬眉笑笑，“这招最灵了，精神了吧？”

他拍了一下付志的肩膀，示意他站起来，“去趟分局。”

付志揉了揉有点僵硬的肩头，打了个哈欠，“找庄一伟？”

“你怎么知道是找庄一伟？”

“钱真不是都得‘地下党接头’吗？”

第一次还搞得跟拍电影一样。

辛健没忍住笑了。

到了分局，辛健他们说要找庄一伟的时候，其他人的反应都有点怪，一路到了刑侦队的办公室，进门就看见庄一伟在收拾东西。

辛健皱了下眉，“有任务？”

庄一伟回头看见是他俩笑了笑，“不是，被调了。”

调职书还在桌子上，付志扫了一眼，是一个非常犄角旮旯的地方。

庄一伟顺手写下了一串数字撕下来交给辛健，“你去档案室找钱真，调这份档案。”他看着辛健扫了一眼，补充了一句，“里面的档案和资料是巫世国那个案子最原始的那份，我已经交了报告，之前是我把编号搞错了，前阵子归档的时候才找到。”

付志皱了下眉。

“你外调就是这个原因？”

庄一伟没说话，只是笑笑。然后就在这时候，钱真突然从门外冲了进来，越过辛健和付志，一把将庄一伟推得后退了两步才勉强站住。

不顾其他人的反应，他抓着前搭档的衣领，“庄一伟！你故意的是吧？之前非说档案被搞错了，怎么查你都不承认，现在鬼使神差地一归档就归出来了，之前我问了你那么多遍你为什么不说！”

被他吼得眉头拧在一起，庄一伟挣扎了一下想把钱真拉开，不过对方显然完全不准备配合，发觉无济于事之后他叹了口气，“我真的搞错了。”

眼神很无奈，掩去了那抹清亮的笑意。

钱真气得用力地扯着他的领口快把他衣服揪烂了，绷了半天最后泄气地一把将他甩开，狠狠一拳砸在办公桌上。

上庭的时候，巫世国被定成不作为，如果庄一伟手里还有这样一份东西，当时为什么不提？

之后钱真被调去资料室看档案，据说是因为庄一伟打了份报告说他“不适合外勤侦查工作”。

现在看，庄一伟根本是从一开始就料到了这案子会被抗诉。

钱真咬着牙回头瞪了辛健一眼，“巫世国你要是诉不下来，我一定去检察院拆了你办公室！”

无辜被当成炮灰的辛健和付志交换了一个眼神，再转头，对面的庄一伟一脸的坦然笑意。

庄一伟的资料留得很有用。

那是一份可以直接证明巫世国参与犯罪事实的证据，里面有于波第一次的口供，巫世国自己的口供，还有当初那个死于意外的证人的三份供词。

最重要的是，那份档案里面还夹了一份物证。

是当时从被害人身上提取的一片衣物纤维。

辛健拿到这份档案之后，第一时间去找了处长。

但是对方不在，打电话也没人接。

这个东西，他不敢轻易交给别人。然后付志想到了一个人，司徒茁。

付志好不容易联系上司徒茁的时候，他说自己在鉴定所。

“你‘假期’结束了？”

“刚回来上班。”

电话里司徒茁的语气有点调侃，带着一股让付志说不出来的诡异感。

辛健他们到鉴定所的时候，司徒茁就在外面等着，看见他俩后扯着他们重新回了车上。

“走。”

车上的两个人莫名其妙，“什么意思？”

司徒茁只是脱衣服，把白大褂和证件都摘了，他跟辛健说了一个地址：“去那边，我给你们做鉴定。”拿过辛健的档案，他翻看了一眼，然后很嘚瑟地笑了笑，“我已经辞职了，新单位同意我今天就上班。”

那家鉴定所就在检察院的旁边，非常近。

辛健他们兜了一个大圈子又回到了检察院那条街上，停了车才反应过来，“你既然打算好了，最初约在这儿不就行了？”

跑这么一趟的意义在哪里？

“我回所里办离职，正好搭个车吗！”司徒茁耸耸肩，很干脆地率先进了鉴定所。

对此，辛健是皱了下眉，付志忍不住笑了。

在鉴定结果出来之前，付志跟辛健一直在鉴定所等。

司徒茁忙里忙外地折腾到了下午才有空搭理他俩。

司徒茁进了会客室，倒了两杯水，他对辛健显然非常感兴趣，“你就是辛健？”

辛健一扬眉，“童叟无欺。”

“我听过你不少事。”司徒茁挑了下眉，“凑巧认识一个你的熟人。”

“哦？”辛健的语气还是很平常，“谁？”

“时候到了你就知道了。”

司徒茁抬头看了一眼手表，觉得时间差不多了。

“没什么特别情况的话，一个小时之后你们就可以拿着鉴定书走了。”

说完，他直接进了里面的工作室。

一个小时以后，司徒茁准时走了出来，把报告往辛健手里一放，“搞定！”

辛健接过报告翻了一遍，满意地抬起头，“谢了。”

“职责所在。”对于辛健的道谢，司徒茁只是挥了挥手，不准备多谈。

就在辛健和付志快要走到门口的时候，司徒茁又突然回身叫住了他们，看着他俩询问式的目光，他笑着扬了下下巴，“你俩注意点。”

不说他本来就跟辛健有点渊源，就光说这俩人敢接这个案子，他对他们的好感度就不低。

辛健点点头算是道谢，付志跟在他后面一起出了鉴定所。

现在有了新的证据，重诉的把握又大了一点。

但是，让两个人耿耿于怀的，始终还是现场存在第三个人这个可能性。

虽然没有直接的证据，但是无论是巫世国的口供还是现场的物证环境，都让人不得不产生这种怀疑。检察院接触案子最大的一个问题就是，犯罪现场往往都已经失去勘察意义了，就算是重新返回去，这么长时间了，也不可能还找得到什么。

庄一伟被下放到了一个边郊的派出所，听说钱真也跟去了，但是因为单位不同，辛健也没特意去问。

能够花这么多心思保存下这几份口供和物证，巫世国如果被定罪，庄一伟就是最大的功臣。

其实，这个世界的天虽然不是纯净的，但始终还是用良心做事的人多。

譬如庄一伟和钱真，譬如明知道这个案子很复杂却还是帮忙的司徒茁。

这案子是陈锐抗诉的，也是他临退休之前所办的最后一个案子。

他本可以放着不管，自然有后面的人接手。

但是即便退休了，他还是亲自到了院里，亲自选了一个可以托付的人。

辛健一路上回忆着那天在办公室陈锐的眼神，总觉得里面蕴含了很多东西，但是一时之间还读不出来。

车一路拐进检察院，这个时间差不多到下班的点了，三三两两有人往外走。

辛健去停车，付志站在门口等他。

等到辛健从车库出来的时候，付志刚好接了一通电话。

是处长的。

接起的同时，从楼门厅里走出来几个人。

是直接冲着辛健过去的。

付志在后面觉得情况不对，想往前走，耳边处长开口了：“付志，无论你看到什么，别冲动！”

声音有点着急，处长这种样子，付志一共没见过几次。

他看着那几个穿着检察制服的人走到辛健旁边说了什么，后者皱着眉回了两句，看样子是在拒绝。

然后从楼里又走出来一个人。

付志觉得眼熟，却一时想不出对方到底是什么人。

那人站在辛健旁边，交给他一份文件，等辛健看完了，皱着眉，跟着之前的那几个人上了旁边的吉普车。

吉普车临走的时候，辛健似有若无地看了付志一眼。

幅度很低地比了一个阻止的动作。

他不让付志过去。

所以付志只是拿着手机，沉默地往不容易察觉的角落里退了两步，看着吉普车开出院里……”

付志从辛健上车之后，一直到第二天早上上班，一共给他打了不下四十个电话。

始终没有人接。

他很清楚地记得当时辛健的手机是在身上的，所以如果他不接，那不是手机被其他人拿走了，就是他接不了电话。

这两样无论是哪一样，都实在不是什么好事。

处长那天听他说了大概情况就挂了电话，一直到第二天付志去办公室找人，都始终音讯全无。

就在情况发展得越来越诡异的时候，检察长带着付志见了两个人。

一个之前付志打过交道，是其他分院的检察官，叫曹峰，每次遇到这个人，付志都会条件反射性地头疼不止，因为曹峰曾经是他的学弟，不巧，还曾经跟他住过一个寝室。

在楼道里看见付志，曹峰显得挺兴奋，“哟！学长！”

避无可避的男人翻了个白眼，有点不甘愿地回过头，“这么巧……”

曹峰笑笑，“不巧，我是主动申请过来的。”

“申请？过来干吗？”

“帮学长查巫世国奸杀案啊！”曹峰笑起来一口白牙晃得人眼晕。

付志哀叹了一声，他扫了一眼周围，往旁边侧了一下把曹峰拽进办公室。

王姐刚好不在，就剩下他一个人。

"什么叫帮我查巫世国的案子？"

付志一把甩上门，曹峰刚才说的话让他有种不好的预感。

站在他对面，年龄比他小但是比他高的男人耸耸肩，"不是说辛健去外地学习了吗？这案子我接手，上庭的时间都排好了，如果辛健赶不回来，就我来诉。"

"学习？"

付志重复了一遍这个有点可笑的词，眉头紧皱。

那个样子有半点像是让人去学习的吗？

他看着曹峰，"你到底知道多少？"

曹峰笑笑，"你说案子？"

付志脸色沉了沉，没接话，只是看着对面的所谓学弟。

看出来他有点不爽了，曹峰新奇地挑了挑眉，"学长，你还挺关心那个辛健的，你们是搭档？"之前就听过一些关于辛健的传闻，打过一次照面，得出的结论是一见不如百闻。

现在看着付志的样子，不免又有些好奇了。

毕竟，在他的印象里，付志万年都是那副漫不经心的调调，似乎谁都不看在眼里。他能对这个辛健青眼有加，莫非此人真有过人之处？

付志他皱了皱眉，"别转移话题。"

曹峰挑了挑眉，慢悠悠地开口："我什么都不知道……"

他说完，径自去打开办公室的门，走出去之前，回头看了一眼付志，"辛健如果回不来，这案子你还诉不诉？"

站在办公室里的人看他一眼，表情没什么变化。

"诉。"

一个字，简单明了。

曹峰笑了笑，摇着头关上了门。

辛健去学习的事，之后在大会上又正式宣布了一次。

曹峰的出现让付志对这个案子的走向产生了更多的猜疑，甚至有人私下谈论辛健大概是被禁闭起来了。付志尝试着联系过处长，却一直找不到人，去见检察长，说是开会去了。

法庭给的排期是五天后。

上面管付志要那份鉴定书，他一直拖着不肯给，辛健的手机他没有再打，因为不清楚情况，他害怕给打没电了。

现在这种情况，对方是肯定不会找到地方充电的。

曹峰对这个案子的了解情况并不低，显然也做了准备，付志说的一些问题他都能对上细节，只是在看到辛健写了一半的审查报告时，不赞同地摇摇头，“巫世国想要诉谋杀是不可能的，最多能定个强奸。”

新的物证上，死者的衣物上检验出了巫世国的 DNA，这唯一能证明的就是巫世国当时参与了强奸的犯罪事实，但是最后究竟是谁撞的人，根本没有直接证据。

付志皱眉，“于波第一次的口供交代得很清楚，当时是巫世国开车撞的人，目击证人的口供也证实了这一点。”

“目击证人已经死了，于波的口供以庭审为主。”

“曹峰，你第一天干这个？”

任何时候第一份供词都是基准供词，这是常识了。

对于付志的话，曹峰扬了下嘴角，眼底的神色很复杂，“学长，上了法庭，肯定是以庭审为主的。”

就算别的案子不是，但以现有证据来看，这个案子也肯定是。

诉，他们是尽人事，至于判决，那只能看天意了。

付志没说话，觉得有点烦躁地敲了下桌面，然后放下卷宗走到窗边，他下意识地咬紧了后牙根。

一连三天，事情就这么耗着。

曹峰重新整理了一份审查报告，但是显然那个跟最初辛健的打算相差甚远，按照曹峰自己话说，他要在最稳妥的条件下确定一条是一条，如果两个都没诉成，那才真是对不起死者。

付志觉得这话乍一听合乎逻辑，细思之后根本可笑至极。

但是他没办法，这案子的主诉人不是他，就算他不同意，也无可奈何。

处长依然没有踪迹，检察院大部分的人选择了跟他保持距离，这案子办到现在已经栽进去一个辛健，在众人心目中，付志卷进去也是早晚的事。

不过付志一直都没放弃。

他在等，等辛健的消息……

于是，终于在第四天的晚上，半夜 2 点多的时候，他接到了辛健的电话，

“付志，你帮我把审查报告打好，我大概明天早晨能到。”

他在火车上，费尽工夫，终于还是赶上了！

辛健出现在检察院里的时候很狼狈。

平时也算是很注意形象的男人一身的风尘仆仆，脸上多了一些细小的伤口，衣服就是当初付志看着他被带走时穿的那身，但是不少地方已经皱了，攥在手里的手机看起来像是摔过，残破不堪。

“你这是去什么地方学习了？怎么看着跟刚从虎口脱险一样。”

辛健理了一下头发，想笑但是实在挤不出来，这几天跌宕的经历说出去简直就是拍电影的上好题材。

不过他暂时没心思回忆这个。

辛健拉过付志到一边，“报告弄好了？”

付志把报告递给他，“你看一眼。”

辛健仔细地把报告翻开，一页一页地看，偶尔会皱下眉，一直到都看完了，他抬头看着付志笑了笑，“整个检察院，也就你能用四个小时写出来这种审查报告。”

之前他听跟付志同办公室的王姐说过，一般人需要花一天时间去整理的报告，付志永远只需要半天。

但是他剩下的半天基本上都在睡觉。

付志对他的话只是掀了下眼皮，没说话。

两个人走进办公楼，他才想起来似的补充一句：“曹峰过来了。”

对于这个学弟，辛健的印象不浅，“来接手这个案子？”

“嗯。”

这个时候把曹峰弄过来只可能是干这一件事情，辛健人被困在外地的时候，一早也想到了这边的局面会是什么样的，他重新翻开报告，“鉴定书你给他了吗？”

付志顿了一下说：“给了。”

最后是检察长亲自问他要的，不得不给。

辛健点点头，两个人上了二楼，直奔曹峰的办公室。推开门，辛健也一点不客气，“曹峰，把鉴定书给我。”

里面的男人愣了一下，转过头，“哟，学习结束了？”

这话说得不无讽刺，辛健却没什么反应，他只是伸出手要自己的东西。

看着他半天，曹峰摇摇头，“你要鉴定书，不该来找我，那个在你们处长手上。”说完，他笑了笑，“我只是负责诉讼，这案子我还不够负责的资格。”

当然，辛健其实也没有。

很多事，都是大家心里清楚但是不说出来而已，无论是庄一伟的调职、司徒茁的辞职还是辛健这趟莫名其妙的学习，里面牵扯的东西太多了，没人说得清楚，也根本说不清楚。

说直白点，这就是摸着石头过河。

走得过去是你运气好，走不过去，是你时运不济。

辛健从知道付志把鉴定书交出去开始就有预感了，现在看着曹峰，眼底虽然有点冷，但那股火气没有当着人面发出来。他只是一声不吭地出了办公室，拐弯进了自己的，然后一进门就把报告摔在了沙发上。

付志在后面看着。

气氛很压抑，两个人谁都没说话，过了一会儿，辛健抓起桌子上的茶杯猛灌了一口，再转头，脸上已经没了刚才那转瞬即逝的烦躁挫败，眼底闪着一抹盘算，他看着付志，“付志，你帮我出城找两个人……”

辛健回来的消息，在院里还引起了一番不小的骚动。

很多人特地去他办公室就为了看一眼他的情况，平时一些关系还算可以的多问了两句情况怎么样，需要不需要帮忙，辛健一概都是说自己去外派学习了。

接下来的时间，他几乎都是在见人。

各种各样的人。

有些他之前见过，有些连听都没听过，无非就是关心一下案情的进展，似有若无地表达一下指导意见。辛健来者不拒，谁问都答，但是答也答得模棱两可。

说得最多的一句话就是，“资料不全。”

巫世国被正式批捕了，批捕令是谁下的没人告诉辛健，只是快下班的时候告诉他可以去提讯了。

而第二次见面，巫世国比起第一次糟糕了很多。

他的脸色很差，表情很惶恐。

只是一遍遍地重复他要交代，他要争取宽大处理，那样子，跟之前讯问于波的时候简直如出一辙。

出了看守所，辛健给陈锐打了一通电话。

"检察长，这个案子，你到底想我怎么诉？"

手机那边好半天没有人说话，辛健就这么等着，一直到满分钟的提示音响了，陈锐终于开口道："辛健，别问我要你怎么诉，问你的良心想怎么诉。"

然后就收了线。

剩下辛健一个人站在看守所的车旁，半天不动一下。

其实他考虑过很多次为什么陈锐会单单把案子交给他，院里比他能力强的不是没有。

明知道处理起来困难重重，为什么不去找一个门路比他多，走路比他顺的？

但是最终，辛健想不出里面的关系。

他只知道，这案子最后成与不成，他的麻烦都不会小。

想到这里，他突然记起什么，他打开车门把公文包里的审查报告拿了出来，直接翻到最后一页，落款的办案人赫然是两个名字。

辛健，付志。

并列而立，十分工整。

辛健看完就笑了，从一开始的只是微笑到最后无法抑制，他一个人趴在车门上笑了很长时间才勉强站起来。

两天前，在外地的一家旅馆里，有个男人指着他的鼻子说："你这么做，是自毁前程！"

在某些人的眼里，他这种行为被评价成了愚蠢。

结果，蠢的不止他一个。

想起付志平时看起来永远三分没醒七分犯困的表情，辛健缓缓地长出了一口气。

起码，就算是死路，也还有个人愿意陪他一起走。

一直到开庭之前，付志都没能赶得上。

曹峰几次观察辛健的脸色，都没有能如愿从他身上找到该有的那份焦急和浮躁，在开车往法院走的时候，他忍不住问了一句："付志不回来，案子怎么办？"

他知道辛健肯定有安排，不然不会对于鉴定书的丢失没有再继续做什么。

但是无论他的安排是什么，到了这个时候付志还不回来，远水救不了近火。

辛健还是沉默地翻着手上的审查报告。

这报告是付志打的，他改的，需要改动的地方其实并不多，为什么这么来回翻，或许连他自己都搞不清楚。

到了法院，辛健去准备开庭之前的材料，于波和巫世国都到了，在待审席。曹峰扫了一眼旁听席，意外地看见了两个人。

是钱真和庄一伟。

瞬间，他明白了辛健的安排。

丢失的那份鉴定书，司徒茁给补了一份，这本来不是什么太麻烦的事情，真正比较关键的是那份鉴定书随附的口供。

所以辛健让付志去找钱真和庄一伟，他们两个毕竟是最初的预审，这案子之中，他们两个的口供价值不亚于直接物证。

但是钱真他们被外派的地方并不算近。

付志一个来回加上口供整理的时间，算下来其实很不可思议。

因为准备得很充分，庭审上没什么意外，基本上都是按照辛健的预想走的。

要说特殊的地方，就是他把有第三人在现场这件事隐去了没有提。

曹峰在最初的审查报告上看见了。

他在下庭的时候问辛健为什么不提，对方只是笑了笑，"你需要学的太多了。"

钱真绕到了法庭后面找人，庄一伟跟在他后面，看见辛健的时候扬了下下巴，"不错，庭辩很精彩。"

对方律师也不是一般人物，出了名的不好对付。

辛健把材料放在车里，"之前准备得都差不多了，巫世国这次跑不掉。"

最后判了二十年。

在法庭上，巫世国的态度显得很平静。

不同寻常的平静。

辛健觉得他自己大概也料到了这个结局，对他来说叫作罪有应得，但是这里面的很多关系牵扯起来，恐怕他不过是个弃子而已。

钱真拍了拍他肩膀，"不过，你把这个案子给办了，我看你要注意人身安全了。"

钱真的担心不是空穴来风，这个案子水很深，辛健作为公诉人，可想而知，背地里有多少双盯着他的眼睛。

辛健笑了笑，"你们那里有检察院没有？"

"我们那连法宣办公室都没有！"钱真一脸的无奈。

两个人是被付志带过来的，但是付志本人把他们送到法院就回检察院里了。

“付志大概累惨了。”

庄一伟想到付志之前作为司机眼底全是血丝的样子，还有点后怕。

那家伙开起车比他们做警察的还玩命。

辛健在庭上没看见付志就大概猜到他肯定回院里了，也不知道为什么，只是一个大概的预感，说起来，他跟付志的接触时间其实并没有那么长，但是这种信任完全是没有根据的东西，从最初到最后，他都没怀疑过付志是不是能赶回来。

钱真和庄一伟跟他打完招呼就往回赶了，跟着过来只是怕会有特殊情况，现在已经判了，他们也算是了了一件心事。

怎么说，他们最初都没看错人。

辛健等到他俩的车开远了，才回身上了检察院的车。曹峰回自己的院里了，临走的时候让他给付志带好，辛健仅仅点了下头，没有回应。

等辛健回到院里的时候，大部分人都已经知道判刑的结果了，看见他有恭喜的有说风凉话的，档案室的李磊等在院门口看见他就一句话：“你赶紧去医院，付志那小子吐了一身血送急诊室了。”

“吐血？”

辛健整个人愣住，眉头拧在一起认真地追问了一遍：“你不是跟我开玩笑吧？”

后者嫌弃地瞪了他一眼，“我有这么无聊吗！”

然后辛健二话没说，转身就往车库那边冲，李磊跟着一起上了车，说了医院地址，两个人一路往那边赶。

说起李磊，其实他和付志的关系比较好。

当初两个人是一起入院的，只不过李磊司法考试没考，就一直在档案室里整理档案资料什么的。付志被分在公诉一处，在辛健没有搅和进来之前，李磊跟付志一直都是同进同出，甚至在同一个宿舍还住了几年，直到李磊后来有了住的地方，才从地下室搬出来。

“到底怎么搞的？”

钱真他们什么都没说，辛健一直觉得付志最多就是太累回院里休息了。

李磊开着车皱了皱眉，“我也不知道怎么回事，之前是他托我帮他查点东西，我听说他回来了就去他宿舍找他，结果门都没关，我推开就看见他趴在桌子上一直吐，半身的血。”

回想起那个情况李磊还是觉得有点后怕。

他这辈子也没见过那么多血。

辛健突然想起来，“他有胃病。”

以前听付志提过，但是显然他没太往心里去，本来以为最多就是疼一疼那种，谁知道会搞得这么严重。

医院并不算远，到了地方辛健连找地方停车都懒得找了，车扔在旁边就往里面冲，守在手术室外面的是司徒茁，他也是之前去找付志问案子进展的时候碰到的这糟事，李磊后来回院里也是因为他在医院里守着。

要不是辛健之前的手机废了，一时半会儿根本找不到他人，李磊也不用跑这一趟来回地折腾。

“他怎么样？”辛健指了一下手术室问道。

司徒茁看了他一眼，“大概是胃穿孔，这小子真是疯了。”

这东西又不像急性阑尾炎，说发作就发作，这一路上大概能疼死他。

辛健没吭声，坐在楼道的椅子上。

手术的时间不短，司徒茁后来接了通电话就回去了，留下李磊在医院里陪着等，辛健后来接了一通检察长的电话，问了一下情况。

大概快到晚饭的时候，手术室的灯才灭了。

付志被推出来时是昏迷的，辛健抓着医生问了半天，确定付志确实没事了才放过人家。

到病房的时候，他看了李磊一眼，“要么你先回去吧，这里有我就行了。”

李磊有点犹豫，“你行不？”

辛健也是刚回来没多久，这案子从头到尾虽然轮不到李磊参与，但是他听说的事可不少，折腾这么一大圈，是个人都要扛不住了。

不过他面前的人精神状态还算可以。

辛健拉了把椅子坐下，“没事，你先回吧。”

李磊最后看了一下确实也没什么可以帮忙的，也就回去了，临走给辛健买了点吃的，被辛健随便地放在床头柜上也没动。

一直到付志清醒过来，辛健都没合眼。

电视剧里经常演一些病人清醒过来先是动一动手指，然后缓慢地睁开眼。

付志醒过来却是猛地坐起来的。

刚好在倒水的辛健被他吓了一跳，手一抖差点泼病床上的人一身。

“你要吓死谁啊？”

怎么一点动静都没有就坐起来了。

付志先是愣了一下，然后视线转到他身上，表情有点茫然，“我迟到了？”

他说完辛健笑了，“原来你对迟到还有压力的？”

估计大部分人都跟他一样以为付志这种走路都差不多能睡着的人，不迟到才是件新鲜的事情。不过事实上，他确实没有迟到的记录，只不过存在感太薄弱了，即便每天按时到单位按时开会，也总让人觉得好像他一直不在似的。

付志揉了一下有点疼的眉心，“几点了？”

“10点30分。”辛健扫了一眼旁边的时钟，补充了一句，“晚上。”

他说完付志终于彻底清醒了，他转头看了一眼外面黑漆漆的天色，不太舒服地呻吟了一声倒回床上，“我咋了？”话说得有点有气无力，他稍微动了动，找了个舒服点的姿势，非常顺手地想把辛健刚倒好的水拿过去喝。

辛健看了他一眼一把按住，“这话应该是我问你，你是怎么把自己搞得如此血染风采的？”

那件废掉的衬衫他后来也看见了，李磊的话一点都不夸张，真的是接近半身的血。

“我一点记忆都没有。”付志无辜地扬了扬眉，觉得浑身都疼。

残存的印象还是当时他一路狂飙地往回赶，路上庄一伟大概说了有八十几遍不要着急，来得及，不过他都没太往心里去。

当时的念头差不多也记不清楚了，只觉得就是该赶紧回来。

耽误事，真正受到影响的不只是一两个人。

刚做过胃部手术的人不能喝水，辛健拿着杯子，用湿棉签蘸了蘸付志的嘴唇，“你先忍忍吧，暂时不能喝。”

喝不到水的付志表情有点可笑，辛健把杯子放下，帮他把枕头调了调位置。

连基本的生理需求都被剥夺的病人不满地哼了一声，然后迟钝地想到了一个早该问的问题，“案子怎么样了？”

辛健扬扬眉，“二十年。”

他看到付志满意地点点头，然后感到有些可笑，轻咳了一声，“我本来以为你醒来的第一句话会是问这个。”

怎么也没想到这人醒来跟被雷劈了一样，考虑的全是不着调的问题。

付志听懂了他的调侃，有点不爽地挑了下眉角，“早告诉你电视剧不要多看，智商会退化。”

辛健之前的所有担心，在向医生三番四次地确认付志没事的时候就稍稍放下一点了。对于付志忍着胃疼拼死赶回来这件事，他觉得没有特别去感谢的必要，更不需要矫情地拿出来讲。

从一开始，他就知道付志是这种人。

那次提讯之后，眼看着付志一边皱眉小声抱怨着院里欺负人，一边陪着一起加班硬是把六个提讯全部都提完，他就知道这位校友跟其他人评价的有很大出入。

他的口供笔录甚至很工整。

没有任何的遗漏。

既然付志醒了，后半夜辛健也睡了一会儿，不过就在付志隔壁的病床，也实在懒得摸黑回去了。

第二天一大早有些同事过来看了看，李磊快到中午才来，给辛健带了点饭菜，搞得什么都不能吃但是饿得难受的付志浑身不痛快，连损带赶地把辛健弄回了院里。

“赶紧走吧，别让我看见你！”

辛健一上午在他旁边什么都没干只顾着吃东西了，还特喜欢吃那些味道重的水果，表情怎么看怎么欠抽。

司徒茁后来没有再来，不过打了通电话，大概意思是高度赞扬了付志不要命的工作精神。

付志当时靠在病床上拿着手机扬了扬眉，“你跟我说这个干吗？”

其实他觉得跟司徒茁的交情实在不能叫深，除了这案子，之前完全没打过交道。

手机那边的人笑了笑说：“行吧，你不想听就算了，我就是顺便。”

说完，他就挂了电话。

付志把手机放在床头柜上，盯着天花板很缓慢地长出了一口气。

第二章

谜团

付志这次住院住了有半个月。

同事来看了两轮才熬到出院，他回到院里销假的时候，还受到了程度不小的歌颂。

晨会上处长特地表扬了一下他的“鞠躬尽瘁”，底下辛健一直在笑，让付志有种想踹人的冲动。

不过，他也就是这样一通表扬而已。

比起辛健的三等功表彰，实在差别得有点大。

处长怕他有什么想法还特地把他叫去办公室做了一番思想工作，结果他只是扬扬手表示他完全没有心理压力。

表彰大会那天，他后来去了。

不过没入席，只是站在最后看了一眼。

辛健站在台上接受嘉奖的时候，付志在下面笑了笑，台上的帷幕很给力，一身制服的辛健站在那里笔挺笔挺的，脸上的表情看不真切，但是肯定很嘚瑟。

“北三环路由东向西方向路面行驶有些缓慢，自西向东车多，东三环北路……”广播里的路况信息依然是那么多余，辛健一大早上被堵在环路上进退不得，惆怅地一直用手指敲着方向盘。

这劳动力过剩的节目为什么要起名叫“一路畅通”。

播到现在一条畅通的路都没有，全都是行驶缓慢。

电子表的数字一直在走，辛健觉得今天晨会他肯定要迟到了。

正想着，手机响了。

他扫了一眼屏幕，是李磊。

“喂？”

“我说你在哪儿呢？”

“环路堵着呢，干吗？”

“你赶紧想个办法，处长着急找你，正在那儿暴躁呢。”说暴躁都有点含蓄，那根本是已经接近抓狂了。

“他哪天不暴躁？”辛健挑了下眉，“什么事啊？让付志帮我顶一下。”

“付志早阵亡了，总之你赶紧想办法吧！”

说完李磊就挂线了，辛健有点无奈地看着手机，想办法？这交通情况神仙都没办法他能有什么办法？他惆怅地看了一眼外面的盛况，强行淡定地打开车里的音响。

耗着吧……

他也没辙。

结果等辛健到院里的时候，已经快 9 点 30 分了。

他刚在楼道里出现就被抓进了处长办公室，不管不顾地劈头盖脸就是一顿骂：“交通情况不好你不能早点出门！你以为你嘉奖个三等功就厉害了是不是？院里的规矩还要不要了！”

骂得有点不着调，辛健看了一眼站在边上不知道被数落了多久的付志，眼神示意了一下，后者翻了个白眼。

他才是最倒霉的那个……

辛健迟到了挨骂，他根本没迟到为什么也要挨骂？

“辛健，之前巫世国那个案子很多人都盯上你了，我不是吓唬你，以后做事你一步都不能走错了，不然就是万劫不复！”

处长死死地盯着眼前这两个他最爱惜的下属，心里百转千回的一堆话不知道怎么说。

但是当时除了辛健，他实在想不到还有谁能接。

对方也算是不负他的期望，无关其他，就仅仅对巫世国的诉讼来说，起码是有个交代了。

这案子不同于一般的刑诉，这本身就是抗诉案。外人不了解内情，根本想象不到里面的关系能有多复杂，辛健跟付志能坚持下来，顶下这份压力，总算是没辜负陈锐的一番嘱托。

只不过，这个时候的他们，有些事情还不知道。

这两个臭小子啊……

处长又爱又恨地皱着眉，瞪了辛健一眼，“从今天开始，你把尾巴给我夹起来，所有事情都要跟我及时汇报，听到没有！”视线扫到旁边一脸不关他事的付志，老处长一拍桌子，“付志，你也一样！”

两个人又被数落了半天才终于从思想教育之中逃出生天，出办公室的时候付志脸色都青了。

“你迟到关我啥事！”

他这话是对着辛健说的。

嘉奖没他份儿，挨骂就得连坐，处长这理到底是怎么算的？

辛健闻言笑了笑，“谁让咱俩是黄金搭档的。”

刚出院的时候，付志脸色还有点病歪歪的。大概平时就没什么精神，因为胃病进医院折腾了一圈，出来更显得弱气了，看起来总觉得一推就得摔个跟头似的，即便他那身高只要在人群中一站就是绝对的鹤立鸡群。现在养回来了一点，脸色都好了不少。

俩人的办公室不同，楼道里就分了手，付志手头上积压了好几个报告，一回来就是昏天暗地的加班。

辛健推开门看见了办公桌上准备好的早点。

他把外套挂起来，然后坐下喝了一口热豆浆，满脸都是笑意。

其实处长发脾气不仅仅是因为辛健迟到。

还因为转过来了一个挺麻烦的案子，他早上把付志喊进办公室本来是想交代一下这个案子，谁知道听说辛健人还没到办公室，烦躁加上不满，火气就起来了。

上午没过去多久，他就重新把两个人又召唤回去，让他俩坐在沙发上，把卷宗递了过去。

“这案子你俩负责吧，尽快给诉了。”

付志脸色有点难看，下意识就是拒绝：“处长，办公室还有好几个案子，王检忙不过来。”

“这些事不用你操心，手边的事先放一放，你帮着辛健一起把这个先弄了。”处长的话照例是没什么商量的余地。

辛健翻开卷宗看了两眼，“翻供？”

先是抗诉再是翻供，最近这是什么情况？

案情倒是不复杂，抢劫杀人。嫌疑人在通缉令发布半个小时之后被围捕，体貌特征都与目击者描述的相符，在最初的供词中也对犯罪事实供认不讳。但是这案子都被排庭了，突然嫌疑人翻供，说是在接受侦讯的过程中遭到了刑讯逼供，声称自己并没有杀人。

所以这案子被地区检察院转到了他们这边。

付志光是听完了辛健说的翻供两个字就皱起眉，“处长，我……”

这种案子一般最麻烦，绝对吃力不讨好。

似乎是料到了他想说什么，处长只是随便挥了挥手，“行了，具体的你俩看着办吧，我还有事。”

直接赶人了。

一肚子话来不及说，付志被辛健识趣地拉出了办公室。

老处长的风格就是要你做就得做，不做也得做，没得商量。

付志一路被扯到了辛健的办公室，眉头就没松开过，“到底为什么一直不给你配书记员？”

就算是初级的，好歹也该给配一个，现在所有事都抓他出公差这到底算什么啊？

他每次看见王姐都觉得很不好意思。

辛健进门直接坐在沙发上，头都没抬，盯着手上的卷宗，“除了你，没人能跟得上。”说得理所当然。

付志因为这句话怔了一下，然后沉默地跟着坐在沙发上，表情有点无奈。

案子的嫌疑人叫赵孙，这名字总让人觉得少了一个字，付志后来看口供的时候，几次想叫赵钱孙。

侦查单位是分区刑侦队的，离院里不近，辛健打了通电话让预审处的两个警察过来一趟，挂了电话突然想到了庄一伟和钱真两个人。

“不知道回来了没有。”下放应该也是阶段性的，不会太久。

付志还在看口供，“我问了一下，大概还得等两个月。”

“你问了？问的谁？”

“庄一伟。”

他长途跋涉去找人的时候就留了电话，后来在医院里还接过好几通慰问来电。

不得不说那俩人的心态真是不错，遇到这种事情竟然还有心情为了些鸡毛蒜皮的事情掐得你死我活的，闹腾起来倒是挺热闹。

“我很久没见过这么有活力的警察了。”

总觉得现实的压力太容易磨灭人心里的那点火苗，往往都是还没开始燎原就被一桶水浇熄了。

辛健被他老气横秋的语气搞得笑了笑，“你这语气有点像处长了。”

“本来就比你大。”

付志横了辛健一眼，端出了一点前辈的架子。

这时候，门被推开了。

外面站了两个警察。

一个岁数大一点的中年人一脸的沧桑。另外一个一看就是新人，还有点愣头青的样子。

辛健很自若地站起来走回办公桌旁边，“吴警官是吧？”

他问的是年老的那个。

付志表情很难看地走到旁边的椅子前坐下，翻出笔录，一声不吭。

两个警察彼此对视了一眼才走进来，坐在辛健对面，年长一点的警察点点头，“我是吴刚，他是孟军。”

孟军这个名字让付志抬头又看了一眼。

他就是嫌疑人赵孙声称对自己刑讯逼供的警察。

看起来倒是真的很年轻，眼底有点倔强不爽的神色，明显还不是能够自如控制自己情绪的年龄。

辛健扫了一眼卷宗，“赵孙这个案子转交给我了，所以有些事情想跟你们求证一下。”

他也没客套，直入主题了。

吴刚点点头，之前辛健其实在电话里告诉过他大概了，他把帽子放在桌子上，“有什么要问的，你尽管问吧。”

他说话带了一点外地的口音，但是语气还算平和。孟军在旁边皱了下眉，想开口但是最后忍住了。付志留意了一下他的手里攥着一张纸，捏得很紧，用力过猛以至于纸已经有点扭曲了。

“你们逮捕赵孙的情况到底是怎么样的？”

“当时接警说 ×× 路发生了抢劫，我跟小孟就一起出警了。我们到现场时被害人已经死了，被捅了好几刀，有目击者说嫌疑人穿了一件红色的上衣，下半身是黑色的运动裤，戴着个帽子，抢完人就开着被害人的车往北边跑了。我让小孟通知总部，汇报了当时的情况，要求进行围捕，就在四个出口处都设置了路障。后来在临近北桥的地方把人给抓住了，当时他身上穿的衣服跟目击者描述的一模一样，抓捕的过程中也没反抗。”

这些其实侦查报告里都有，但是辛健还是会再问一遍以确定一些细节没有问题。

他低头看着卷宗，“凶器呢？”

“赵孙说自己把那把抢劫的刀沿途扔在高架桥下了，我们后来去找过几次，但是都没有发现。”

毕竟当时是在路途中，高架桥下面还是环路，过往的车辆实在太多，根本不太可能找到。

“除了赵孙的口供，你们发现其他线索了吗？”

“目击者的供词很关键，我们后来是在目击者描述的逃逸路线中抓到的赵孙。审讯的时候，关于抢劫杀人的事实他并没有隐瞒，细节什么的也都符合案发现场的勘察结果。赵孙当时逃跑所开的车，车胎也跟现场的痕迹吻合，还找到了被害人的血迹，车上搜出了两千多元，也证实是抢劫所得的赃款，但是在赵孙的身上并没有发现。”

这案子其实严格说是铁证如山，除了凶器没有找到，其他人证物证俱全。

付志在旁边一直沉默地记录着口供，听到吴刚停下一阵才插口问了一句：“那后来翻供时赵孙是怎么解释的？”

“他说车子是他在路边遇到一个人卖给他的。”

孟军很激动地插话道：“他说他当时刚好在 ×× 桥入口那里等人，然后有个人开车到他跟前问他要不要车，说两千卖给他，他就买了。”

说完他扬眉一声冷笑，“你信吗！”

付志记录的动作并没有停，对这句话没有发表任何意见。

比起他，到底还是吴刚沉稳老练得多，他看着辛健，“赵孙这个人就是死到临头又害怕了，所以翻供诬陷我们刑讯，这案子是铁证。”

辛健依然在看卷宗上的物证照片，现场的轮胎对比什么的都没有什么疑点，包括证人的证词也都确实跟赵孙很相符。

“你们一开始为什么就判定这是劫杀？”

“目击者报警的时候说赵孙是借口问路拦下了被害人的车，然后就拿出了刀胁迫被害人下车，索要了钱财之后发现被害人想要反抗，就一连刺了好几刀。”

从描述来看，是典型的抢劫杀人。

“被抢的只有钱吗？”

“还有手表和被害人的一个皮包，但是赵孙最初说自己没有拿，后来又说不知道逃跑的时候放在什么地方了。”

按照赵孙的说法，他最初的目的就是抢劫，没想过最后会演变成杀人这么严重，所以一时也手足无措了。

辛健点点头，示意了一下付志，让他把这些都记录下来。

然后，话题进展到了一个不太舒服的过程，“那关于刑讯的事情，你们到底有没有对赵孙用过暴力。”

辛健这不是个问句，只是一个简单的陈述，语气甚至都没有什么变化。

辛健的视线紧紧地锁住面前的两个人，他看着吴刚转头看了孟军一眼，后者一直攥拳的手又紧了紧，然后抢了一步出口：“没有！我们没有使用过暴力！”

付志敛下视线，静静地写下了孟军的这句话。

赵孙在快要上庭的时候突然翻供，可信度并不算高，辛健问完了孟军和吴刚之后并没有多做表态，只是大概了解了情况之后就让两个人回去了。

临走，孟军把手上一直捏着的纸递给了付志。

是一封证明书。

大概就是他们刑侦队长证明他在审讯过程中从来没有过不良记录之类的东西，不算正规的文书，付志看完了递给辛健，后者只是笑了笑。

“明天去看守所？”

在没有提讯赵孙之前，什么都下不了定论。

付志对此没什么意见，他把吴刚他们的口供整理了一下，然后趴在桌子上又准备补觉。

辛健不过转身去倒了杯水的工夫，再回过身来就看见他已经趴下了，他不可思议地摇了下头，坐在付志对面，“你睡了半个月还没睡够？”

在病床上除了睡觉也没其他事情可以做了，他以为怎么着付志也该躺够了。

付志头埋在胳膊里，说话的声音很闷，“感觉不一样。”

“你老这么睡不会头晕吗？”辛健每天睡觉只要超过了六个小时，起来就觉得头昏脑涨。

“我睡少了才会头晕。”

付志稍微动了动，侧着脸抬起眼皮，“你这种工作狂完全体会不到这种幸福感。”

辛健跟他是完全相反的类型。做起事情像拼命三郎，有工作干任何时候都一脸的神采奕奕，加班的时间大概比休假的时间还长。

事实上，自从认识了辛健，他的假期时间已经压缩了很多。

“我工作狂？”辛健喝了口水，一脸的调侃，“是谁不要命得胃穿孔了还要开车？”

他再工作狂也没玩命吧……

付志闭上眼睛，对这个话题不太感兴趣，“我当时没觉得疼。”

其实这话说得也算是实话。

当时开车的时候，他真不觉得有多疼，只是觉得特别乏累，浑身没什么力气。

不过乏累算是他的常态，所以完全没往心里去。

辛健想到那件衬衫脸色有点阴沉，他走过去挨在付志旁边，“你的胃病得看看了。”

“不看。”趴在桌子上的人答得很干脆。

“别告诉我你怕打针。”

“医院里头什么东西我都怕，打死不去。”

付志甚至对体检都很排斥。

对于他的坚持，辛健皱了下眉，付志这个人有时候对于一些鸡毛蒜皮的事情会发挥出让人无法理解的固执。

但是这么放任下去，不知道下回他得把自己折腾到什么程度……

辛健把茶杯放下，伸手推了付志一把，“那别住在院里宿舍了，地下室本来就阴。”

“不住地下室我睡马路啊？”

被吵得一直睡不着的人抬头鄙视地看了辛健一眼，后者说：“住我那。”

检察院的宿舍实在不是人住的。

除了床，什么基础设施都没有。

付志扬了下眉，“不去。”

“为什么？”

“不为什么。”

付志说完就把头继续埋回去，无论辛健说什么都懒得再搭理了。

辛健总觉得付志这个人不太容易懂。

他看起来对什么都不在乎，但是偏偏接触起来才觉得底线原则特别多。

不过，他也知道对付志这种人，用逼的没用。

他适可而止地又喝了口水，休息了一会儿就坐回座位上继续去处理其他的案子了。

付志有特批，放下手里的活儿专管赵孙的案子，辛健可没有。

他办公室还堆了一大堆事。

提讯的时间安排好了，结果第二天一早就开始下雨。

雾蒙蒙的天气看起来很不舒服，又潮又冷将人束缚在大衣里。

所谓一场冬雨一场凉，放在北方更是如此。

辛健被处长找去开会了，付志就站在楼门庭的楼梯口等他，实在冷得受不了了，就看着外面的雨幕发呆。

风吹过的时候，他就拢一拢大衣，往里缩一下。

雨幕连绵不断，似乎一直感觉不到时间的流逝。

辛健从楼梯走下来的时候，就看见付志站在门口的背影。

明明挺高的一个人，平时就喜欢缩成一团。

辛健随口问了一句：“等了多久？”

旁边的人缩得更厉害了，回头瞪了他一眼。

“刚到。”

辛健随手把大衣挡在他头上，两个人一路小跑地往车库那边跑。

上车的时候辛健把大衣盖在付志身上，“我开车吧。”

后者没推拒，抱着他的大衣缩在副驾驶上又闭上了眼睛。

但凡出门，辛健都是司机。

至于为什么，已经追究不起来了，说通俗点，就是个习惯。

明明在一起搭档也没多久，辛健却觉得，他跟付志之间养成了很多的习惯，也可以说他们之间已经有了搭档的默契。

付志上车就睡着了，快到地方才被辛健给推起来，有点茫然地看了一眼窗外，他皱了皱眉，“这么快？”

“要不我开车带着你再兜一圈？”

付志瞥了他一眼，没说话跳下车，怀里辛健的大衣被他抱得全是暖意，对方披上的时候刚刚好。

反而付志大概因为在车上一直披着衣服，下车了就打哆嗦，没等后面辛健说什么，自己一路蹿进了大楼。

这世上很多事情有时候很可笑。

警察和犯罪嫌疑人在一起，本来应该是警察的话更可信，但是偏偏在现实当中，很多人宁愿相信犯罪嫌疑人而去怀疑警察。

付志问过辛健到底他比较倾向于相信哪一个。

辛健的回答是：“这不是相信的问题，而是判断的问题。”

比起人的话，他更相信逻辑。

付志当时没说话，只是觉得有点果然如此。

赵孙这个人，看着一点都不像个抢劫犯。

大概是因为他整个人长得其实还算斯文，即便是穿着看守所里的衣服，戴着眼镜的样子还是看起来很体面。身上的衣服并不干净，但是还算整齐，看见辛健和付志的时候甚至还问了一句检察官同志好，让付志几不可见地笑了笑。

问题还是重复了很多遍的问题，赵孙最后一次翻供的口供有记录，在他复述时辛健仔细核对了，出入不大。

“那把刀你最初不是说扔下高架桥了吗？”

辛健问到凶器的时候赵孙脸色很苍白，他抬起头看着两个人，“我没抢劫，更没杀人，刀被扔了是我之前害怕被打，所以胡乱说的。”

“你说讯问你的警察打过你，打在什么部位，什么时间打的？”

“打在我腹部，就在我刚被抓捕的时候。”

赵孙拉了一下上衣，比画着大概位置，辛健皱了皱眉，“那你之前为什么不说？”

“我……我不敢。”赵孙哽咽了一下，一脸的不安。

“那打你的警察叫什么你知道吗？”

“孟军。”

付志抬头看了赵孙一眼，“既然之前怕，为什么现在又说了？”

他在讯问的过程中不常开口，所以他问完，辛健也转头看了他一眼。

赵孙显然料到了他会这么问，他推了一下眼镜，“因为我想通了，我不能坐牢。”

他的资料上并没有家庭，也是没有固定职业，平时就是替人打打杂工，但是也做不太长，文化水平不高，暂时住在城东的一家合租宿舍。舍友对他没什么太深的印象，就是不爱说话，早出晚归。

“检察官同志，我没有杀人，那天是有个人突然开车停在我面前，问我两千块钱一辆车我要不要。我当时觉得天上掉馅饼，试了一下觉得不错就买了，钱还是我去取款机上提的。”

“两千块钱买辆车，你不怕是诈骗？”

“想过，但是那人说当时就给车……”

说穿了就是投机。

辛健敛了下视线，阅览着手上的卷宗口供。

这实在是一个可信度不高的故事，巧合的因素太多，以至于很难让人去相信，也正是因为这个故事的可信度不高，反而显得赵孙说的话有种诡异的说服力。

所有的细节因为陈述的模糊化都看似不合理，实际却无懈可击。一件事情被复杂化和简单化有时候都只是思考的角度不同，赵孙翻供之后所说的事情跟之前的供词全部背道而驰，但一样是一个过程，区别在于之前的是个嫌疑人的供述，之后变成了一个目击者的证词。

“你当时为什么会出现在那里？”

“我等朋友。”

“名字，地址，联系方式。”辛健发觉在卷宗上并没有这个人的记录。

“康凯，××园小区41号7楼702，手机是……”

赵孙报得很利索，没有片刻的停顿。

辛健当时看了旁边的付志一眼，发觉后者在记录的时候，在地址的下面画了一道横线。

当时，他们两个想到的大概是同一个问题。

关于这个人，孟军和吴刚到底是没有查，还是没有查到？

卷宗里为什么没有资料？

关于辛健和付志的这个疑问，后来吴刚解释了。

他的说法是赵孙之前一直没有提供详细的地址和姓名，换言之，他之前所供述的供词中，他所等的这个人，根本不存在。

但是康凯这个人，辛健却找到了。

赵孙留的手机号一打就通了，在听到辛健大概陈述了事实之后，很肯定地回复道："嗯，那天是我要给赵孙一个东西，让他在那里等我的。"

"你跟赵孙是什么关系？"

"普通朋友，我认识他舍友。"

辛健挂掉电话的时候，付志在看卷宗。他把赵孙的口供来来回回地看了好几遍，所有的细节全部都挑出来列在了一张纸上。

然后他把这张纸放在辛健面前，"你觉得如果你是孟军，你会不会相信他第一遍的供词。"

辛健看了他一眼，然后把视线转回到那张纸上。

"但我不是孟军。"

哪怕是站在对方的角度，也不一定能够理解对方的想法。

这种假设题辛健从来都不答。

付志把纸转回来自己看了一会儿，说出的话既像自言自语又像疑惑，"如果赵孙后一版口供才是真的，那之前孟军到底为什么要逼供？"

完全没有必要。

哪怕是警察的使命感和责任感，对于这种案子来说，也实在是有点诡异。毕竟在城市之中这种案子发生的频率太高了。

辛健因为这句话皱了皱眉，他把卷宗重新翻开，找到被害人资料那里。

"孟军，孟国强。"他站起来，看了一眼旁边的付志，"这种巧合出现的概率能有多高？"

没有往那方面想的时候，是毫无关联的两个名字。

一旦有了怀疑，很多东西就被穿在了一起。

付志了然地看了他一眼，"大概跟你走在马路边上凑巧遇到一个人，肯卖给你两千块一辆车的概率差不多。"

被害人是孟军的大伯。

仅仅用了一通电话，辛健就确认了这一点。

然后他对着电话那边的吴刚说："让孟军马上来一趟检察院。"

这两个警察隐瞒了太多的事情。

而这些问题，都将这个案子导向了一个不太乐观的境地。

孟军第一次到院里来的时候，是满心怒火和不满。

当时身边有吴刚在，他没有太多机会表达出来，即便如此，付志还是能从他的眼底看出那份情绪的波动。

而这次他再站在辛健和付志面前时，脸色显得很苍白。

他沉默地坐在两个人的对面，把帽子放在桌上。

辛健问了一句："喝水吗？"

孟军只是摇了下头。

付志打开口供卷宗，辛健还是给孟军倒了一杯水，然后坐下，"孟国强跟你是什么关系？"

对面那个年轻的警察皱了皱眉，没有抬头，"是我大伯。"

"关于你们的关系，其他人知道吗？"

"不知道。"

"吴刚也不知道？"

辛健的语气明显不太相信。

孟军犹豫了一下，还是摇头，"不知道，我没跟任何人说。"

"为什么要隐瞒？"

这个问题让孟军停顿了一下，他本来情绪就有些低落，显然这个问题让他有些难堪，沉默了一会儿，他才有点低哑地开口："我跟被害人的关系，不会影响到我对案件的判断。"

辛健看着孟军的反应，并不难理解他的心态。

换了是任何人，都会希望亲手抓住伤害自己亲人的凶手，其实这是人之常情。

孟军选择不说，也是害怕会被要求调离这个案子，这点心思，也不难想到。

现在的问题是，他的隐瞒还牵扯到了另外一个动机。

"孟军，你在审讯赵孙的时候，到底有没有使用暴力？"

这是辛健第二次问这个问题。

但是显然这两次中，孟军的反应截然不同。

上一次，他是很激动地站起来反驳说他没有。

这一次，他是紧绷着身体，半天之后才摇摇头说："没有。"

但是语气依然坚定。

他说完了，抬头看了辛健和付志一眼，"我审讯的过程中没有使用过暴力，但是审讯结束后，我打过他。"

为了他大伯……

付志记录的动作没有停，但是眼底的神色却沉了沉。

这个结果并没有人意外。

在第一次的时候，孟军的反应就已经让人怀疑了。

如他之前所判断的，这个警察还不到能够自如控制自己情绪的年龄，所有的反应都不会太过出乎人的意料。

辛健听完了孟军的话，用手上的笔敲了一下桌面，语气里听不出来他对这件事的看法，"你打赵孙的时候，有人看见过吗？"

孟军还是摇头，"我没有让人看见。"

没有人能够体会当他接到出警，到达现场的时候看见被害人是他大伯时的那种感觉。太突然，以至于完全来不及接受。

之后抓捕行动，他觉得脑子里几乎是一片空白的茫然，还是吴刚看出来他心不在焉骂了他两句，这才把他游离的神志给抓回来。他不否认对于他大伯被杀这件事他很愤怒，在看见赵孙的时候，他恨不得冲上去揍他一顿，但是他终究没有，审讯的时候其实他问话的地方并不多，大部分都是吴刚发问的。

当他听到赵孙说自己杀人只是因为他大伯要拿回自己随身的皮包的时候，一腔怒火几乎烧完了他的所有理智。

吴刚审讯完，他实在忍无可忍地打了赵孙两拳。

他知道这是违反纪律守则，但是完全控制不住。

辛健即便没有听到孟军的全部解释，也将其中的内情想到了七八分，他看着孟军，想说点什么，最后还是什么都没说。

付志全部记录完了，把卷宗合上，看了旁边的辛健一眼，后者拿起电话打了一通电话。

是打给吴刚的。

"这个案子，退补吧。"

那一瞬间，孟军的脸色惨白如纸。

所谓的退补，是检察院把案子打回到侦查机关要求补充侦查。

换言之，就是证据不足，不够起诉。

在司法程序当中，这种情况很常见，但是这一次，却连带出了很多问题。

首先，刑侦队不接受这个案子退补。

吴刚不同意，刑侦队的队长更是直接去找到了辛健他们的处长。

所以卷宗怎么送到刑侦队，就被怎么退了回来。

处长把辛健叫到办公室，直接跟他说："这个案子不能退补。"

辛健没有去接卷宗，说道："证据不足。"

凶器没找到，供词前后矛盾，不说其他人，就是之前赵孙提到的那个让他去路口等的朋友，也该核对一下。

"证据不足，你就跟付志去补足。"

说白了，这案子不能退回公安局。

辛健有点不爽，"我们都去做侦查了，他们难道只负责撒娇？"

处长对他那张嘴只能无奈地瞪一眼，"这么多话还不如想点办法，这案子上面挺关注的。"

毕竟关系到了逼供，情况可重可轻。

辛健现在一听到上头这个词都会习惯性皱眉，之前被强制学习的事情他还没忘。

他不甘愿地拿过卷宗，放在手里掂了一下，"那给我们多配一个人。"

就他跟付志两个人得忙死。

"行！李磊那小子给你们。"

"他？他能干吗？"

档案室待了那么久，估计早退化了……

处长瞪了他一眼，"开车总行吧！"

再怎么说李磊也是真正的刑警出身。

知道没商量的余地，辛健拿起卷宗就出了办公室，路上遇到付志去复印室，扬声叫了一声："处长体恤我们工作辛苦，给配了个专属司机。"

付志拿着一叠卷宗拐进复印室，头都没回，"谁啊？"

“李磊。”

辛健的语气有点幸灾乐祸。

结果他刚说完，旁边的办公室探出一个人，“叫我干吗？”

果然白天不能说人，晚上不能说鬼。

辛健扬了下眉拍拍李磊的肩膀，“从今天开始，你要跟着哥混了。”

李磊没搭理他。

付志咧嘴一笑，转回去自己复印口供。

处长把李磊配给辛健他们查这个案子，李磊在大概听完了辛健的描述后，反应是把卷宗往桌子上一扔，“逼供？电视剧看多了吧？”

要是在什么前不着村后不着店的小城市也就罢了，他们这风口浪尖的，逼供？谁会这么吃饱了撑的找麻烦。

“所以你倾向于相信孟军的话？”

“不是我相信谁，而是这事情不是明摆着吗？赵孙这就是铁证如山，翻什么翻！”李磊的语气里不乏不爽。

辛健看他的样子笑了笑，“既然你这么肯定，那你就负责把这案子钉死了吧。”他敲了一下桌面，“只要你能找到凶器，赵孙就算有三张嘴，也被判定了！”

“凶器？”

李磊下意识地觉得这不是好活，问：“那你们呢？”

对他的问题，辛健看了一眼付志，后者一脸的茫然。

实际上，辛健跟付志决定去一趟案发现场。

在到了地方之后，他们把吴刚给叫了出来，孟军已经暂时休职了。

“那小子，只是有点冲动，但是我相信他不会做什么违反原则的事情。”吴刚看见辛健和付志的时候还在帮孟军解释。

辛健当时抬头看了一眼四周的电线布置，问得很不经意：“你知道孟军打人的事情吗？”

“知道。”

吴刚竟然没隐瞒。

他叹了口气，“我看见他从审讯室里出来时的脸色就知道了，他还想瞒我。”

一辈子靠刑侦吃饭，这点事怎么可能看不出来。

辛健没说话，敛了下视线。

付志看了看四周，发觉这地方实在不是什么抢劫的好地方，案发时间是下午3点多，就算是工作日来往的人比较少，这光天化日的，路口旁边还都是店面，随便一个人出来都能看见案发经过。

“目击者是米粉店的老板？”

“对。”

米粉店挨着路口的位置，并不算最近，位置上大概有点偏，辛健还记得证人卷里目击证人的证词，整个案发经过是他听到被害人的车撞上路沿垃圾桶的动静才出来看看，之后就是目睹了抢劫、杀人、逃逸。

“为什么会选择这么一个地方抢劫？”付志想不明白直接问出口了，“这不是摆明了会被抓吗？”

哪怕智商再低也不会犯这么低级的错误。

辛健因为他这句话皱了下眉，“你们查过孟国强的社会关系吗？”

这问题显然有点出乎吴刚的意料，他愣了一下，然后摇摇头，“没有。”

如果查了，怎么会不知道孟军跟孟国强的关系。

这案子，从最初就被定为抢劫杀人，所有的证据都太过明显，甚至逮捕赵孙之后，他交代得也都很流畅，如果不是后来他翻供，这案子是再正常不过的流程案件。

辛健发觉在路口东南角有个摄像头，他指了一下，“调一下这个的录像吧，看看有没有能用的证据。”

很多时候，人都会先入为主。

台面上的直接证据太多，反而忽略了很多细节问题。

吴刚脸色有点难看，他开始意识到或许这个案子他们最初就走错了方向。

调个录像倒是不用多少时间，他们后来去了一趟交通支队，那天的录像还没被洗掉，所以在监控室就把当时案发经过又重新看了一遍。

跟证人的证词完全一致。

确实是撞车、抢劫，然后杀人，嫌疑人驾车逃逸。

监控录像上不能看清楚赵孙的五官样貌，但是身体特征和身着衣物也都跟逮捕他时他的穿着符合。

倒是付志看到第三遍的时候指着“赵孙”杀人时的那个瞬间喊了一句：“暂停一下。”

然后他点到屏幕上，“他第一刀就是往心脏捅的啊。”

虽然不是很清晰，但是位置上应该没错。

辛健他们又循环看了好几遍，最后连吴刚也点点头，“看起来的确是第一刀就扎上胸口了。”

“你抢劫遇到反抗，会第一刀往心脏捅吗？”

付志回头看了辛健一眼，后者耸耸肩，“我从不抢劫。”

完全没有经验可以提供交流素材。

付志懒得搭理他的态度，甩了个白眼然后回身问吴刚：“法医那边当时是怎么说的？”

“致死原因是心脏被刺穿，腹部和腰部各有一处伤口。”

通常情况下，法医是会将伤口的先后顺序也都判断出来的，但是因为这个案子的被害人三次受伤的时间太过接近，所以在刑侦部门没有要求的情况下，并没有进行很全面的尸检。

辛健皱了下眉，“鉴定员是谁？”

“司徒茁。”

吴刚说出这个名字时付志跟辛健都像被电了一下似的。

——这也太巧了。

再进鉴定所，辛健发觉气氛跟上次有点不一样。

那次他俩只是在会客室里等了一会儿，这次是直接走到了化验部，刚进楼道就听到一阵不小的训斥声。

那声音有点耳熟。

“这种鉴定结果你敢交公安局都不敢收，你当这是猪肉批发啊还分新鲜不新鲜！”

辛健往里探头看了一眼，果然是司徒茁。

依然还是上次见面时穿着白大褂的造型，只不过那刻意改过的版型和脚下踩的靴子都充分表现出了主人张扬高调的性格特点。

他敲了敲玻璃门，“司徒。”

里面的人回头扫他们一眼，眉头一皱，“不在！”

然后回身继续骂。

没办法，门口的两个人只能站着继续等，一直到辛健听得已经不耐烦了，实在忍无可忍地又使劲敲了一遍门，里面的情况才有所节制，司徒茁骂爽了才一摔门从里面走出来，“敲魂啊！”

“站这等你半个多小时了！”

辛健的语气也没多客气。

走在前面的司徒茁闻言转身瞄了他一眼，表情有点调侃，“才半个多小时就等不了了？你旁边那位上次等了好几个小时。”

他说的是付志。

被突然点名的男人先是愣了一下，然后无奈地翻了个白眼。

难道是他想等的？

他只是没有辛健这种威慑力罢了。

然后俩人跟着他进了办公室，照例是没有茶水，司徒茁不耐烦地摆了下手，“有事赶紧说。”

辛健说明来意之后，司徒茁很长地“哦”了一声。

那拖长音一直哦到辛健起鸡皮疙瘩了才暂时作罢，然后他笑笑说：“怎么所有倒霉的案子都落到你们手里了？”

对面的两个人没回答，辛健是城门，付志是池鱼，根株牵连而已。

司徒茁拉了椅子坐下，“这案子本来我也准备报了，你们来找我正好我也省得麻烦了。”他笑着喝了口茶，“被害人一共被刺了三刀，致命的是刺在心脏上的一刀，然后是腹部、腰部。从死亡类型上判断，他属于心脏死亡，在刺腹部和腰部的时候，实际上被害人的心脏已经停止跳动了。”

“一刀致命？”

“嗯，干净利索。”

辛健低头沉默了一会儿，旁边付志的注意力放在了司徒办公室的档案柜里，他一眼看到那张摆放得不是太显眼的照片，然后很突兀地插了一句嘴：“辛健，你有没有姐姐？”

旁边的人愣了一下，然后转过头，“有。”

不过他从来没跟人提过。

付志接收到他疑问的眼神，指了指司徒茁的档案柜，“还真像。”

那张照片上是三个人。司徒茁在左，中间是个笑起来很温柔和气的男人，右边的女人看着气场很凌厉，眉宇间的犀利跟辛健简直是如出一辙。

辛健显然也有点意外，他站起身走过去仔细看了看，“你跟我姐是同学？”

想起来似乎之前确实对方有提过认识他的一个熟人。

司徒茁耸了耸肩，“跟赵卿是。”

很明显，赵卿就是照片上站在中间的那个男人。

付志猜测地接了一句：“你姐夫？”他这话是问辛健的，后者说：“前姐夫。”

这次换司徒茁诧异了，“为什么是前姐夫？”

“离了。”

年前离的，两家人都劝了很长时间，但是两个人都很坚持，说是勉强在一起生活太辛苦，趁着还没有孩子……

作为旁观者来说，辛健看不出来他俩的生活有多辛苦，印象里这两个人一直以来都是腻歪来腻歪去，毫不避讳，本来还想说是他们家族的模范夫妻，结果莫名其妙就离了。

司徒茁因为辛健的话着实愣了很长时间，这个消息对他来说显然太过意外了，以至于后来辛健去推了他一把都没能把他分散的思维给拉回来。

最后，已经无心再去搭理屋子里的两个人了，他直接挥了挥手送客，“行了，这案子我之后给你电话吧，现在没心情。”

然后他扯着辛健拉上付志一起给推出了办公室。

被赶出来的两个人一时没反应过来，怔了半天才彼此看了一眼。

这搞什么啊！

不过，无论司徒茁在态度上合作不合作，终究他们还是得到了想确认的答案。

这不是普通的抢劫杀人。

而应该是谋杀。

辛健回到检察院的时候，把进展跟处长汇报了一下，老处长坐在办公桌后面看了他一眼，“你有多少把握？”

“没什么把握，这只是一个可能。”

辛健的话说得很有保留。

目前来说，什么都确认不了。只能说这个案子暂时所挖掘出来的部分有推翻前案的可能，但是要让他承诺什么，辛健也没那么笨。

老处长瞪了他一眼，“只是个可能你来跟我说什么废话！”

“不是你让我所有情况都来跟你汇报的吗？”之前是谁拉着他跟付志唠叨了那么久。

“总之你尽快给我搞清楚这个案子。”

不客气地下完命令，处长示意他可以走了。

而辛健在临出门前，突然回身问了一句：“处长，我去学习的那段时间，你到底去哪儿了？”

当时他跟付志如果不是一直找不到人，也不至于那么被动。

处长看了他一眼，没有立刻回答。

“我去开会了。”

“开了两个多星期？”

处长笑了笑，“那案子你们要是没结，说不定我现在还在开呢。”

他摆摆手示意辛健把门带上。

这个问题显然他不太想谈，至少，现在他还不想……

辛健没继续追问，带上门直接出去了，但还是有些介怀。

巫世国的案子还没有真正结束，他很清楚。

在案发现场的第三个嫌疑人到底是谁？证据为什么会不足？还有那份莫名消失的鉴定书，太多太多的问题没有解决。

但是他也知道，想要把所有的事情都搞清楚，不是一朝一夕或者一个人两个人可以办得到的。

在这行这么久，他很清楚什么时候应该适可而止。

巫世国的抗诉案目标很清楚，就是把巫世国给诉了，除此之外，都不是当务之急。

如同当初的庄一伟一样，在还没有能力的时候，只能去尽力而为，争取一个最好的结果。

理想归理想，现实是现实。

辛健叹了口气，想到巫世国的案子不由得脊背渗入丝寒气，同时他想一探究竟的决心更加坚定。

早晚有一天……

他会把这件事搞个水落石出！

不过，在搞明白巫世国那个案子之前，辛健最要紧的是先把赵孙这件事搞明白。

李磊一直到第二天早上才出现在检察院，嘴里咬着馒头，手里抱着一缸咸菜，看见付志的时候打了个招呼。

“辛健昨天晚上没把你手机给打爆了？”

下班之前就一直在念叨，不过怎么都联系不上人。

啃着馒头的男人咧嘴笑了笑，一口白牙，“嘿嘿，手机没电了。”

他是故意把电放没了的。

昨天收工的时候都已经 9 点多了，他可没工夫应酬辛健那个工作狂。

“说实话，我真的受不了他。”李磊撇了撇嘴，他一直对辛健就不是太感冒，接触下来完全是因为付志。

付志往后撤了一步躲开他油乎乎的手。

李磊虽然平时有点吊儿郎当，真正做事的时候其实一点都不含糊。

辛健逮到他的时候第一句话就是：“凶器呢？”

“找着了！”

李磊晒出一口白牙，一脸的嘚瑟。

“孟军他们找了好几次都找不到，你怎么找到的？”

“他们没找到因为他们是按照赵孙的话去找的，我找到了因为我是按照自己的脑子去找的。”李磊指了指太阳穴。

不说赵孙本身的话就真真假假说不清楚，单从逻辑上，他也不信开车开到一半把刀往高架桥下扔这个说法，所以他从案发现场开车往赵孙逃逸的方向模拟了一遍，一路上所有可能成为丢弃地点的路段都下来搜了半天，最后是在一个匝道边上找到的。

“那刀呢？”

“交鉴定中心了。”

刀就算攥在辛健手里也不会攥出个什么结果，李磊大半夜的找到东西就送鉴定中心了，辛健催死一样地给他打电话，他权当没听见。

辛健现在一听到鉴定中心这几个字都会头疼，“那要多久才能出结果？”

“你们要是有熟人，大概一天就能出来。”

李磊挥了挥手就懒得在这里较劲了，他手上端了杯水果茶，正准备往付志的办公室里钻。

档案室离这边有点远，时不时地被叫过来，他还得来回跑，反正被处长拨给辛健了，索性他也就耗在付志那，王姐去外地取证了，他刚好捡个工位。

看出他的意图，辛健伸手一拦，“鉴定中心那里你去催。”

“凭啥啊？我都多少年没跟那帮人打过交道了，我不去，你自己想办法！”

说完，也不管身后人什么反应，脚下一拐直接进了屋。

结果他前脚刚进门，后面辛健就跟进来了。

李磊把杯子放下，索性双臂交叉瞪着他，“再说一遍，小爷不去！”

辛健看了他一眼，然后视线转到付志身上，“你下午去趟鉴定中心，把凶器的结果取一下。”

正在打结案报告的男人没抬头，只是很低地应了一声：“嗯。”

身后辛健丢了一个得意的眼神给李磊，搞得李磊猛拍了一把付志的肩膀：“你有点原则行不行啊，让你干什么你就干什么！”

结果他这一拍，正着急忙赶报告的付志手一抖，直接点了取消。

“李磊！”

一上午白忙活了，付志站起来二话不说抬脚就踹，“你给我滚出去！”

辛健聪明地及时退出战局，临走还把门给带上。

里面不间断的哀号赔礼让他心情不错地啧了一声。

——活该！

辛健不愿意去鉴定所是因为司徒茁实在太难搞。

他就是莫名其妙地觉得对方怀了点嫌弃的敌意，说不太清楚，就是似有若无地让人硌硬。

但是付志去鉴定所也没见到人。

因为司徒茁请假了。

说是深受感情困扰请假平复心情，比起对方这难以捉摸的脾气，更让付志感到诧异的是这种请假的理由竟然也会被批？

凶器上面一共提取到了四枚指纹。

但没有一个是赵孙的。

这似乎印证了他自己的说法，杀人的并不是他。

付志把鉴定书拿给辛健的时候，辛健沉默了半天，这案子折腾到现在几次转折搞得越来越复杂，说赵孙无辜基本上他不信，但是要说孟军逼供也有些牵强。凶器好不容易找到了却压根没有赵孙的指纹，到底孟国强是因为什么死的？

“有没有可能指纹被抹掉了？”

李磊坐在办公桌边上，提供了一个意见。

“鉴定中心说没有擦拭的痕迹。”付志在鉴定所就问过这个问题了，对方回答得很干脆。

辛健没下什么结论，而是给刑侦队打了一通电话，他找的是吴刚。

“吴刚人不在。”接电话的是他办公室的同事。

“去哪儿了？”

“检察院。”

这边辛健刚挂线就又有一通电话进来，拿起来，是门卫通知他有警察过来了。

他转头一乐，“还挺寸。”

吴刚不是一个人来的，孟军也到了。

两个人坐下，吴刚先给了辛健一份卷宗，“这是之前我预审的，你看看。”

口供是孟军的。

没想到这俩人还严格走了趟程序。

辛健翻了两页，抬头看着孟军，“你大伯那天是去古董店？”

孟军点点头，“我伯母是这么说的，他之前从几个朋友那里淘了个好东西，神神秘秘地说要拿去做个鉴定，然后一走就没回家。”

比起之前，孟军现在的脸色好了不少，他这次是作为证人过来的，态度上也轻松许多。

“知道是什么东西吗？”

“我后来找那几个朋友问了一下，说是一幅齐白石的画，长寿松鹤图。”

孟军说完付志感叹了一声：“好东西啊。”

如果是真品，那价值就太吸引人了。

吸引到足以让人为了这个发疯……

“除了你大伯的那几个朋友，还有谁知道你大伯手里有这幅画？”辛健觉得这个案子越来越诡异，隐隐似乎是感觉到了一种可能，不过很多地方还是解释不通。

“没有，连我大伯家人都不知道。”

但凡是玩这些东西的，戒备心都很强，搞点什么都非要弄得神神道道的，不到最后都不肯跟人说句实话，不过或许也跟古董的价值有关系，随便一个物件倒腾一下都是几十几百万，也确实说不好谁会揣着什么心思。

辛健点点头，“后来这画找不到了？”

“嗯，报案的时候也提过，不过当时觉得是抢劫，没有特别注意。”

事实上，要不是后来吴刚去孟军家里查，孟军自己都不知道那天丢失的东西里还有这么一个值钱的古董。

无论是证人还是监控录像都只能看见赵孙抢了车里的一个包，包里到底是什么，没人清楚。

听完孟军的证词，辛健把卷宗合上，招呼下付志：“走吧，咱们再去见见那个苦主。”

这次，他想知道赵孙有什么新鲜词没有。

结果赵孙在辛健问到那幅画的时候，很激动地站了起来，“画？什么画？”

后面的法警把他给按了回去。

“你不知道车上有画？”

“检察官同志，我连车上有钱都不知道！”赵孙努力地澄清着自己的清白，一脸急躁，“我真的没杀人，也根本不认识那个人，我是被冤枉的。”

“如果你是被冤枉的，最初审讯你的时候，你是怎么知道被害人被刺了几刀的？”

“那都是逼我说的！”赵孙被铐在一起的双手拼命地舞动着，“就是那个挺年轻的，他打我，逼我说的！”

辛健冷笑了一下，“那他为什么要逼你承认？”

“他们要破案！找我做替罪羊！”

赵孙答得很快，他顶了一下快要滑落的眼镜，完全是下意识的反应。而这个动作，却让付志捕获到了。他负责记录的手顿了顿，然后随手在口供卷的背面写下一段话递给旁边的辛健。

辛健看完豁然贯通，抬头看了赵孙一眼。

监控录像上，那个凶手没有戴眼镜。

明明是个很明显的漏洞，却一直没有引起任何人的注意，或许是因为两个人的衣着实在太像了，所有的注意力都很自然地被最显著的特征吸引住，模糊的五官上到底有没有眼镜，几乎没人会留意。

直到付志看见这个动作，才猛然反应过来。

无论赵孙在这件事里扮演了一个什么样的角色，当时下手的确实不是他。

辛健劝诫道："赵孙，我希望你能老实交代事情的经过，耍手段对你没有任何的好处。"

"检察官同志，我所有事都说了，我真的是无辜，被冤枉的。"赵孙喊冤喊得字字情真意切，却没办法让人信服。

付志跟辛健后来从看守所出来的时候，两个人都很沉默，心里的疑团越来越多，现在似乎就站在真相的门口，却就是不得其门而入，还差一把开门的钥匙。

一直到坐在车里，付志才抬起头，"我还是想不明白，就算凶手不是赵孙，抢劫的人到底为什么非杀孟国强不可？"

完全想不出动机。

先不说凶手到底为了什么杀人，单说既然杀人的根本不是赵孙，他为什么一开始要隐瞒事实带着吴刚他们兜圈子？

显然，到现在为止，赵孙都还不清楚孟军和孟国强的关系。而根据孟军的回忆，他大伯也没有跟赵孙有任何程度的瓜葛和仇恨，这件事到底起因为何，实在让人一头雾水。

凶器上既然没有他的指纹，他为什么故意不说实话……

辛健沉默地看着车前的景色，半天一动都没动，付志的话他听见了，却也一时找不到答案。

"你说，赵孙既然一口咬定自己不是凶手，他是怎么知道凶手逃逸的路线的？"

无论他的故事是真的还是假的，被逼供的那部分肯定不是事实，审讯的录像和记录吴刚全部都提供了，根本没有任何的问题。

那剩下的问题就是，赵孙这个所谓的"巧合"，到底能够巧合到什么地步。

最初的几次口供，他都将这个案子的细节交代得很清楚，只是如果他真的不是监控录像上刺了孟国强三刀的人，他之前口供中提到的沿途将凶器丢出高架桥的事情，又是怎么了解得那么确切的？

付志看了辛健一眼，"他还有帮凶？"

这个疑问句的语气更像是陈述句，付志自己说完都愣了一下，觉得有些东西隐隐想透了，但还是不通。

辛健在下一秒挂上挡把车开出停车场，直到车上了大路，才敲了一下方向盘，“我觉得，他不仅仅是有帮凶，这个帮凶，还就在我们的现有名单上。”

回到检察院，辛健把李磊和孟军、吴刚都叫到了办公室。

他把这个案子所有涉及的人都摘了出来，在白板上列了一个关系表，吴刚看到他画完笑了笑，“这有点像我们刑侦大队了。”

没想过有一天他会在检察院里跟几个检察官讨论案子到这个地步。

辛健拿着笔笑了笑，随即转过头一个一个地捋这几个人的关系。

“首先，被害人孟国强从家里出来，要去古董店鉴定手上的那副松鹤图，然后开车到路口，发生车祸，被一个穿着打扮与赵孙一样的男人打劫、杀害。然后凶手驾车往东逃逸，整个过程被路口的米粉店老板看见并报警。”他说到这里，把笔递给旁边的孟军，后者接过笔边画边说：“我跟老吴接到报警，出车到现场，被害人已经身亡。根据证人的描述，我们对往东的几条主干路段进行了封堵拦截，下达了通缉令，与此同时法证在现场取证。”

付志紧接着说道：“赵孙是在距离案发现场近半个小时车程的地方被抓到的，当时驾驶着孟国强的车，车上还有抢劫所得的赃款，但是放画的包已经不知所踪了。”

这是一个人不可能完成的犯罪。

李磊拿过孟军的笔在关系图下面画了一个很简单的地图，他沿着自己当时模拟的逃逸路线一路比着，选了三个可能的点作为中途换车的参考。

“这里是他扔刀的地方，距离案发现场大概要二十分钟。”

他在那里画了个叉。

付志看着那张地图，摸了下下巴，“既然赵孙明知道自己不是凶手，为什么一开始不干脆说出刀被丢在了什么地方，那样不是更容易洗清嫌疑？”

这么有力的一个证据，他到最后都没说的理由是什么？

辛健听见他这句话就笑了。

“这问题我想了很久。”他在李磊的地图上，找到一个路口在上面写了一个名字。

康凯。

他这一写，付志眼睛亮了一下，“我明白了。”

旁边的李磊愁眉不展，“你明白什么了？”

不止他，旁边的孟军和吴刚也有点茫然。

付志看了李磊一眼，享受地伸了个懒腰。辛健把手上的笔盖好，对着孟军说：“如果我没料错，你们现在已经找不到这个人了。”

他说的时候，还用笔点了一下康凯的名字。

“你是说，赵孙的同谋是他？”李磊问出了多数人的不解。

“他应该就是杀害孟国强的真正凶手。”

这句话，辛健说得十分笃定。

辛健料想得一点都不错。

第一次打电话还能找到的康凯，在吴刚按照地址找上门的时候，已经人去楼空了。

邻居说这人几天前好像就没回来过了。

按照日子算，大概就是当初辛健打电话的时候。

吴刚找批捕处下了一张逮捕令，直接对康凯进行了跨省通缉，与其同时，辛健正式完成了关于逼供的调查，做了一份报告交了上去，孟军也因此恢复了职务，然后按着付志的想法，复职后第一件事就是调查他大伯在案发的前一天所到过的地方。

“如果赵孙和康凯最初的目的是那幅古董画，一定是通过什么途径知道的，他们在案发之前肯定有过接触。”

付志这个推理很合理。

在孟军和吴刚各有各忙的时候，辛健跟付志去了一趟外地。

为另一件事。

王姐在外地取证的时候，遇到了抢劫，人被撞了在医院，付志接到电话之后第一时间就赶了过去。

辛健当然是陪着一起。

在医院确定了王姐暂时没事，两个人站在医院的楼道里相视苦笑。

“咱们手头办着一个假抢劫，这边竟然遇到一个真的。”也不知道算不算王姐倒霉，几个屁大点的孩子，竟然也学人家抢劫。

辛健笑了笑，“谁知道这是不是真的。”

弄不好也是个忽悠。

这世上的事情，实在不好下什么定论。

眼见的都不一定是真的，何况是耳听的……

他转头看了一眼旁边的付志，“说实话，你到底有没有信过赵孙？”

“嗯？”

“相信他说的，孟军逼供。”

付志视线扫过楼道外面的花园，看着来来往往互相搀扶的病人和家属，过了一会儿才回头看了辛健一眼，“我不信，你呢？”

“我信过。”

辛健笑了笑，“或许是因为我不够信任所有人，所以才会相信赵孙这种人。”

“但是你信赵孙，也一样把这个案子翻清楚了。”

他不信，是因为他在看见赵孙第一眼的时候，就觉得对方说话做事不符合逻辑。

这完全是一种职业直觉吧，毕竟这么多年，他的工作就是分辨别人口中的真假，久而久之，有些判断纯粹是一种本能。

辛健之前那句话说得很好。

——这不是相信不相信的问题，而是判断的问题。

站在旁边的辛健笑了笑没吭声。

都说付志看着糊涂，他倒是觉得其实最清醒的是这个人。

王姐既然没事，辛健跟付志又连夜赶回了院里。

到的时候已经是深更半夜了，付志回到宿舍发觉门竟然被反锁了，敲了半天没反应，最后没办法他只能打电话给辛健。

“李磊鸠占鹊巢，我没地方睡觉了。”

他这辈子最倒霉的一件事是认识了辛健，比认识辛健还要倒霉的事，莫过于他还认识了李磊。

辛健在电话那头笑了半天，好一会儿才勉强忍住笑，“那你等我一会儿，我穿衣服。”

他到家比付志早，睡衣都换好了。

付志蹲在检察院门口等了半个小时，然后看见辛健的车闪了两下车灯，他拢了一下大衣钻进车里。

“冷死我了！”

大半夜的温度简直不是人待的。

“这要是我，可忍不了……”辛健唯恐天下不乱地挑拨了一句，“明天支持你拆了李磊炖汤。”

付志掀开眼皮瞄了他一眼，“你是有多讨厌他？”

“跟司徒茁对我的感觉差不多吧！”

辛健凉凉地接了这么一句话，一脚油门往家飞飙。

旁边付志把车里的暖气开到最大，依然畏寒地缩了缩，“原来你也知道司徒讨厌你。”

他本来以为对于辛健这种人，别人的态度根本就是浮云。

辛健没回答，只是笑了笑。

他住的地方离检察院不算很近，但是因为现在是大半夜车少，开起来二十分钟就到了。

仅仅二十分钟也小睡了一觉的男人昏头昏脑地下了车，跟在辛健后面跌跌撞撞地蹭到了辛健家。

这人的房子装修得很符合他的性格。

大体基调就是黑白，偶尔夹杂了几件灰色的中间色调，看起来整洁但是不免单调。

“真服了你这种人……”

付志小声地嘀咕了一句，也不管辛健打算怎么安排自己，倒头就歪倒在了沙发上。

辛健后来看叫不醒他了，只能在他脑袋下面放了个枕头，然后搬出一堆被子毛毯什么的给他盖好。

临回卧室的时候，他推了推付志，“要不你就搬到我这吧，有暖气。”

付志在沙发上不爽地蠕动了一下，然后不耐烦地嗯了一声。

辛建笑了笑。这一夜，两个人一夜好眠。

连着折腾了这么多天，难得睡了个好觉，第二天一大早就又被电话吵了起来。

最倒霉的是付志。

辛健的手机就放在沙发边上，响在耳边的动静不输给打雷。

他几乎是手脚乱爬地翻身起来接的电话。

那边是吴刚的声音。

“康凯我们抓到了！”

听完这句话，付志难得一扫清晨习惯性的困倦，冲到辛健卧房要把人给叫起来。

“快起来，康凯抓到了！”

推开办公室的门，付志一抬眼就看见李磊喝着米粥看他。

付志吓了一跳，“你怎么跟鬼一样无处不在的？”

这办公室他到底是怎么进来的？

就跟他宿舍一样，这人究竟是怎么爬进去的？

喝着粥的男人撇了下嘴，“找值班的说东西落在屋里，就开开了呗。”反正这院里上下都知道他现在在跟辛健和付志一起办案子，也不会有人查。

李磊说完指了一下自己，“我这脸长得就特别有说服力。”

坐在沙发上的付志瞄了他一眼，拼命地克制自己用暖壶砸人的冲动。

比起他，辛健的反应就淡定多了。

他只是走过去示意了一下让李磊往他跟前走两步，等到后者不甘不愿地走过去了，他才轻描淡写地说：“下次别坐在我办公桌上，浪费消毒水。”

这话李磊寻思了一会儿才反应过来，然后就看见旁边付志憋笑憋得面部扭曲。

“辛健你这张嘴简直太欠了。”

“失礼，这方面我不敢论资，您才是前辈。”

他说完还有意地看了旁边的付志一眼，后者咳嗽了一声，选择置身事外。

“行了，吃完没有？吃完了赶紧走人。”

辛健回办公室实际上是为了取口供的卷宗和档案资料，付志趁机把大衣换成最早发的那版，披在身上裹了个严实才一路小跑地往外冲。

临出门辛健一把把他拽住，塞给他一包挺热乎的东西，正好放在胸口，“路上吃。”

是俩馒头，旁边还有一小包咸菜。

付志有点诧异，“你哪儿来的？”

“刚才去取卷宗的时候遇到人要的。”辛健挑了下眉，“你先下去热车。”

到了公安局，审讯室里，康凯垂头丧气地坐着。

如果说赵孙是一眼看过去不太像个抢劫犯的人，那康凯就是浑身上下写满了罪犯两个字。放在电视剧里，那就是从出场就被贴上了坏人标签的反派打手，甚至连洗白的半点可能都没有。

康凯手边放着一个透明的证物袋，里面是跟赵孙被逮捕时穿着一致的外套、裤子和鞋子。

吴刚站在旁边冷哼了一声说："从他家搜出来的，这小子竟然还留着！"

他们实际上是在南方抓到康凯的，当时他在一家网吧里刷夜上网，刚好网吧的管理员看到了网上发布的通缉令，就打电话报了警，康凯被当地的警方扣留后，是他过去带的。

然后就申请了搜查令，涉案的物证包括这身衣物，一应俱全。

辛健扫了一眼那袋衣物，"康凯，你涉嫌一起谋杀，情节严重，性质恶劣。为了你自己，你最好把所有知道的事实都老老实实地交代清楚，不然，后果可能很严重。"

他一说完，康凯脸色都变了，"谋杀？不是！我只是抢劫。"

付志一边记录着口供一边在心里感慨了一句，这人可真痛快，然后看着辛健抬起下巴，审视着康凯，"被害人孟国强是你杀的？"

康凯噎了一下，泄了气地坐回去，"是……"

"为什么杀他？"

"我问他有没有钱，他说没有，还一直反抗挣扎，我是一时着急才……"

他话没说完，被辛健打断了。还是淡淡的语气，没什么停顿起伏，却泛着一股冷意，"你撒谎。"

辛健瞪着康凯，"你跟赵孙根本就不是临时起意的抢劫杀人，你们最初就是为了抢孟国强的那幅齐白石松鹤图，这是谋杀，不是抢劫。"

说到赵孙，康凯的表情明显一僵。

然后辛健补充道："而且你是主犯他是从犯，康凯，你是整个事情的主谋。"

如果现在采了康凯的指纹去做比对，他可以百分之百地肯定跟凶刀上所采集到的指纹是相符的。

康凯面如死灰，他颓力地把自己摔在椅子上，无力地抖了抖嘴唇想要辩解，最终还是没能挤出声音，他沉默了一会儿才抬起头看着辛健和付志，情绪不太平稳地开口说："我交代……我都交代……"

"孟国强确实是我杀的，但是，我不是这件事的主谋。"

他盯着辛健，满脸都是急不可待的慌乱，"这件事是赵孙策划的，我只是个从犯。"

基本上，付志是相信康凯关于赵孙才是主谋，而他只是一个从犯的说法的。

毕竟从整个讯问的过程中，他所表现出来的都不是一个思考者，而是一个彻底的执行者。

"那天……是赵孙来找我，说有个生意便宜我，只要能转手，这辈子什么都不用干了。然后，我按照他的计划，事前穿好了衣服，等在定好的地方去拦车，杀人……"

他说到杀人的时候，声音很自然地低了下去。然后抬起头，手舞足蹈地比画着，"但是我一开始就说了我不想杀他，是赵孙，赵孙说如果他不死，这个计划就不能用了！"

他意在财，而不是人命。

要不是赵孙一直坚持，他是不会下那么狠的手的。

辛健问："你们的计划到底是什么？"

"赵孙说，如果杀人的是我，但是被抓的是他，是没有什么直接证据能够定他的罪的，他一开始承认了，然后再翻供，就说是被警察逼供了，那最后查出来杀人的不是他，我也早就逃远了。"

康凯叹了口气，"那天你们给我打电话，就是计划内的信号，赵孙跟我说，只要有人给我打电话，我就立刻离开这里去避风头，到时候他会联系我。"

"那幅画到底在什么地方？"

"我不知道，那幅画在我跟赵孙换车的时候，我就交给他了，后面的情况，我都不是很清楚，因为只有他才有门路处理掉那幅画。"

从计划上来说，到也真算是别出心裁了。

辛健不知道对这些挖空心思为非作歹的人该如何评价，他看了一眼康凯，身强体健，四肢健全，不聋不哑的，偏偏就是不能去走个正途。

他在口供卷上做了几个记录，然后抬头，"那关于凶器，你到底处理在什么地方了？"

“在 ×× 路口，我扔在匝道的隔离带里。”

听到这里，审讯室外的李磊和孟军恍然地点了点头。

赵孙并不是没有老实交代凶器到底扔在哪里了，是他根本就不知道。

所谓的高架桥，恐怕也是他自己编的。

孟军后来在交易市场的监控录像上，找到了赵孙一路尾随孟国强的片段，很明显是在交易市场的时候赵孙就听到了别人对那幅画的估价，然后从此寝食难安。

康凯随后把一些细节的地方该交代的都交代清楚了，辛健问完后让孟军把人押到看守所去，顺便跟付志两个人一起也跟了过去。

见到赵孙的时候，辛健很淡定地告诉他：“康凯刚过来，就在你隔壁。”

下一刻，赵孙刷一下白了脸色。

很长的一段时间，提讯室里都是压抑的沉默。

这种即刻型的反应，让付志觉得有点嘲讽。

他用笔点了一下桌子，“说吧。”

简单的两个字，没有更多的什么。毕竟到了这个地步，也实在没必要再浪费大家的时间了。

赵孙脸色很难看，他动了动嘴唇，然后很犹豫地抬起头，“如果我现在交代，还能算自首吗？”

辛健笑了笑，“不能。”

他觉得赵孙的思维逻辑很难理解，“整个事，你到底是怎么想到的？”

在刚刚康凯供述的时候，他就一直在想这个问题。

不能说这个案子被搞得有多高智商，就是很绕，很多地方明明就很明显，却几乎所有人都不约而同地忽略掉了，实际上如果不是孟军凑巧跟孟国强有血缘关系，恐怕翻供一说根本就成立不了。

赵孙咽了一口口水，消沉地低着头，“我是在交易市场遇到的那个老头，听见人家说他那幅画很值钱，就惦记上了。本来出了市场，我想跟他商量着看一眼，或者把东西骗过来，谁知道那个老头脾气挺大，对我连打带骂的，我就跑了。”

“然后，我打听到了这个老头的住址，就跟到他家楼下蹲着，结果看见一个警察经常出入。本来以为是他儿子，后来才知道是他侄子。”

说完，他看了辛健一眼。

原来赵孙知道孟军和孟国强的关系，他是故意的……

之前想不通的地方一下子豁然开朗了，辛健冷笑了一声，“你倒还真是盘算得挺久。”

赵孙没有回答他的话，低下头继续说：“我知道孟军所在的管区范围，就开始琢磨怎么能把东西弄到手，但是想了几个招但是都不太好。一直到那天凑巧看电视的时候，看到说是查案子的时候，有血缘关系的都需要司法回避，就连口供也可以翻供，没有实质证据的话，就定不了案……”

电视上总是把很多东西演得很邪乎。

但是也启发了赵孙。

他最初的打算就是安排一场抢劫，自己作为顶罪的被当成嫌疑人，模糊完了警方的视线再翻供，一口咬定是孟军打他，刑讯逼供，等到案子重新再查的时候，自然能查清楚其实跟他没关系，这样到时候康凯早就跑了。

“你想得挺好，但是漏算了太多事。”

辛健看着赵孙，好心地给他解释：“首先，你漏算了康凯没有把衣服给扔掉。其次，你漏算了就算他跑到外地，一样会被抓回来。”

赵孙很会打算，可惜选的这个搭档不是个合适的人选。

警方的力量永远比大家臆想的要强。

在讯问结束的时候，赵孙问辛健：“我会被判什么罪？”

走在前面的辛健没听见，付志站住回头看了他一眼，“故意杀人罪、抢劫。”

赵孙脸色惨白，“我没有杀人。”

但是这一次，付志没有继续给他解释，只是淡淡地丢下一句话：“问你的律师吧。”

很多人都以为自己手上不染血，就不是凶手。

赵孙盘算了这么多，考虑了这么多，却连自己到底犯了什么罪都不清楚。

判决宣判的时候，辛健下意识地看了旁边的付志一眼。

书记员席位上，付志依然在做笔录整理，一脸严肃。

那篇长达几十页的审查报告的最后，被他很认真地写上了“结案”两个字。

辛健看着他写完，然后长长地出了一口气，不太明显地扬了下嘴角。

从法院出来，付志被阳光晃得睁不开眼，然后不怎么舒服地避到了旁边，看着辛健走出来才催促对方赶紧把车打开。

辛健很蓄意地把钥匙在手上绕了一圈，然后才慢吞吞地去开车。

李磊走在后面嫌弃地说："辛健我觉得你骨子里就是个贱。"

专门以跟人对着干为乐趣。

靠在车旁边的男人没搭理他，只是拉开车门看了一眼缩在后座躲阳光的付志，"我说，你是周六搬，还是周日？"

付志把眼镜摘了捏捏眉心，考虑了一会儿，"周日吧，还得收拾一下。"

旁边李磊好奇地问了一句："搬什么？"

"搬家。"

辛健凉凉地笑了笑，"付志要搬到我那儿去。"

"不是吧？"李磊诧异地看了一眼后座上的好友，"你这是有多想不开啊？"

付志终于找到了一个避光的地方才满意地把眼镜戴回去，态度不置可否，"无所谓，地下室也确实太冷了。"

李磊说："我早就劝你不要住在地下室了，让你跟我一起租房子你又不肯。"

"你那狗窝也就只有你自己能忍受。"

之前跟李磊合住了那么久，对方的生活习惯付志清楚得很。

事实上最后这人搬出去，也比较像是被他赶出去的。

"是你不习惯咱们这种爷们儿的潇洒！"李磊冲付志抬了下下巴，一脸的不以为然。

辛健在旁边也听够了，按了一下喇叭示意李磊上车。

这案子结束了几个人也都能舒服几天了，孟军他们刚才旁听也来了，但是走的时候没遇到。

回到院里，辛健要去跟处长汇报这个案子，付志要把之前王姐留下的那几个案子处理了，因为外地的那件事她现在还在家里休息，于是所有的事都堆到了他头上，他最近一直在为了一个案子加班。

辛健临下班还特地给他打了通电话问要不要给他带点吃的。

不过忙得昏天暗地的付志压根就没搭理。

他支支吾吾半天自己都不记得说了些什么，后来熬得太晚，就在办公室睡了。

一直到第二天事情忙活得差不多的时候，他一扫时间已经晚上 11 点多了。

这时候如果再不去弄点吃的，就有点说不过去了。

深夜的路上，来往的车总是很少。

付志觉得自己的外套果然是穿得薄了，就算浑身都已经包裹得很严实了，刺骨的寒意还是会从所有的缝隙钻进身体，然后冰掉他的四肢和大脑。

天一冷，他的意识就容易模糊。

好像曾经有些无聊的专家研究过，在人体可以承受的温度范围之内，适中偏暖会比较容易让人入睡。

他是暖了冷了都犯困，李磊那家伙管他叫睡神，其实也不算太过分。

没办法，属于天性使然了……

付志对家庭的概念其实不是很清楚，从小就不是太宽松的环境，从懂事开始，就已经是劳动力的一部分了。

他出来念书，家里最初还反对来着。

因为干活儿的又少了一个。

后来是他姐姐给他爸爸跪下，哭得声泪俱下地分析念书的种种好处，这才让他来了这边继续念完大学。所以，其实他算是一般而言的凤凰男吧，一个镇里，也就出了他这么一个。

所以念书的时候，他都比其他人要专心一些，成绩自然也就比较突出。

能够被挑进检察院，最初在同学之间，还是挺出风头的。

因为一般来说，检察院要的都是精英。

可是，真正做了这行，才发觉很多事情跟最初想的根本不是一回事，他有过排斥、厌恶、烦躁，但是等种种情绪都过去，剩下的就是逐渐接受的麻木。

某种程度上，他很佩服辛健可以保持着那么大的一份热忱。

路途在他神游这些有的没的的杂事的时候，无形中缩短了一些。他这人一加起班来便没完没了，等注意到时间的时候，已经是胃疼到让他歇斯底里的状态了，鉴于之前曾经出过一次状况，他这次果断在再次喷血之前决定下楼随便买点东西垫一垫。

这个时间大部分餐馆都已经关门，但是超市应该还没有。

——就是有点远。

他加快了一点脚步，想要赶紧摆脱空气中的那份湿冷感。

街道两边的路灯光线很昏黄，照在地上显得有点寂寞。

街上除了他，已经没有什么人了。

就连遛狗的都没有。

安静中带着一种让人窒息的压抑。

因此，稍微一点声音，就会显得很明显。

付志听到有汽车的声音，下意识地一回头，因为那声音很急，在这样空无一人的路上，实在不需要开到这个程度。

他走在人行道上。

从听到轮胎摩擦地面的声音到感觉到危险的逼近，一共也没有用多久，好在他回头早，意识到情况不对的时候，至少他还有时间去做出反应。

身体躲避危机的本能，意识到那车是冲着自己开过来的，他第一个动作是往树后躲，尽量缩小自己作为目标的范围。

然后身后传出了震耳欲聋的撞击声。

连带着那股冲力，他整个人也被撞飞了出去，摔在两米开外的地上。

砸到地上的那瞬间，身体像被撕裂一样疼。

他微微地眯着眼睛，看着撞在树上但是并没有受到太大损伤的吉普冲他闪了三下车灯。然后倒车，飞驰着嚣张而去。

那三下车灯的意思很明显，这不是一次意外，不是酒驾，而是警告。

手段非常暴力的警告。

半夜被撞这件事，付志并没有第一时间告诉院里。

那天回到检察院，他大概检查了一下伤口，虽然挺疼，但是看起来并不算太严重，主要是集中在肘部，穿着衣服的话，看不出来什么。

具体是被什么人警告，为什么会被警告，他心里很清楚。

王姐住院，所有案子都转交给他了，其中最棘手的就是一起涉黑案。

在检察院里，有两种类型的案件是大家最不爱碰的，多数情况下都是新人或者老资历才会摊上。

涉黑和内查。

付志会遇到纯粹是因为这案子本来是王姐的，而对方几十年的办案经验是公诉一处唯一适合担当公诉的人选。

其实检察官这种职业，大部分人都会认为危险性要低一些。

毕竟坐办公室的时间比较长，总强过跑外勤出现场的那些刑警。

却很少有人知道，威胁恐吓这种事，并非是电视剧电影才会出现的情节……

付志没有跟院里汇报，一来是因为没有造成实质性的伤害，再者也没有留下任何可追查的证据。

那天车撞完他是一路开着车灯倒车走的，他没有来得及看清楚车牌号码。

只能是他平时多注意，尽量减少外出。

他是这么打算的，却往往天不遂人愿。

第二次被攻击，依然是在大马路上。

这次直接被三个男人围堵在路边，指着他的鼻子警告他做事情的时候小心一点。

“说话就说话，别指来指去的。”付志后退了一步离开几人的包围圈想走。

然后胳膊被人一把拽住，“这位检察官，你是真不知道死字怎么写吧？”

那人用力很大，正好抓在付志之前受伤的肘部。

那股痛楚突然冲上神经，让他的脸色立刻就白了，他转身挣了一下，结果是伤口疼得越发厉害。

然后，突然有人插了进来。

“我觉得他对那个字用得比你熟。”

辛健说完话，手也伸出来了，一把扣住其中一个人的大拇指，用足了全力就往后掰。

下一刻凄厉的惨叫响彻半条街。

另外两个人因此跑了，辛健也没去追，只是用另外一只手掏出手机，报了警。

付志在旁边看着，心里琢磨着怎么就这么背……

当然，在公安局，他之前被恐吓的事情就瞒不住了。

回到检察院的时候，第一时间就被处长叫到办公室询问到底是怎么回事，他大概描述了一番之后，老处长问他：“要不要把这个案子移交给其他人？”

付志当时推了下眼镜然后笑了，“处长，您干脆把我调去看档案算了。”

正好跟李磊也做一个伴。

他是平时看起来比较不爱自找麻烦，但也不至于孬种到被人堵一次马路就立刻吓得躲起来装孙子。

这案子谁都是办，王姐处理到一半，那就是他的责任。

处长知道他的脾气，要么无所谓，要么就死倔到底，没办法也只能叹了口气，“那你多注意，有什么情况要及时说。”

“嗯，放心吧，我还没活够呢。”

“没活够你之前那次不吭声？”

提起来处长就有气，要是真出了什么事怎么办。

付志摸了下鼻子，“我知道了。”

只能说，他觉得讲出来之后会很麻烦吧，真正能帮忙的没有几个，但是被看热闹是肯定的了，到时候搞得人人都紧张兮兮的，实在没什么意义。

后来又被训了几句，处长就让他回办公室了，但是他人还没坐下，辛健就推门冲了进来。

辛健把钥匙往他桌子上一摔，“不等周日了，晚上下班就去你宿舍收拾东西，跟我回家。”

付志当时喝水喝了一半，皱着眉把剩下那半口咽下去，“你要干吗？”

“我要干吗？”辛健的语气猛地就抬高了，“我其实是好奇你要干吗，电影看多了还是最近加班加傻了？好好的人不做你要去做超人了是吧？今天要不是被我看见，你是不是准备一直耗到横尸街头才让人知道？”

付志觉得任何话只要经过辛健的嘴，那就变得无比难听。

他看了辛健一眼，“是你的话，你会不会跟处里说？”

辛健愣了一下，没接话。

付志见状耸耸肩，“换了是你，你也不会说。”

他太清楚辛健的性格。

第三章

陷入

就如同之前辛健被强行外派学习，从回来到现在，没有跟任何人提过那几天他到底遭遇了什么事，又是怎么回来的，哪怕是付志似有若无地提起，也都被他很技巧性地转移了话题。

被他一阵抢白，对面男人的脸色越发地阴沉难看了，虽然没有继续跟他纠结这个问题，但是对让他搬家的意见却很坚持，“要么我陪你住在院里，吃饭喝水都跟着你，要么你跟我回家。”

没得商量。

这大白天的，就已经明目张胆地在街上堵人了，接下来还有什么手段谁说得准？

这种本来就是不怕一万就怕万一的事，虽然敢动检察官的人还不多，但是难保没有几个缺心眼的，犯不着跟这些人比概率问题，根本不划算。

付志看着桌面上的钥匙，端着杯子沉默了半天，才抬起头。

辛健有点不爽地哼了一声，又叮嘱了两遍才回自己的办公室去继续干活。

剩下付志坐下来，视线扫到桌子上放着的卷宗，下意识地去翻开。

第一张就是基本资料的档案纸。

照片上的男人满脸的阴郁，即便是照片都无法掩盖住他眼底的那层冷意和残忍。

陈宏。

这半个城市的“黑夜之王”。

家虽然是搬了，但是搞到最后只是辛健把客厅的沙发给改了改，勉强弄出了一个睡觉的地方。

第二天，李磊钻到付志的办公室，问他需要不需要加个保镖。

当时正在打结案报告的付志扫了他一眼，一指旁边，“有一个了，你可以去交流一下。”

李磊转头就看见辛健，“你什么时候来的？”

沙发上看卷宗的人没抬头，“比你早。”

反正辛健的办公室也是一个人，王姐住院，付志也是一个人，合理运用资源，也省了一个办公室的电。

当然，这个理由让付志冷笑了三声就不再搭理他了。

从早上俩人一起吃完饭，辛健就一直坐在这。

那天在大马路上看见他被人这么围着，他除了担心之外，还很生气。

本来觉得以他跟付志的关系，就算这人再怕麻烦，不愿意跟人说，也该把情况跟他提一提，哪怕是彼此有个照应也好。

结果付志一声都没吭。

只有看着这人，他心底那股烦躁和不爽才能消减一点。

不过现在李磊突然搅和进来，他还没平稳多少的脾气又有了滋长的倾向。

幸亏大概是看出来他脸色不善，李磊没待多久就走了，临走跟付志说如果有事随时找他，后者点点头，算是谢过他的好意。

等到李磊出去了，辛健才抬起头，“你跟李磊是怎么熟起来的？”

据他所知，李磊是院里为数不多的高干子弟，具体家里是什么背景他不太清楚，但是看院里其他人平时对他的态度，也猜得出来应该不是一般的家庭。

李磊之前一直是做刑警的，后来是因为家里原因才调到了院里，但是也没走批捕也没走公诉，而是一来就调到了档案室。平时见到的机会不太多，若不是因为付志跟他有点交情，辛健跟他也几乎不会有交集。

还在全神贯注打报告的人听完他的问题只是应付地嗯了一声，过了很长时间才说：“他刚来院里的时候，我们俩一起办过一个案子。”

“他负责过案子？”

付志嗯了一声就没再继续说了，显然那件事他不太想提，辛健也没继续追问，注意力继续放在手中的卷宗上。

陈宏这个人，只要是能够涉及黑社会这个范畴的人，不可能没有听过。成名已经五六年了，最出名的一件事是当初他“管辖”的地盘上发生过一次枪战，后来这案子有几个混混出来自首，再之后也就不了了之了。

根据付志手上的资料，贩毒、走私、组织卖淫，黄赌毒他一样没少。

在公安局的刑侦支队，这就属于黑名单前三的败类，而在付志这里，最终的目标就是诉成死刑。

这是陈宏这种人应该付出的代价。

之前王姐给付志打过电话，让他量力而为，不要勉强。

其实，付志在被车撞过之后，不是没怀疑过王姐在外地遭劫的那件事。他跟辛健去看的时候，还开过玩笑说不知道这是真的劫案还是有人借题发挥。

没想到，一语中的，还真不太单纯。

但是王姐让他不要去管她的事，专心做好手头的案子就行了。

陈宏被控的罪名有六项，最重要的是谋杀。

四个月前，一个叫冯浩昆的人死在自己的家里，头部中一枪手脚中三枪，立案两周之后逮捕到了凶手，是一个外号叫匪刘（真名刘非）的无业游民，经过刑侦队的讯问，他交代杀冯浩昆是为了拿回他们帮里的账。而让他去杀人的，就是陈宏。

这是这么多年来，第一个能够跟陈宏有直接关联的案子。

所以公安局那边顺藤摸瓜，把之前所有涉及的陈年旧案都翻了出来，想尽一切办法将陈宏定罪。

匪刘在陈宏身边的地位并不算低，所以很多事都能说出来一点内情，所谓说一件也是说，说两件也是说，他既然被抓了，按照陈宏的做事风格就不可能放过他，为求保命，他只能孤注一掷把陈宏弄进去，说不定那样，他的家人还能保住。

在资料搜集得比较齐全之后，公安局提交了逮捕申请，批捕处批了，就直接在陈宏的夜总会里把他抓了。

到现在，付志还没有提讯过他。倒是见过匪刘，现在已经是一心争取将功赎罪，交代问题知无不言，那态度真是巴不得自己亲手把陈宏诉了才好。

都说黑道上的人最注重义气，却看起来也不过如此。没牵扯到切身利益，或许还有人肯玩一玩兄弟手足的那套戏码，真扯上了身家性命，也都是自保为先。

辛健没有问太多关于付志案子的事，毕竟不是他负责，他就无须打探太多。

这是他们同事之间相互尊重的固定模式。

不属于自己的案子就不过多地干涉，所以，风险几乎都是个人承担。

他只是跟付志说：“有任何需要，都直接开口。”

付志当时只是点点头，很淡地回道：“好。”

提讯陈宏的时候，本来辛健要跟着一起去，结果因为正好有事要忙，最后派给付志的还是院内第一闲人李磊。

他们 10 点就到看守所了，陈宏却姗姗来迟，让他们等到了 10 点 30 分。

到底是身份特殊，跟一般的犯罪嫌疑人比起来，陈宏的衣服整洁很多，气色也不见平常犯罪嫌疑人的那种萎靡消沉，只是神色很阴郁，走进提讯室的时候，他冲着付志说了一句："检察官同志好啊……"

那嘲讽的语气，让人听着很不舒服。

付志倒是没什么反应，翻开卷宗照例开始讯问他的姓名住址，但是陈宏只回答了两句，话题就被带到了一个很诡异的方向。

"你是哪的人？"

陈宏人很瘦，个子也不显得很高，坐在椅子里背挺得很直，眼神紧紧地锁着付志，看起来咄咄逼人。

李磊对陈宏说："问你什么就答什么，哪那么多话！"

对待这种人，就不能有一点点的客气和示弱。

付志没回答陈宏，陈宏也压根没搭理李磊，他看着付志很长时间，然后笑了笑，"我觉得我跟你是一个地方的人，将来有机会，应该好好聊聊。"

他的语速很慢，甚至可以说得上是平缓。即便是现在手上戴着手铐，身上穿着囚服，陈宏都没有表露出半点胆怯或者不安的状态，倒是身上那股阴狠嚣张的气焰没有半点收敛，看着付志的时候，眼底满是深沉。

坐在讯问桌后面的付志笑了一下，"我看没机会了。"

他跟陈宏不仅仅是两个地方的人，还是两个世界的人，这辈子都没有坐在一起闲聊的可能。

陈宏听完他的话只是无所谓地耸了耸肩，"这世上很多事都是说不准的。"

他看着付志，"以前，有个高人跟我说过，我五十岁的时候会有场大劫，被小人出卖。但是这场大劫会有贵人相助，一旦过了，后半生就洪福齐天。"

不知道为什么，但凡是出来混的，多多少少都会信这些东西。不知道是亏心事做多了还是偏财捞多了心里有鬼，总是爱自己编个名目出来保佑自己，哪怕听人胡诌地说一句，也能找个心理安慰。

付志饶有兴致地转了下笔，"你信这些？"

审讯室里的气氛变得很微妙，陈宏也没回答付志的问题，只是抬起头扫了他一眼，"我看这位检察官同志面色发青，不是什么好兆头，还是小心点的好。"

他说完嘿嘿地笑了，嘴角的弧度和下垂的双眼形成了一个很诡异的画面。

李磊忍无可忍地一拍桌子，“陈宏！”

付志挺平静地看着陈宏，眼前这个男人半个月前还在外面呼风唤雨，跺一脚都要激起不少的风浪，如今也就是困在铁栏后面，说些可笑的废话。

他扬起嘴角，“陈宏，你信相面，那信天理吗？”

付志的这句话说完，陈宏眼底的神色瞬间深沉了些，他看着付志，后者就任他看，然后笑着把已经拐得太远的话题转了回来，“陈宏，你认识刘非吗？”

“不认识。”

“但是刘非说他是跟着你吃饭的，或者该说，他是你的手下。”这是刘非的原话。

“我是个生意人。”陈宏脸上的表情很冷，“刘非跟我一点关系都没有。”

“那冯浩昆呢？”

“也不认识。”

付志抬头看了一眼陈宏，“你刚才还说你是做生意的，冯浩昆是你公司的会计，你不认识他？”

陈宏很平静地耸耸肩，“公司那么大，我不可能什么人都认识。”

“冯浩昆曾经在你的高级俱乐部住了十几天，你对公司的所有员工都这么慷慨？”

“福利好，员工才会努力干活儿。”

陈宏笑笑，“不发你工资，你会这么玩命吗？”

这几句话，付志都没往卷宗里记。

今天他问不出来什么了，陈宏这样的人，就算是见了棺材，走到旁边落下最后一滴泪，都未必肯甘心就范。

捉鱼要扣腮，除非把这人送上法庭宣判，不然他是绝对不会主动交代什么的。

认识到这点，他也懒得继续浪费时间，收拾好东西就跟李磊走了。

陈宏在离开讯问室的时候，叫住了付志：“付志！”

这次是直呼其名了，叫得李磊脸色一沉。

“等我出去了，一定上门跟您好好聊聊天理这个话题。”陈宏站在讯问室的另外一个门口，就这么站着跟付志说出这句话。

付志说：“你没机会了。”

然后转身就走。

李磊走出看守所的时候，忍不住踹了一脚路边的路杆，“都被抓了还这么嚣张！”

付志双手插在兜里，仔细回味了一下陈宏刚才的话，脸色罕见地凝重起来，“陈宏这么嚣张不会没有理由，他肯定留了什么后手。”

这种不安纯粹是源自他职业上的敏感。

虽然眼前的局面其实对于起诉是有利的，但是不知道为什么，他就是觉得事情没那么简单。

李磊在旁边拍了下他的肩膀，“别想太多，这种人就是死鸭子嘴硬，装装门面而已！”

付志没吭声，默默上了车，两个人一起回到检察院。

提讯的事，辛健没去问付志，但是去问了李磊。

他太了解付志的性格，就算他去问了，也什么都问不出来。

而李磊就相当配合。

关于陈宏如何大放厥词、态度嚣张，他全部添油加醋地描述了一遍，到最后，还补了一句：“辛健，你得把人看好了，付志绝对被陈宏盯上了。”

辛健当时只是点点头，心中了然。

那天晚上，他陪着付志一直耗到了 10 点 30 分才走。

期间付志无数次表示他可以先回去，自己干完了活就走，或者今天睡在院里。

辛健自始至终就是坐在沙发上看书，被付志说得烦了才抬头瞪他一眼，“你有时间说话还不如快点！”

本来气就不太顺，付志这种态度让他心里更不爽了。

这年头还真有不怕死的……

陈宏这种亡命之徒他也敢去招惹，还唯恐自己死不痛快地跟对方叫上板了。

如果是他跟付志一起去提讯，无论如何他不会让付志那么说。

当面跟那种人顶上太不理智，没人能预料到身上背着无数条人命罪名的人会做出什么事。

所谓狗急了跳墙，逼得急了，吃亏的是付志。

不过那位只是书记员的男人显然没有这方面的觉悟，对于辛健的顾虑，他只是不在乎地冷笑了一声，“走着瞧好了。”

这是辛健第一次看到付志表现出这么明显的强硬态度。

却也是最糟糕的情况。

陈宏差不多是城北之王，但是正如天下大一统的局面都比较少有，一个山头永远不太可能维持着一方霸主的神话，与之相对的人，总是不少。

甚至不是一个两个。

付志在核对资料的时候就注意过有几个证人其实身份挺敏感的，不过这并不妨碍案子在诉讼过程中的供词，陈宏的起诉罪名并不是单一，他有信心能够拿下来。

去见王姐的时候，他也是这么说的。

一直很照顾他的老检察官躺在病床上，看着他还是老话一句："别逞强，注意安全。"

付志只是笑笑。

辛健现在恨不得24小时跟着他，回到家里几乎就不怎么让他出门了，上下班全在一起，就算是对方想做什么，也不太容易。

案子已经排期了，耗到庭审，就算是陈宏有通天之能也没辙。

付志给王姐掖好被角，"放心吧，我明白轻重。"

王姐无奈地叹了口气，"就你那脾气……"

她其实从付志入院开始就一直带着他了，最初付志就是她的书记员，来的时候是特别精神的一个小伙子，能力强学东西也快，她一直是打心底喜欢的。

后来发生了很多事，付志有些想法变了，其实她能够理解，看在眼里，也没有逼他。

毕竟这是付志自己的事，别人也插不上口。

或许只有她才清楚付志骨子里是个多倔多固执的人，而这份固执，早晚有一天会给他带来他意想不到的麻烦。

"有事多跟辛健商量，总要强过一个人硬扛。"

付志跟王姐又随便聊了几句，在后来看出王姐的疲累感之后就聪明地找借口走了，临走的时候给辛健打了一通电话，告诉他自己现在回院里。

辛健要求付志无论在什么地方都要随时给他电话，不然他就申请处长给付志配个法警，搞到最后付志没办法，也只能顺着他。

不然依辛健的脾气，真有可能闹得鸡飞狗跳的。

没多久，迎面突然横拦住一辆车。

车门拉开，里面的男人冲着他笑了笑，"付检察官，我们大哥想跟你聊聊。"

车里大概有四个人，里面是不是还有人付志看不清楚，他问："你们大哥是谁？”

“检察官到了就知道了。”

“不去。”

干脆利索，付志后退了一步准备往人多的地方闪。

但是没有来得及……

大概是看出他的意图，车上挨着门边最外的男人伸手一把就把他扯了回去，“别这么不近人情啊。”

话说得是挺低调，动作幅度可一点都不小。

付志一只手撑在门边扬高声音回了一句：“放开！”

周围有人大概是注意到了他们，隐约朝他们这边看。车上的人看情况不对，一不做二不休，又下来一个人直接把付志推进车里。

然后关车门，开车，所有动作不超过半分钟。

辛健接到付志的电话准备开车去接人，车刚出检察院大门就被拦住了。

是辆价格不菲的高档轿车，逼到他停车了，靠边的车窗降了下来。

里面的人辛健倒是不陌生。

是一直跟陈宏不对盘的于润，咬着一根烟，看见他就笑了笑，“辛大检察官这是要去哪？”

辛健说：“你地盘都管到检察院了？”

他从来不跟这些人客气，大家立场不同，早晚也得是针锋相对的局面。

只不过他跟付志不太一样，不会选择撕破脸搞得太难看，基本上这些人如果不招惹他，他也不会以一副包公断案的架势搞得很僵。

对于他的话，于润不怎么在意地无视了过去，取下烟掐熄扔出车外。

“辛检察官是不是有个同事，姓付的？”

辛健脸色一变，“有话直接说。”

“也没什么，是凑巧我有个熟人今天在医院门口，看见付检察官好像被人拽上了一辆车，正好看见你，顺便打个招呼。”于润似笑非笑，一脸的奸诈。

他话说到这个份上，辛健立马知道是怎么回事了。

本来已经开出院门的车就这么倒了回去，他掏出手机打电话给李磊说：“付志可能出事了，你查清楚。”

这时候，李磊的关系比他要多。

辛健挂了电话就准备回处里找处长，身后于润看着他的反应，喊住他：

"我知道他在哪。"

辛健回过头，一秒都没犹豫地走回于润的车边。

车上的人递给他一张纸，歪了下头，"我这么做也只是想跟辛检察官交个朋友，将来有需要的时候，还得依仗你呢。"

这人情卖得倒真是直接。

辛健接过纸条扫了一眼地址，再看了一眼车上的于润。

"将来真到了上庭的时候，我帮你跟法庭说一句认罪态度良好。"

然后冲回自己的车上，挂挡疾驰而去。

于润给辛健的地址，是一家夜总会。

这里其实辛健来过，是之前跟着地区检察官来这里取证的时候。

印象里就是乌烟瘴气的一个地方，没记错的话，应该是陈宏看的场子。

辛健进门的时候，看见了门口停的一辆七人座的面包车。

他深吸一口气，推门进去。

这家夜总会有人认识他，大概不止他，检察院里几个比较引人注意的，这些人或许都熟。

所以看见他进门，立刻就有人往他旁边凑，有的戒备，有的是上来打哈哈。

"哎哟，这不是辛大检察官吗？稀客啊！"

大声嚷嚷着的是这家夜总会的总经理，辛健来得着急，一路是拉着警报开过来的，车就停在外面，他压根没准备隐瞒自己的身份。

"我是来找人的。"他懒得废话，直入主题，"知道我是谁就把人赶紧交出来，大家省了麻烦。"

经理听完他的话脸色都没变，"检察官这是要找谁？说个名字我立刻把人给你叫来。"

态度看着还挺诚恳，就是脚下一步都不动。

辛健第一次不满检察官为什么不允许配枪，他脸色沉了几分，"我再说一遍，不想找麻烦就赶紧把人放了！"

他一边说一边干脆掏出手机，"不然我就直接叫缉毒队。"

付志被带到了地方，才知道要见他的人是谁。

大飞，在道上混的外号叫眼镜飞，是陈宏身边最得力的助手，这次是实在找不到与他相关的直接证据，不然，本身在公安局的黑名单上，也是有这么一号人物的。

跟一般道上混的人不太一样，大飞这个人看起来更像是一个计算机专业的大学生。

夸张沉闷的眼镜挂在他脸上很是可笑，但是眼底的那层暴力和阴郁，却跟他的职业以及身份完全搭配了起来。

看见付志被带进来，他假惺惺地笑了，“付志检察官！请坐。”

大飞比了一下对面的位置，没有站起来的打算。

正好，付志也没准备坐下。

他看了一眼屋子里站着的那些五大三粗的男人，这年头，真是唯恐人家不知道你是干什么的，流氓都非得在身上文得龙腾虎啸，他习惯性地推了一下眼镜，“有话就说。”

都被带到这种地方了，他当然知道接下来的流程是什么。

大飞笑了笑，“检察官比我们还急啊……”

说完他看了一眼周围，稀稀落落地有人配合着笑了，态度嘲讽。

“肯定有人看见我过来了。”付志神情自若，“所以你最好长话短说。”

似乎是印证了他的话，语音刚落，外面一个穿着像大堂经理的男人推门进来，凑到大飞旁边说了句什么，瞬间对方愣了一下。

付志看着大堂经理走出去，但是没有关门，过了一会儿，辛健被带进来。

两个人视线撞到一起。

辛健走到付志旁边却没跟他说话，反而瞪着大飞，“你是有多想进去陪陈宏？绑架检察官，你动静做得还真不小！”

大飞摊开手，“辛大检察官说得可真严重。”他指了一下付志，满脸都是无辜，“我是看着这位检察官同志在医院门口等人没等到，出于好意才给请过来，怎么就成绑架了？”

付志冷笑了一声，“还很热情呢。”

把他推上车的那几个人，使的力气可不小。

辛健对这些场面上的废话压根没兴趣，他有点不耐烦地敲了下桌子，“大飞，大家都很清楚你到底想干什么，但是我告诉你，这种办法帮不了陈宏，而且会让事情越来越复杂，你要是不想闹大，现在就让我们走。”

“我什么时候不让走了？”大飞夸张地抬高语调，滑稽的大眼镜框往下滑了一点，被他抬上去，然后两只手架在椅子背上，五官委屈得像发皱的橘子皮似的。

辛健二话没说，拉着付志就走。

但是被门口两个高壮的混混并排挡住了，看这两个人，完全没有放行的意思。

辛健脸色很阴沉，回头说："大飞，你什么意思？"

大飞笑笑，"这么难请的人物光临，总不好就这么说两句就走啊，反正饭菜都准备好了，留下吃顿饭再走呗？"

他指了指桌上的盛宴，"你们一个月工资也就那么可怜的几千块吧，这些菜可不是一般人吃得起的。"

付志说："陈宏吃过没有？"

辛健诧异地看了他一眼，至于对面坐着的大飞他们则是狠色闪过，差点当场发作。

基本上，很少有人看过付志发火的样子。

因为他也实在很少生气，多数时候，针对别人的挑衅他都选择无视，平时在检察院里跟辛健互掐开玩笑，嘴皮上的得失他从来不计较到底，辛健真没想到他嘴巴狠起来比自己是有过之而无不及。

但是他现在就是在生气。

那么明显，想忽略都很难。

辛健觉得比较扯的是，即便现在的场合时间都不太对，他还是很想笑。

场面一时僵持不下，屋里的气氛一直很压抑。不过辛健来之前就通知过李磊了，继续拖下去，只要付志没事，大飞他们不敢拿他们两个怎么样。在司法体系之中，伤害检察官的严重性甚至要超过伤害警察，所以，除非是脑子被门挤了，否则大飞他们不会为了陈宏把自己都赔进去。

虽然他们现在其实是一条绳上的蚂蚱……

保不住陈宏，这地盘大飞也守不住，最后的下场一样不好看。

这大概就是出来混的代价，一旦开始走了，就没有回头路。

大飞心知肚明，辛健能找到他这里，情况就没有他最初设想的那般容易，只不过现在看着付志跟辛健两个人，想到被抓走的陈宏，他就一肚子的火。

他拍了一下桌子，站起来，"要走也可以，姓付的你把这瓶酒给灌了！"

他把酒往旋转台上一放，转过去，正好停在付志面前。

那不是瓶低度酒。

付志抬眼笑了，“我为什么要喝？”

付志把酒瓶就这么转了回去，“不喝。”

辛健咳嗽了一声，看着大飞石头一样的脸色。

不过，付志说完不喝，最先动的是旁边的那几个小弟，往辛健和付志身边走了两步，死死瞪着。

气氛瞬间有些剑拔弩张。

大飞到底是跟在陈宏身边很久的手下，这个时候竟然还能压得住脾气，他笑着打开酒瓶，倒了一杯酒放在桌面上，“检察官，这世上的道理，都是正反两面，这人也一样。我给你面子，你不能什么都不要就这么一巴掌扇回来，你说我们一屋子的人，就是请你喝杯酒，有什么难为的？”

他很缓慢地把酒杯转过去，这次看的是辛健，“以后保不齐大家会在什么情况下遇到，这杯酒就算是个见面礼，你们的胆子不是都这么小吧？”

“激将法这套东西，过时了。”

付志摇了摇头，拿起酒杯，看了大飞一眼，一声不吭地喝了。

他酒量自认还算不错，这一杯酒不会把他怎么样。

大飞看他喝了，示意了一下，门边站着的两个人总算是往旁边挪了挪，但是脸色不善，盯着付志和辛健的表情像是要把他俩生吞活剥了一样。

辛健看付志喝酒，眼底有抹色彩沉了一下，但是当场没说什么，回头看了大飞一眼，没说话就这么走了。

一直到他俩走出去，大飞才狠狠地砸了一下桌面，震得桌上的菜碟碗筷颤了一下，周围没人敢接话，就看着他阴狠地坐下，拧开另外一瓶酒，喝了一大口。

这次……

便宜付志了！

辛健跟付志两个人一路出了夜总会也没逗留，上了车就往院里开。

李磊的电话差不多是辛健刚上主路的时候打进来的，上来就问他俩怎么样，辛健大概回了一句人没事，现在马上回去，然后胳膊就突然被旁边的付志拽住。

拉着他的人一手心的汗。

现在在路上开车，辛健把手机挂了然后停在路边，看着付志不同寻常的脸色，皱了皱眉，“酒里有药？”

付志死咬着后牙喘了口气，“浑蛋！”

大飞的最初目的大概就不单纯，给付志的那瓶酒是一早就准备好的，如果不是辛健后来出现得那么快，那瓶酒付志全灌下去也跑不掉。

不过，就是这一杯，也够呛了。

从夜总会走出来他就不太舒服，才十几分钟就已经是满头大汗，双目涣散，抓着辛健胳膊的手隐隐青筋都可见。

辛健皱了下眉，“你怎么样？”

付志现在很想骂人，不过实在挤不出来什么词，深吸了口气想回辛健的话，结果只能不舒服地哼了一声，难受地动了一下，把头仰在座椅上。

他现在整个人头重脚轻，想集中精神但是使不出力气，晕头转向的，哪怕是现在闭上眼睛，还是有种坐云霄飞车的失重感。

不会是毒品吧？

付志心里有点没底，他抓紧车门上的扶手，将额头抵在冰冷的车窗上，试图缓解这种无能为力的感觉。

但是，效果微乎其微。

不过，现在也算是有人陪着他。

看着付志的样子，辛健也不好过。

从对方的状态来看，这酒里的药应该不是毒品——大飞还没那个胆子。

可能是兴奋剂之类的东西。

浑身的神经都在造反，付志压不住捶了一下车窗，微微睁开眼睛倒吸了一口气，烦躁地拧开音响，顺带按下了车窗。

“你忍忍，先去医院！”辛健勉强按捺住情绪，踩动油门。

幸好，不是毒品。

折腾了一个晚上，辛健才终于把付志带回了家。到楼下的时候，付志依然无力地靠着，但是精神明显比起之前好了不少。

第二天上班的时候，付志跟辛健说：“我今天晚上加班。”

意思就是辛健不用等他回家了。

他估计，今天也不可能像之前一样辛健每天等他下班。

发生过昨天那种事，他其实心里憋了一股火，却不知道是针对大飞，还是别的什么。

那天晚上付志加了一夜的班，辛健的办公室也亮了一夜。

对辛健来说，就算回去，也睡不着。

他从小就一直是别人眼中的所谓优等生，父母老师都没有操心过他的生活和学习，他已经习惯了在一个范围之内，扮演那个得心应手的角色，随便招呼一句，也会有人愿意跟在他身后，任何的活动，他都是绝对的中心。

只有他看不顺眼的人，没有他搞不定的局面。

这种兄弟在自己眼皮子底下差点出事的感觉，超出了他的忍受范围。

晚上走出办公室去洗手间时，辛健看着付志办公室里的光线，就觉得胸口堵得难受。

逃避这种事，压根就不是辛健这种人做的，更不会给自己找个借口自我催眠，说什么身为检察官，遇到这种事没什么大不了的。

他觉得自己在失控，而找回这种掌控感的方式，便是找到证据，将这些人绳之以法。

辛健心里清清楚楚。

不过，辛健这点纠结的情绪，很快就被意外打断了。

刘非在看守所里食物中毒被送进医院，暂时还没有脱离危险期，情况很不乐观。

这个消息是处长告诉付志的。当时他在洗脸，眯着眼睛摸到手机打开，耳边老处长的声音轰得他头皮发麻。

然后他匆匆地抹了一把脸上的水，也来不及收拾什么，就被召唤到了处长办公室。他到的时候辛健已经坐里面了，两个人视线一撞，下意识地都往旁边移开。

“处长。”付志选了一个最远的角落站着。

辛健的对面坐的是院里的邢检察长，刚从省院过来。

老处长看了付志一眼，“情况我刚才电话里都跟你说了，你自己掂量一下，这案子要不要往上转。”

无论刘非的食物中毒是意外还是另有隐情，陈宏这个案子都已经发展得比预期的还要复杂了。

付志推了下眼镜，“不用。”

实话说，对于刘非的事，他不能说完全没有料到。那天在看守所里，陈宏的态度很明显是留了后路。只能说，他没料到的是，这人真的敢下手去做。

辛健在旁边说："我的意见，还是转给省院吧。"

没人能保证接下来的事态发展不会越来越严重，陈宏也好，大飞也罢，甚至是其他人，牵扯上黑的都是身上背了不止一条人命的亡命之徒，鱼死网破的时候，光脚的不怕穿鞋的。

付志抿了一下嘴，视线却始终没往辛健那边转，只是看着处长，"排庭日期都定了，就算刘非有什么，口供也足以定了陈宏。"

"你考虑好了？"

"嗯。"

处长思量了一会儿，跟刑检察长对视交换了一下意见，然后犹豫地点点头，"好吧，你要是觉得能处理，这案子就还放在这，王红暂时没办法出庭，辛健跟一下吧，两个人注意安全。"

付志在进门看见辛健的时候就猜到了处长大概是这个安排。

现在这个情形，他没办法拒绝什么。

辛健站起来，跟处长他们大概谈了几句，后面具体说了什么内容，付志没往心里去。

刘非的事，最直接的影响其实并不是对于陈宏，而是对于在外面的人。

整个事件就像是一场连锁反应，从被人放出消息，有人知道刘非中毒的事情之后，关于陈宏犯罪的几个重要证人，都分别提交了翻供的申请。三天下来刘非依然昏迷不醒，而涉及其中的人，已经有差不多三分之二的人拒绝作证或者推翻了之前的供词。

向法院的排期申请已经提交了，却必须再补一份新的。

两天多的时间，付志跟辛健都奔波于看守所和重新取证的路上。

幸亏鉴定结果不会因此有任何更改，不然陈宏的案子也确实没办法诉了。

"如果再不开庭，定罪很难了……"辛健看着手上的卷宗，语气不太轻松。

虽然法庭上比较重视初次的供词，但是这么多证人翻供，依然是件挺麻烦的事情，陈宏请的不是一个普通的律师，在法庭上的压力会很大。

实质上，在刑事诉讼上，能够顺利翻案的例子并不太多。

一旦进入了诉讼阶段，大部分都是证据十分充足、罪名十分确定的情况。最多在量刑上会有一定程度的斟酌，但是在定罪上，是没有太多商榷空间的。

除非……

案子的类型很特殊。

陈宏这个案子如果定不了案，那么不仅仅是侦查机关有压力，检察院的压力也不会小。

付志把卷宗放在桌子上，疲惫地仰面靠在办公椅上，“还有三天。”

最晚明天他会把重新整理好的卷宗送到法院。

现在他只希望情况不会恶化下去……偏偏大飞在外面兴风作浪，他们也无可奈何。之前院里有其他人出去取证，还被几个流氓混混围堵了。虽然后来报警，性质上定为了抢劫。

付志专门去询问了一趟抢劫犯的案子，果然是大飞的人做的。

这群人接下来会干出什么事，真是难以估计。

付志叹口气，揉了揉眉心，一脸的烦躁。

辛健看着他的样子，敛目沉默了一会儿，然后站起来把卷宗递过去，说：“你现在最该做的事是休息……”

平时一天恨不得能睡十二个小时的人，现在成宿“泡”在办公室里，身体上也吃不消。

付志睁开眼睛坐直身子，没怎么去看辛健，只是很轻地点了下头，“嗯。”然后伸手过去接卷宗。

他突然很微妙地笑了笑，好奇地问：“辛健，如果你不做检察官了，你会做什么？”

这话题太过突兀，以至于辛健一时没反应过来。

辛健过了好一会儿，才迟钝地想了想，“大概会去律所。”

大部分检察官转职都是往律所发展，毕竟条件得天独厚。

付志闻言笑了笑。

辛健被他问得好奇了，反问道：“那你呢？”

“我？”

付志喃喃地重复了一遍，缥缈的视线集中在沙发旁边的盆栽上，没什么焦距的眼中看不出任何的情绪。

“我大概，会离开这里。”

鉴于大飞的动静在外面搞得越来越大，甚至连明目张胆的恐吓威胁都开始有流言出来，付志跟辛健决定，去法院送卷宗这件事，他们两个亲自去做。

本来法院跟检察院都是挨着的。但是从去年10月开始，法院装修扩建，就只能暂时迁到一个比较远的地方，来回往返要差不多一个小时。付志跟辛健特意没有开检察院的车，上了环路之后，不出意外地又被堵在了路上。

路上的堵车搞得人很烦躁，辛健看了一眼前面的长龙，打开收音机。

文艺广播还是那几个有点白痴的主持人没完没了地胡侃，扯来扯去已然没有更多的话题了。

“我说……”

就在辛健满心无力的时候，旁边的付志突然扯了他一把。

等辛健回过头，旁边的人凝视着右手边的倒车镜说：“是不是有辆车一直跟着我们？”

辛健从左边看了一眼，下意识地，觉得付志说的是距离他们一辆车之后的一辆SUV。

“你刚才看见这辆车了？”

“嗯，上主路之前就一路跟着，路上堵得一塌糊涂，竟然还紧跟着不放。”付志刚才还看见这辆车特地从右边的车道并了过来，怎么看都觉得有点问题。

做这行做得久了，难免就有些职业敏感。

不一定是有什么实质性的证据，但是很多时候会有一种判断的敏锐度。

辛健趁着路上稍微有些松动的时候，并了两个车道准备从主路出去。

果不其然，那辆车也跟着上了辅路。

“大飞的人？”

辛健心里盘算着该怎么把后面的车甩掉，现在的路上并不太好走，他索性方向盘一打，桥下掉头了。

付志依然盯着倒车镜，辛健提速，后面的车也跟着提了速，跟得这么明目张胆，对方似乎并不准备隐瞒自己的意图。

付志心里有了层不太好的预感，“我觉得……这车并不只是为了跟着我们……”

话还没说完，后面的车突然加速顶了上来，撞上他们的车尾。

辛健没停车，反而又踩深了油门。

这条小路并不好走，颠颠簸簸，人也不太多，辛健他们被顶了一下，两个人都差点撞上前面的挡风玻璃，付志手拉着车窗上的扶手，视线没离开过倒车镜。

他察觉到那辆 SUV 又往前冲的时候，提醒了一句："小心！"

辛健把方向盘往右打了一下，堪堪避过第二次撞击。

"这群人是不是疯了！"

光天化日，撞检察官的车？

仗着对附近的路比较熟，辛健一路拐弯把车往犄角旮旯开，这时候越上主路越麻烦，论车的性能，对方的要比他们的好，真是平坦大路的话，他们早晚被跟上。

倒车镜里，深黑色的 SUV 紧追不舍，辛健扫了旁边的付志一眼，"你先给院里打电话。"

付志艰难地掏出手机，结果还没来得及按完号码，车身又被撞了一下。

辛健没坐稳，头磕到了旁边的车窗，声音大到付志脸色都变了，"你没事吧？"

开车的人骂了句不太好听的脏话，小路难走，对方拉不近距离，他们也跑得很不顺畅。而付志刚拿出的手机，也被刚才那一撞搞得甩到了座位底下。

在这样的颠簸当中，想捡起来几乎不可能了。

"这么下去不是办法！"两车之间的距离越来越近，撞击的次数也越来越频繁，辛健咬了咬牙，"要不我下车！"

后面的是什么人，为的是什么事，他们再清楚不过了。

走一个是一个，总比全军覆没强。

付志一开始没听清楚辛健的意思，愣了一会儿，然后瞪着旁边的男人，"你什么意思？"

"你被撞傻了？"

"目前来看，你傻得比我厉害。"

付志接着说："你以为这是拍电影？你一下车这群人就一窝蜂追着你而去，不管我了？"

他们车里是两个人，后面的车里肯定不止两个。

辛健被付志这么一抢白，怔了下然后笑了。

明明已经火烧眉毛了，辛健竟然还笑得出来，付志只能撇撇嘴，视线扫了一圈，然后指了一下靠右边的一个路口，"你往那边开，然后一会儿我们两个一起下车走。"

调虎离山就算要玩也不是那么玩的。

要走就得两个一起走。

辛健没对付志的话发表太多意见，只是按照他的话又提高了速度，在快到路口的时候猛地一脚刹车，然后两个人下车就往两个方向跑。

甚至连车门都没关。

不过辛健实质上没有完全走跟付志相反的方向。他感觉到身后有人追，拐了几次就抄回原路了，没听到车的声音，他估计后面的人主要追的是付志。

当初在学校里的时候，辛健的体育就很出名，作为高才生，所谓的德智体美劳全面发展，几乎是每个人必须具备的素质。所以对方不开车的话，追他其实占不到什么便宜。

十几分钟，他就把对方甩掉了。

确保安全了，他立刻拿出手机，刚要拨才想起来付志的手机丢在车里了。

他烦躁地骂了一声，按照付志可能走的方向开始找人。

这片地区他不算熟悉。主路虽然跑了很多趟，但是像这种有点荒凉的拆迁地，真是第一次拐过来。

他沿着方向判断可能的路线，兜兜转转了半个多小时，却还是找不到付志的人影。

想起付志手机没在身上的第一时间他就打电话回院里报告了情况，顺便告诉李磊去找他们的车，卷宗还在车上。

之所以他跟付志要下车，主要也是为了让追他们的人把注意力从车上转到他们身上，只是这办法确实有些冒险了。

附近的警察倒是出动得很快，大概在他打完电话不到五分钟，就听到了警笛声。

接下来的时间，是地毯式的搜索。

李磊找到了他们的车，然后把卷宗安全送到了法院，辛健接到李磊电话的时候，依然没找到付志。

天色渐渐黑了，后来连老处长都赶过来了。

付志被找到的时候，已经是晚上8点左右了。

准确地说还不是被找到的，是他自己走出来的。

身上虽然有些细微的伤，但是人基本上没什么问题，按照他的说法是躲避后面车的时候摔了一下，后来找了个地方避开了那帮人，但是因为躲的时间太长，大概是睡着了。

这番说辞不知道有几个人信，但是辛健竟然信了。

付志去医院处理了一下伤口，本来准备回院里，但是辛健死活不同意，付志算是被押回了住的地方。

“好好休息睡一觉！”

辛健把人按在床上。

付志躲开他直接又从床上站起来。

看着付志满脸不爽的表情，辛健有点无奈，叹了口气，“你就老老实实睡吧，不然我也没办法睡。”

之前找不到人的时候，李磊跟处长都一直在安慰他，但是一点效果都起不到。明明心里清楚大飞他们胆子再大，也不可能真的伤害一个主办的检察官，但他心里就是吊了一根线一样不得安生。

付志因为辛健这句话突然就沉默了。

“你放心，我心里有数。”付志安慰他。

但最后，辛健还是啰嗦地交代了一堆东西才退到客厅去睡沙发。

卷宗按时送到了法院，当然排期不会取消，最终庭审上接受的还是第一次的供词，所以尽管陈宏垂死挣扎到最后，还是判了死刑。

宣布判决的时候，付志微微笑了一下，多少有点得意。

坐在被告席上的陈宏在听到判决时，猛地抬头瞪了一眼付志，眼里满是怨恨、不甘，触目惊心。

但是付志并不畏惧。

应该说，这个案子从头到尾，风险两个字就悬在他头顶，他却从来没有害怕过。

他坦然地看回去，甚至笑意都未减。

听审席位上，大飞他们也在。

比起陈宏对付志的怨恨，他们大概只多不少。

走出法院的时候，付志跟辛健又被大飞他们堵住。

这群人甚至嚣张地开着那辆追他们的SUV。

“这是法院门口，大飞，你活腻了？”辛健本来就一肚子的火，现在看见大飞，只是碍于身上穿着制服不好动手。

大飞还是架着那副看起来让人觉得不舒服的大眼镜，恶狠狠地瞪着付志，

“你小心点！”

付志还没回应，旁边突然有人插话道：“你还有心情关心别人？我觉得当务之急，你该解决自己的问题。”

声音很熟。

辛健跟付志转过头，发现是钱真和庄一伟。

“哟？你俩回来了？”

上次分别好像也是在这个地方，转了一圈，又是这里见面。

庄一伟看见辛健笑笑，然后转向付志，“我们才走了几天，陈宏都被你们办了，可以啊！”

那边钱真二话没说走到大飞身后就是一个强扣，亮出手铐扣了个结实。

“你们干吗！”大飞愣了下神，旁边的几个小混混也一哄而上。

钱真把外套一撩露出枪，“你们再走一步试试！”然后把大飞拽起来推了一把，“你涉嫌多宗恐吓、抢劫、走私案，这是你的逮捕证。”

手上的纸一亮，钱真笑得满口白牙。

还真以为他们今天是来听审的？

本来就是要来抓人的！

一直旁观的辛健和付志看着钱真把大飞押上车，这突发情况让人有点反应不过来。

“陈宏栽了，大飞他们当然也别想过好日子，今天早上有人把他犯罪的资料寄到了队里，刚好被我们接了。”庄一伟解释了一句，然后就听到了钱真按喇叭催促的声音。

庄一伟挥挥手表示有机会再聚，上车之后，警车就开远了。

辛健他们看着车开远，站在原地彼此看了一眼，辛健有点嘲讽地笑笑，“这件事教会我们一个道理，永远别太把自己当回事……”

他想起刚才大飞的嘴脸，补了一句：“没什么用！”

付志没答话，只是跟着笑笑。

每次从法院走出来，他都会觉得轻松一些。

阳光也好，空气也好。

辛健拍一下付志的肩膀，“走！今儿高兴，喝酒、吃肉、看电影……”

付志任由他往前拖了好几步，百无聊赖地问了一句，“最近有什么可看的？”

“到了再说！不行就看动画片。”

“你不是只看葫芦娃吗？”

“胡说！”

辛健转头瞪着他，“黑猫警长我也看！”

然后仰天一阵大笑。

旁边有人往他俩这边看，辛健照例不在乎。

其实，付志在遇到他之前，从来没见过这么嚣张的人，通俗点讲就是很欠抽。

但是，每当辛健这么笑的时候，他就觉得心头很开阔。

仿佛多大的事，在辛健面前都不值一提。

付志被辛健一路推着走，脸上也扬起了笑容。

归档的日子一到，对于检察院的人来说，那简直是暗无天日的。

王姐的休假还没结束，办公室就剩下付志一个人，一个办公室的卷宗摞得连下脚的地方都没有，桌上的电话响了，都得跨越千山万水地艰难前进，不小心就会把卷宗搞得一地。

所以付志接电话的时候，语气都不会太好。

“喂！”

电话那边的辛健说：“你吃炸药了？”

“有炸药我肯定留着送给你，不会那么浪费的！”

大概猜到了付志这股暴躁针对的是归档，辛健在那边有点幸灾乐祸地笑了笑，“怎么，归档归得抓狂了？”

“你有时间说这些废话，过来帮帮忙好不好！”

比起付志，明显辛健是要轻松些的。毕竟他那个办公室专办的是一些不太走正常程序的案子，也就是所谓的特例案，卷宗自然遗留得不会太多。

起码比付志少。

辛健在那边笑了笑，“我本来就想问你要不要帮忙，结果还被你嫌弃了。”

话音未落，办公室的门就被推开了。

辛健拿着手机站在门口，看着付志一只手扒着办公桌，半身跟桌子中间还隔了两叠卷宗，电话线已经被扯到最大限度了，看起来摇摇晃晃。

付志看见他，把电话扣了回去，然后回头继续埋在卷宗的世界里，“赶紧干活！”

他现在忙得连爹妈都快不认识了。

辛健小心地避开那些卷宗，好不容易找了个地方勉强站住，然后把外套扔在沙发上蹲下。

办公室很快又恢复了安静的忙碌，除了穿钉卷宗的动静，几乎听不到其他声音。付志真正干起活儿来很快，有了辛健帮忙，本来看起来遥遥无期的归档倒是也没干太久。卷宗订好后就是录入的工作，辛健帮他把剩下的卷宗继续打孔穿绳，他先把整好的一部分归入系统，这样至少办公室可以先腾出来些地方。

辛健看着他录入时，状似无心地说："庄一伟想约你吃饭。"

"约我？"付志没转头，"我们又不熟。"

"准确地说是约咱们俩，好像是有什么事想谈。"

"还是之前那个案子？"谁都知道，关于那个案子还没结束。

庄一伟他们既然被调回来了，依照正常的逻辑，是肯定要继续查的。处长也跟付志和辛健透过底，事情没那么容易过去，不仅仅是他们不肯罢休，恐怕对方也不会就这么放过他们。

辛健旁敲侧击道："反正不会是什么好差事。"

"你都说不是好差事了，干吗还去？"付志笑了笑，手上的动作没停，"我不去，你自己决定吧。"

"你这样，庄一伟肯定会哭的。"

毕竟人家是点名要请付志的。

然后，还没等付志接话，办公室外面有人敲门，打断了两个人的谈话。

付志手上还在忙着归档，当然开门的是辛健。

结果，他怎么也没想到外面站着的是个他半熟不熟的人……

"曹峰？"

辛健语气有点犹豫，怀疑自己大概会记错对方的名字。

他这么一叫，付志倒是抬起头了，看了一眼门外的学弟，满脸意外，"你怎么来了？"

曹峰还是那个调调，有点傲，有点漫不经心，一步跨过辛健，他的笑容依然是对着付志，"想学长了，过来看看呗。"

付志推了推眼镜，"没事快滚，没工夫应付你。"

他对这个学弟说话一贯不客气。

具体的渊源，追溯起来有点复杂。

曹峰对付志的态度早就习惯了，没什么反应地耸耸肩，然后蹭到沙发边上，一屁股坐下，“学长这边在归档？”

“你不是没瞎吗？”

这次接话的是辛健。

曹峰抬头看了辛健一眼，眼底的神色很复杂，但是没说什么，只是又看看付志，把手上的卷宗递过去，“我看你暂时还是把归档的事情放放吧，我刚从你们处长办公室出来，他让你配合我协办这个案子。”

卷宗递出去了但是付志没接，他沉默了一会儿，然后转过身，“是找我协办？”

果然，曹峰笑笑，“辛健检察官当然是主诉。”

付志扫了旁边的辛健一眼，然后接过曹峰的卷宗，“什么案子需要配你过来协办？”

“一个出租车司机杀了自己车队经理全家。”

在旁边听着的辛健问：“什么原因？”

“没原因。”曹峰撇了下嘴，“对犯罪事实供认不讳，就是不肯交代真正的动机，侦查机关的判断是跟最近一直提高的车份钱有关，但是欠缺些说服力。”

事实上，这案子复杂的还不是在这个地方。

“案情基本上没什么太大的问题，现在是这个嫌疑人的辩护律师想要给打成激情杀人，我们想诉死刑立即执行。”

“那为什么要来找我们协办？”

虽然案子确实有点意思，但是怎么说曹峰都是地区检察院的，要么这案子移交过来，要么就自己搞定，协查不是这么走程序的吧？

曹峰说：“我们领导讨论完了之后觉得这案子虽然是我们主办，但是需要你们从旁给些指导，形成专案组。刚才征求了一下你们处长的意见……”

他站起来走到看卷宗的付志身后，双臂交叉笑笑，“这个嫌疑人找的律师可不是一般人。”

“谁？”

“赵卿。”

这下，付志跟辛健都明白为什么要他们两个配合协办了。

关于赵卿这个人，但凡是打过交道的，对他的评价都离不开厉害这个词。

在司法界，这也是一个名人。

所有念法律出身的，难免会遇到一个问题。上法庭的时候，从审判长到公诉人，甚至法警都是自己的同学，熟人新人一打照面，没尴尬也有几分交情。

赵卿在学校念书的时候，名气就很大。

当然，这跟他本来高调的作风和那些显赫的获奖纪录也有关系，多数人对他的印象都是看起来温温和和，真打起交道来雷厉风行。

有些人的名气和实力成反比，有些人的是不成比例。

赵卿就刚好属于成正比的那一类。

这种人，一般来说，不会缺了熟人。

即便有些人他不熟，但是人家对他是很熟的，见面了也总能从拐了不知道多远的地方找到大家一起吃过的食堂、一起站过的跑道。

但是，所有这种人，都在法庭上被赵卿打击过。

无论是刑诉还是民诉，结果都只会让本来熟人相见的那份热络变成难堪的冷淡。

久而久之，也就很少有人再去跟赵卿攀什么关系了。

但是辛健跟赵卿的关系不用攀。

前姐夫这个身份，就算是想否认都不太容易。

甚至在两个人见面的时候，赵卿还主动跟辛健打了声招呼："小健！"

旁边喝水的付志一口茶差点全喷到辛健身上。这称呼套在他旁边这个男人头上实在太多喜感，他狼狈地咳嗽了半天，却始终掩不住笑意。

辛健翻了个白眼，"赵卿，你能不能别人前人后这么叫我？"

严格说大家年龄也没差多少，不能就因为曾经娶过他老姐，就一直用长辈的身份压着他。

反正他是不习惯叫姐夫或者赵哥什么的，从来都是直接叫名字，直观利索。

对于他的不满，赵卿只是不太在意地笑了笑，"这么久不见了，你还是这么害羞啊。"

这回，付志差点咳翻过去。

辛健受不了地托了他一把，然后鄙视地瞪了一眼，"你有必要假得这么夸张吗？"

付志辛苦地止住咳嗽，抬头勉强控制住上扬的嘴角，一边挥手一边笑着回道："你理解不了的。"

这就好像一只北极熊被人叫作小白什么的，除了喜感，还很突兀。

辛健没再继续管付志笑得一副快要断气的样子，看着赵卿，“你来是为了高松的案子？”

“嗯。”

赵卿一边把包里的文件拿出来一边说：“我要复印你们所有的卷宗。”

辛健说：“全部？”

虽然在程序上这个要求是合法的，但是像赵卿这么不客气地说出来，还是挺稀罕的。

“怎么，还得请你辛大检察官吃顿饭？”

“请了也是应该的。”

“可以啊，不过请完了得让你们处长给我报销。”

付志在旁边看着前姐夫跟前小舅子之前掐来掐去，很睿智地保持着沉默，一直到身后李磊叫他的名字才回过头。看着李磊一路小跑过来说：“那个特搜的法医又来找你了。”

“特搜的法医？”付志一时有点反应不过来，说，“谁啊？”

“好像叫司徒的那个。”

司徒茁？

付志愣了一下，然后下意识地往楼梯口走，说：“他找我干吗？”

“没说。”李磊传完话就回档案室了，临走的时候看见赵卿，有点意外，“你又来伤天害理了？”

他跟赵卿以前打过交道，不过接触的过程实在称不上愉快。虽说律师不能代入太多的道德观或者是非感，但是像赵卿这种翻案如神，还专打些颠覆案件的，也真是让人喜欢不起来。

已经习惯了这种态度的赵大律师只是笑笑，“现在什么人都收了啊……”

赵卿说完，没去理会李磊瞬间变化的脸色，只是把注意力又放回了辛健身上，“你是现在给我原件，还是要请示下你们处长？”

“少拿处长压我。”

辛健不爽地瞥了赵卿一眼，然后示意付志先去院门口，他带着赵卿去办公室。

这边付志到了门口，看见司徒茁还是那身白大褂，脸上被晒得黑了点，满脸的不耐烦。

“司徒！”

一直到付志叫了一声，他才转过头，“怎么这么久！”

这都不是问话，直接是数落。

他把手上的几份文件递给付志，“这是你们要的几个鉴定，我做完就给送过来了。”

付志接过来看了一眼，都是高松那个案子的补充鉴定，“这些不需要你亲自跑一趟吧？”

虽然死亡报告的内容是挺重要的，不过按照他们之前跟司徒茁这个人打交道的经验，让他纡尊降贵亲自送档案，简直是天方夜谭。

司徒说：“你跟辛健学什么不好，偏学他说话这么欠揍。”

付志笑笑，补了一句谢，然后看见司徒要往外走，鬼使神差地又喊住了他：“司徒，赵卿现在在院里。”

他还记得上次司徒茁听到赵卿消息的时候，反应有多怪。所以完全是下意识地，他觉得对方可能想知道关于辛健那位前姐夫的一些消息。

结果司徒只是顿了一下，头都没回，“这案子不是他负责吗？我知道。”

之后就摆摆手，径自走了。

付志手里拿着那几份鉴定书，突然有点明白为什么司徒茁会亲自来送这一趟。

沉默了一会儿，他转身回办公楼。

赵卿看见付志回到办公室，笑着问：“司徒法医是司徒茁？”

付志把档案放在桌上，嗯了一声。

倒是辛健好奇了一下，“你跟司徒是什么关系？”

辛健总觉得两个人身上有故事，但是似乎并不是什么好的过去。

赵卿笑道：“老同学。”

赵卿看出辛健还准备继续追问，下一刻很有技巧地转移了话题说：“这些鉴定报告是刚送过来的？”

“这些还不能给你复印。”付志坐在座位上，继续整理审查报告。

“没关系，等你们这边方便了，给我打个电话就可以，反正小健很熟。”

赵卿也没多说，把已经复印好的资料拿在手里，然后拍了拍辛健的肩膀，“什么时候吃顿饭？”

“吃完了你再跟法庭要求我司法回避？”

对于这位前姐夫的做事风格，辛健太清楚了。

他挡掉赵卿的手，“这案子既然是我主诉，你别想那么容易。”

后者点点头，“我拭目以待。”

既然是协查办案，曹峰自然需要经常出现在检察院里。

辛健最初对此只是感觉有点不爽，而连着三天都在跟付志吃饭的时候被人打断，他的不爽终于上升成为愤怒。

“你现在是找不到妈妈喂饭了吗？”

看着大剌剌戳在他跟付志中间的曹峰，辛健毫不掩饰满脸的嫌弃。

压根不是他们院里的人，倒真是不见外。

对辛健的这种态度，曹峰只是笑笑，“学长的玩笑真冷。”

付志对身边这两个人的互掐甚至都没抬头，扒拉着饭盒里的饭，对于日益糟糕的午饭，实在激不起什么食欲。如果难吃也能算是一种突破的话，检察院这一时甜得要死一时咸得要命的菜，绝对足以上创业板了。

付志随便就着咸菜一样的菜花吃了两口饭，把汤喝完站起来，“你一会儿还睡觉吗？”

“你过去吧，我应该不去。”

自从曹峰过来协查，付志每天中午就都睡在辛健的休息室。

第四章 挣扎

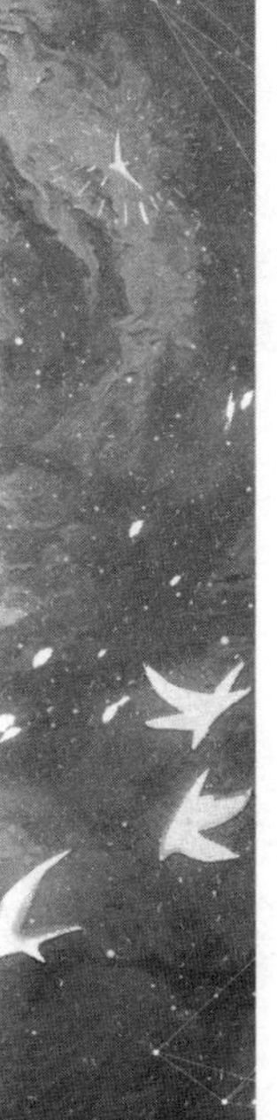

付志熬过一天付出的代价是下午打字的时候满眼都是双影，所以在辛健让他不要自己折磨自己的时候，果断地选择了妥协。

曹峰说：“学长如果要午休，我在办公室就行了。”

然后辛健笑了笑，“你以为办公室没人的时候，会让你待着？”

哪怕是同事，不属于同一个分院，所有的资料和卷宗都必须隔离。

被这么一说，曹峰愣了愣，然后看着付志一脸困死的表情飘荡而去。

余下两个互相看不顺眼的人，吃的饭就更是食不知味了，随便塞了两口，辛健也准备撤了。

曹峰在他站起来的时候，突然问：“学长说过自己在大学里的事吗？”

站着的男人没回答他，但是也没继续走。

“当时他在学校里很出风头，成绩好，教授喜欢，几乎所有的活动都会被推荐，社团也都很喜欢拉着他参加。”付志当年在大学校园里，也算是校草的级别了。

人高，斯文帅气，成绩又好，难得的是虽然很被器重，但是人不矫情。所以当时不少人跟他的关系都不错。

“但是当我毕业的时候，听说他还是个书记员，我当时还以为我搞错人了……”曹峰扬起个笑容却没多少笑意，看着辛健，“我一直想知道，到底是什么原因让学长就这么变了。”

没有人会说当时大学里那个付志，能是个胸无大志，甘于平淡的人。

他压根就不是。

辛健静静地听着曹峰的话，在对方一句付志变了之后轻轻地扬了下嘴角。

“你觉得他变了，是因为你根本不了解他。”

辛健扔下这么句话，很潇洒地离开了食堂。

辛健没回办公室，而是直接回了休息间。

付志睡得天昏地暗，他开门的声音，一点都没影响到他良好的睡眠质量。

走进门的辛健也没准备吵醒他。

刚才曹峰说的话，辛健不是没产生过疑问。

他和付志做搭档这么长时间，他很清楚对方到底用了多少力，又是以什么样的心态在工作。他完全就不是没脾气的人，原则性更是强得跟倔驴一样，牵着不走打着还倒退。

但是，他心里好像放了一道墙。

自己出不来，别人也过不去。

曹峰的感觉其实并不能说完全是错的，只是付志并非是改变了什么，而是把本来掩盖起来的那部分脾气都拿了出来。

现在别人眼里的付志之所以庸庸碌碌，不是因为他性格太温吞，纯粹是他脾气太大了！想起之前付志对着大飞时候的反应和态度，辛健突然笑了一下，然后长长地出了一口气。

下午的时候，辛健排了提讯。

犯罪嫌疑人是个出租车司机，名字叫高松，三十七岁时有了一个女儿，老婆前年因为癌症病逝了，所以就剩下他一个人照顾着女儿。开出租的收入并不算多，生活也不容易。被他杀了一家三口的是他的公司经理，叫赵年，本地人，平时为人还算和善，公司内部也没有针对他的处分或者违反操行的评价。在案发之前两天，高松就跟赵年在公司的例会上发生了很大的冲突，高松还当着很多人的面表示过，赵年就是个专吃回扣的白眼狼，吃里爬外，一边克扣他们的油补，一边还要提高份钱，他早晚要给赵年好看。

之后没到四十八小时，赵年和他妻子及十二岁的儿子，全家死在家里。

赵年身上被刺了六刀，失血过多而死。

高松是自己到警局自首的，他声称杀人的时候喝了很多酒，自己也不清楚到底是怎么回事，等反应过来的时候，已经是满手的血。

这也是赵卿要打激情杀人的主要原因。

他的辩护词上再三强调高松不属于预谋杀人，喝酒是很明显的刺激诱因，而且他是在案发之后主动投案的，主观上是自首，所以应该从轻量刑。

当然，这份辩护词在辛健眼里根本连三个字都看不下去。

他当时在办公室看到这份辩护词的时候，是直接甩到桌子上，“异想天开！”

赵卿就在旁边，但是没说任何话。

直到辛健跟付志提讯高松的时候，才明白为什么赵卿会用这样一个在刑诉案中，成功案例屈指可数的激情杀人作为辩护。

高松是一个不到四十岁的男人，但是看起来却像有六七十岁一样的沧桑和疲惫。那种眼底积累的衰弱是任何人都没办法质疑的，或许是看守所的日子不好过，整个人散发着一种让人同情的颓废。

他看见辛健和付志，第一句话就是流着泪说的。

“检察官同志……我真的不是故意杀人的……真的……”

高松的话，其实很多人都说过。

至少在犯罪嫌疑人这个范围之内，说过的人绝对不少。

但是，却很少有人能说得这么真实。至少，付志看着高松的表情并不怀疑他说这句话的时候，是懦弱恐惧、后悔的。

高松已经不是第一次接受提讯，所以并没有胆子违反规定站起来或者迫切地表示自己的态度，只是哆哆嗦嗦地坐在椅子上，乞求地看着付志和辛健，“检察官同志，我没有想杀人，我错了，我错了……”

他一遍遍地重复这些话。

提讯很长时间都没有正式开始。

辛健已经预感到这次的案子会是多麻烦的一个过程了。

等到高松的情绪终于稍微平复下来，辛健才拿起笔，“高松，你跟被害人是什么关系？”

“我叫高松，今年四十四岁，住在平清河小区，户籍所在地就是平清河小区，赵年是我的车队经理。”高松已经很熟悉讯问的过程，甚至不需要辛健再补充问什么基本资料。

付志看了辛健一眼，从后者脸上捕捉到一闪而逝的烦躁。

“案发当天，你为什么会出现在死者家里？”

“其实，那天的详细情况我真的记不太清楚了。之前我跟赵年在车队里吵了一架，他又要提高我们的份钱，说是公司的要求，但是其他车队好些人都没有提价，我就去找他理论，他一口咬定说这是规定，如果不遵守就别干了。我女儿年纪不大，还在念书，家里到处都要花钱，我开出租的收入就是家里唯一的经济来源，后来我越想越生气，就喝了很多酒，后来……等我意识到自己在哪儿的时候，已经是……”

后面的话，高松没说完。

因为已经泪流满面，哽咽得无法继续了。

付志看着辛健停下笔，讯问室里充斥着压抑的沉默。高松的抽泣声断断续续，其间没有人去打断他，也没有人催促。

然后过了一会儿，高松叹口气，“我知道自己杀了人，就去警察局自首了。”

辛健看着他，“所以，喝过酒之后的事情，你不记得了？”

“我真的不记得了……”高松脸色难看如蜡，“我以前喝多了就容易昏头，每次醒了都不知道自己是怎么回家的，我老婆以前也说过我，但是……”

一提到过世的妻子，他又开始落泪。

这一次，辛健没耐性等了。

他大概确认了几句话，甚至没打招呼，就拿着资料走了。

付志愣了一下，然后跟上。

走出看守所的辛健一直到上了车，才愤怒地捶了一下方向盘。

对于他的态度，付志很不解，“你这火气是针对谁的？”

高松？

辛健咬了咬牙，“以后杀人的都说一句自己不记得案发经过，就可以算作激情杀人了！”

“你不信他？”

“你信？”

“经济来源这种词，肯定是有人教给他的。”付志的表情比辛健淡定很多，他推了下眼镜，“赵卿应该跟他谈过了。”

这案子本来他们接手的时间就晚，按照赵卿的性格，不会等到他们后面。

辛健哼了一声，没说话。

“不过，就算赵卿跟他谈过，也不等于他就一定不是激情杀人。”

比起辛健的责任原则，付志显然更侧重于具体情况的考虑。

案情有疑问，当然就要查清楚。

辛健给司徒茁打了个电话让他到检察院，原本以为那边免不了又是一顿牢骚，结果竟然很意外地，他很痛快地就来了。

但就因为辛健压根没想到司徒会来得那么快，所以他打完电话，其实是跟付志一起去了一趟公安局，他想找最初到达案发现场的刑警聊一聊。

于是司徒到院里的时候，碰到的是曹峰……

具体后来到底发生了什么事，辛健跟付志都不太清楚。

辛健跟付志到公安局的时候，立案人都不在，他们直接去找的庄一伟。

“似乎只要看见你们两个一起出现，就不会有什么好事。”庄一伟被找到的时候，刚从审讯室里出来，看见辛健就乐了，招呼两个人往办公室走。

还没进门，又被人叫住了说另外一个案子。

辛健站在办公室里扫了一眼庄一伟桌上的卷宗，“刚回来就挺忙啊……”

门外的人笑笑，“我们这边忙完了，就轮到你们了。”

反正案子都是要往检察院送的，大家只是个时间差，工作量差不多。

庄一伟手边的事忙完才进了屋，给付志和辛健倒了杯水，“怎么样？无事不登三宝殿，又是什么案子？”

“高松你知道吧？”

庄一伟说：“这么出名的案子怎么会不知道，到你们手里了？”

辛健点点头。

“我听说辩护是赵卿？”

“嗯。”

再点头，这次辛健多了几分无奈。

果然，无论是警察还是检察院的人，提起赵卿，压力都不是一般大啊。

似乎是猜到了他的想法，坐在办公桌另外一边的庄一伟笑得有点幸灾乐祸，“对手是赵卿的话，你们的动作可有点慢了，他来过好几趟了。”

之前负责立案的那两个警察也是跟赵卿熟一点。

这时候，在旁边一直没吭声的付志突然说道：“诉案子不是打比赛，输赢永远成不了目的。”

这几天，所有人都似有若无地提起赵卿，很让他反感。

其实，无论辩护人是谁，这案子他们都会按照程序去诉，实在没道理因为一个人搞得大家如临大敌一样。

他说完辛健就笑了，还笑得十分嘚瑟，“就是，他算哪根葱！”

他随意地挥挥手，把话题从拐歪的地方拉回来道：“我们没找到立案人，就顺道过来看看你这边。关于高松的案子，侦查的过程中，还有没有什么是没有落实到卷宗上的？”

这种情况其实并不少见，毕竟卷宗上的所有东西都是手记的，重要与否很大程度上是取决于办案人的判断，并不能达到面面俱到。

庄一伟喝了一口水，视线还停留在付志身上，过了一会儿才笑着摇摇头，“要打听这个案子，别问我，这个得问钱真。”

当时这案子的侦查过程，钱真是被临时调去帮过忙的。他手边有其他的案，没太多过问。

他看着辛健询问的眼神，耸了耸肩，“他现在也不在，去取证了。”

“什么时候能回来？”

“估计今天是没戏了，要不明天我让他过去一趟？”

反正上次说想一起吃饭，也一直没找到合适的时间。

辛健对此只能无奈地叹口气，现在这情况，他不同意好像也没其他办法，“那明天见吧。”

“嗯。”

站起来将两人送到门口，庄一伟在他们准备离开的时候，突然叫了一声付志：“其实你很适合做个检察官。”

这话说得付志愣了一下，随即辛健笑出了声。

回检察院的路上，付志一直很沉默，旁边的人也没吭声，照例是把广播调得很大。

等到车进了院门，辛健才有点突兀地开口：“付志，今年司考好好考吧。”

“年纪大了，背书记不住。”

付志也没继续装哑巴，给了辛健一个挺无奈的表情。

不是他不想考，是考不上他也没办法。

对此，辛健没有再发表什么看法，只是直直地看着付志半天，一直到后者先避开了两个人的对视，才很淡地敛了下视线，什么都没说便回办公楼了。

刚推开办公室的门，曹峰就笑呵呵地跟他们说：“司徒茁来过了，留了点东西就走了。”

“走了？”

辛健又问道：“他怎么这次这么速度？”

就是因为对司徒茁的性格有点了解，猜到对方肯定不会这么早过来，所以才会走了一趟公安局，没想到他竟然都已经走了。

曹峰耸耸肩，“不知道。”

那时候，无论是付志还是辛健，谁都没多想过什么。

毕竟，从那之后有很长的一段时间，他们都没再见到司徒茁这个人。

至于他留下的那份资料，其实是关于案发现场的血滴鉴定的。

一家三口全部横死家中，满屋几乎都是喷溅滴落的血迹，这也是这案子司徒苗只负责物证鉴定的主要原因，实在是现场太复杂了，涉及的东西多到让人头疼。

靠近门口的血迹是赵年妻子的，再往里一点，是赵年的，他小儿子是死在客厅到卧室的走廊里，大概是听到了什么动静才会出来，然后被理智全失的高松当成了攻击的目标。

现场的照片将血滴的呈现方式拍得很清楚，在送给检察院的卷宗里都有。司徒苗后来补送过来的，是一份关于血滴凝结的时间。

辛健大概翻了一下，然后皱起眉。

"赵年的血是凝结时间最长的？"

旁边的曹峰探头看了一眼，然后点点头，"报告上没有提起这点。"

死亡时间上，最先死的是赵年的妻子，然后才是赵年，为什么反而是赵年的血凝结时间最久？

辛健手里拿着资料，来回看了好几遍，抬头冷冷一笑，"激情杀人？"

这次，付志没吭声。

情理法三个字，在很多人心目中，都是情在第一位的。

所谓法理不外乎人情，赵卿再到检察院，跟辛健说的第一句话就是这个。

但是辛健没回他，只是抬头看了一眼对面的付志，"钱真来了没有？"

付志在整理档案柜里的卷宗，听到他的问题，头都没回，"还没有，说是2点30分。"

然后辛健一摊手，"我一会儿还有事，你长话短说吧。"

"就这么对你姐夫？"

赵卿倒是没什么特别的反应，只是笑得挺有深意，他看了一眼辛健，"你态度不太友好啊……"

辛健喝了一口水，"我对律师从来就没友好过。"

说难听了叫各为其主，说浅显了是立场不同。

"我以前就跟你说过，你根本不适合做检察官。"赵卿坐在沙发上，姿态很自信也很张扬，对着辛健，他的态度难免显得有点强势，"你最大的问题就是感情用事，从以前到现在就没变过。"

对于他的话，辛健苟同地点点头，“可惜像你这种律师，我也做不来。”

两个人之间莫名地有种看不清楚的火花，站在战圈之外的付志有点看热闹的心态，一直等到赵卿走人，才懒懒地转过身说：“你对你这位前姐夫还真是够不顺眼。”

虽然平时辛健的嘴巴就够毒的，但是这么针锋相对的对象除了李磊，还没见过第二个。

辛健撇了下嘴，一脸不满，“我想揍他很久了。”

“为什么？”付志很意外，“就因为他老打刑事案？”

其实真正的大律师，喜欢打刑事案的并不太多。

一般来说，民事案才是赚钱的官司，刑事案多数都是新律师成名的捷径，但是搞不好就会把自己整个人都赔进去，很多人翻案不成最后搞了个身败名裂。

赵卿能够在这个行内有如此地位，也说明他确实有实力。

辛健过了一会儿才出了口气，坐在沙发上，“跟他做什么的没关系，只不过他明明不爱我姐还娶了她，这点让我很不舒服。”

虽然说他姐姐的婚姻选择他是没什么资格过问太多的，事后也知道原来他姐一早就知道赵卿心里有别人。

当初赵卿跟他姐姐离婚，他也是问了很久才问出了原因，这个时代离婚不算什么大事，但对于他家里来说，还是有一番惊天动地的。

让他意外的是那个理由。

竟然是他从来没想过的莫名……

付志听完辛健的话愣了半天，不知道怎么去接下面的话。

屋里的气氛有点怪，辛健说完了大概又回想起了当初的一些事，表情很压抑，而付志站在他的对面，一时不知道该说什么，最后只能尴尬地挤出一句话，“你介意他感情不忠？”

“他是不是精神出轨，对我来说没什么关系。”辛健接着说，“如果不是因为我姐，他对我来说就是个路人。”

他真正难以接受的还是对方既然很清楚自己没办法给他姐幸福，为什么还要选择婚姻。

“我觉得男人得有责任感，尤其是对自己的感情。我要是真的喜欢一个人，一定会很诚实地去对待，不会逃避也不会勉强。”

最终，这番谈话在处长的电话中无疾而终。

辛健被叫出办公室的时候，付志无力地叹了口气。

而辛健直到站在处长的面前，注意力还有点没被拉回来。

走出办公室的时候，他猛然意识到一个问题——他怎么会把这种事跟付志说？

涉及家人，换作平时，他是不会透露这么多的。

怎么说都不是自己的事。

但是刚才，付志那么问的时候，他完全是下意识就答了……

又或者，他根本是忽略了心底关于家人的原则问题，这里面的心态，仔细想想他有点茫然。

“辛健！我跟你说话你到底听见没有！”

老处长的怒吼终于把他神游的意识拉了回来，辛健有点状况外地看了一会眼前的老领导，然后问：“处长，我能请年假吗？”

而那边老处长一拍桌子，差点把烟灰缸直接冲辛健砸过去，“我刚跟你说上面要有人过来考核你，你就要请年假？”

别说年假了，以后连周末都没机会了！

辛健终于迟钝地抓到了重点，“考核？考核什么？”

“你不用知道是什么考核，只要记得别给我出什么问题就可以了！”说完，处长瞪了他一眼，“开会的时候如果你敢给我这副样子，我就把你从楼顶踹下去！”

辛健哈了一声，聪明地没接话。

考核这种事，放在任何人身上都高兴不起来，他也不例外。

处长后来又交代了很多事，无非就是让他注意那些规章制度，对此辛健不管听没听进去都是点头。

看得老处长无奈地一直叹气。临到最后，也只能再嘱咐一句：“辛健，好好为自己打算，别浪费了你这点能力。”

已经走到门口的男人回头看了一眼一直挺提携自己的领导，“放心吧。”

他笑得自信，“我的能力不止这点。”

钱真带来的资料比辛健他们想要的还要全。据说办案人员里有一个是新调到刑队的，积极性难免比较高，当时证人口供录了一大批，也是这个原因，才导致后来筛选的时候不得不从中选几个直接证人，剩下的只是作为资料保存，钱真是把这些全都拿来检察院了。

挺厚的一沓，钱真往桌子上一放，“自己看吧！”

辛健随便拿起来翻了两下，“有摘要没有？”

他明显是希望听到对方口中的简化版。

作为这个案子的参与人之一，钱真的话当然要比这大堆的卷宗扼要多了。

钱真明白辛健的意思，有点不爽地扫了他一眼，然后坐下拿起付志的杯子灌了一大口水，拖了一会儿才清了清嗓子说：“其实这案子我没跟到最后，因为证据什么的都没问题，所以后期也就不需要太多人了。我记得之前调查的时候，我们去车队问过高松和赵年的情况。”说到这里，他看着辛健，“不过当时的环境是一面倒的。”

他对面的男人脸色没变，但是心里已经有了点不太好的预感。

“表面上看，赵年这个车队经理当得还算是不错，至少资料上的档案记录很干净，但是深入调查之后发现情况跟最初所得大相径庭。这年头有口皆碑的人不多，但是是个人就骂的其实一点都不稀罕。赵年在车队里大概就是这么个地位，十个人里骂他不是东西的得有八个半，剩下大概就是表示过要砍了他全家的。平时就一直克扣补助提高份钱，仗着自己家里有人在公司高层，所以很多事做得明目张胆，不给钱就乱扣分罚款。”

当时随便问的几个出租车司机，几乎异口同声地表示赵年死了是活该。

“高松自己带着一个孩子，生活本来就挺困难，平时为人很老实，就连交通违章都没有一起，是公认的老好人。就是喝多了有时候劲头大点，这一点他们车队的司机能证明，高松平时温温暾暾说话都不大声，喝多了能把桌子给踹翻了。”

简单来说就是发起酒疯来不受控制的那种人。

辛健越听眉头皱得越紧，“你是故意的？”

钱真说话的语气跟态度实在太恶劣，以至于他想无视都难。

钱真一耸肩，“我这可都是原话复述的，不信你自己看口供啊。”

事实上办案人也是因为考虑到诉讼的问题，所以特地把赵年的情况简化了，不然这种情况给任何人看，都难免会产生偏颇心理。

“赵年就算再有错，他家人没错。”

最小的被害人才十二岁，大人的纠葛恩怨与孩子无关。

这话是付志说的，他本来在旁边整理东西，一直听着没吭声，直到钱真说完了，才补了一句。

那边的钱真探头看了他一眼，嘿嘿一乐，“哟，我还以为你不会说话呢。”

从他进来付志就没打过招呼，闷头也不知道在干什么。

对于这种嘴欠的调调付志没多回应，手上的工作没停。旁边的辛健看看他，然后把视线转回钱真身上，“案发现场的重组，你们得到的是什么结论？”

“结论都写在报告里了。”钱真往后靠了靠，“死亡时间上确定第一个被杀的是赵年的妻子，然后是赵年。”

他说完又补充道：“所以赵卿才能打激情杀人，因为高松不存在杀赵年妻子的明确动机。”

他们甚至都是第一次见面。

杀人这种事，能够激发起杀机的第一应激人都是主因，赵年既然也在场，如果高松是预谋杀人，他第一个伤害的人不会是赵年的妻子。

这个推论很符合逻辑。

辛健拿着报告看了半天，他就是觉得死亡顺序这里有什么地方不对劲。翻了好几遍，他终于抬起头，“你们有没有搞清楚为什么现场会有两把凶器？”

“两把？”钱真想了一会儿才摇摇头，“沙发上那把只有赵年妻子的指纹，并且没有任何的血液反应，被害人身上也没有任何一处的伤口与那把刀吻合，并不能算作凶器。”

按照现场的环境，那十有八九是赵年的妻子拿着自卫用的。

显然这点辛健也同意，“赵年的妻子拿这把刀是为了高松。”

他顿了一下，然后放下卷宗，“所以高松杀赵年的妻子，不是故意杀人。”

也就是说赵家的其他人跟高松都没有直接恩怨，他找上赵家，目标其实很明确，他是为了赵年。

辛健这句话说完，钱真跟付志全都愣了一下。

这结论太峰回路转了，以至于第一时间都有点反应不过来，付志站起来拿过卷宗仔细地看了一会儿，说：“你是说高松杀赵年的妻子是意外？”

事实上高松杀人的凶器并不是事先准备的，而是赵年家放在客厅的刀，茶儿上都是水果，看样子他当时是一边看电视一边吃东西。而根据现场的血痕鉴定，最先受伤的应该是最靠近门口的赵年。

辛健说道：“没有任何的证据可以证明门口处的血迹是赵年受了刀伤留下的，他身上有其他的搏斗防御性伤痕。”

如果当时的情况是最初高松找赵年理论，发生争执继而动手，然后赵年的妻子听到了争执声音拿刀出来，高松在受到威胁的情况下杀人，那就是过失杀人。

这样就解释了为什么当时明明赵年站在门口，第一个死的却是赵年的妻子。同样，这个推论也能再推出另外一个结论，“那么他杀赵年和赵年的儿子，都是故意杀人。”

高松当时完全可以停止继续伤人，但是他没有。赵年的儿子应该本来在卧室看电视，距离客厅还有一段不小的距离，高松既然能够走到那里去把一个小孩给杀了，主观上已经是绝对的故意了。

付志在辛健说话的时候，一直没有吭声，直到他说完了，才接道：“但是你这个推论，恰好证明了高松是激情杀人。”

赵年妻子的死，在现场对高松来说，是一个很大的刺激。他最初没有伤人的念头，后面发生的事都在意料之外。

对此，辛健说：“我不认为他是激情杀人。”

他不相信一个人会这么轻易地在一个激动的刺激下连杀三个人，还包括一个十几岁的孩子。

——杀人并不是一件容易的事。

辛健后来让钱真去帮他找两个人，当时钱真什么都没说就走了。

不过，还没等他找到人，这案子的发展方向就开始有了新的变化。

最先了解到情况的是李磊。

他跑到付志的办公室让他上网。

“检察系统的网？”

“不是内网，外网外网！”李磊很激动，一边说一边拿出手机，“算了，你在我手机上看吧。”

李磊打开的应该是一个大型的讨论社区，上面红色标志狂闪的一个帖子是“出租车司机被生活压迫成社会怪物”。

里面很详尽地描述了高松这个案子的案件背景，特别是将高松的生活压力做了一个非常渲染的勾勒。

至于下面的回帖，即便付志没看，也知道会是什么情况了。

他看了李磊一眼，“赵卿？”

“谁知道……”话是这么说，但是表情不言而喻。

这种手段，实在不太像一般人能用出来的。

付志可以预想到辛健看到这些会是什么反应。

高松的案子引起社会关注这件事，很快影响开始扩大，处长在第二天就找了辛健和付志去谈话，内容无一例外都是上头甚至特地有人打了电话来，让特别注意这个案子，让他们一定要谨慎处理。

不过院里倒是没给辛健他们太多的压力，处长也没有提出任何的偏重看法。

但就是这种程度，也够辛健郁闷的了。

从处长办公室里出来，他进了自己办公室就把笔往桌上一摔，“赵卿这个浑蛋！”

付志跟在后面，推了下眼镜，“你现在准备怎么诉？”

辛健一回头，“怎么诉？该怎么诉就怎么诉！”

以为这样就能逼得他重新量刑？不可能。

从他开始做检察官那天起，什么压力他都受过，就这种程度，改变不了他的决定。

赵卿无非就是想通过社会舆论的压力让他妥协，激情杀人其实也属于故意杀人，但是在量刑上会有一个明显的从轻处理。他不想打成死刑，但是高松的犯罪行为，无论是从定性还是恶劣程度，都必须是死刑立即执行。

辛健哼了一声，“他要怎么搞都随他，我不吃这套。”

话是这么说的……

两天之后，不仅仅是处长，就连辛健和付志的电话都开始不断地响。

发展到最后，甚至连手机都会有新闻追踪等媒体人打电话给他们，至于到底怎么泄露出去的，他们两个都毫无头绪。

付志连着两次睡觉被手机吵起来，终于忍无可忍地抠了电池。

然后跑到辛健的卧室外面把里面的人给砸了起来，“这案子的排期能不能提前点？再这么下去要疯了。”

他头发凌乱眼镜也摘了，半夜被人吵起来满脸都写着不爽。

辛健一开门就看着付志这副表情，没忍住笑了下，“忍着吧，快了。”

日期其实已经定了，现在就是等。

“我忍不了了！”付志暴躁地捶了下门，现在面前有任何东西，下场都不会太好看。

看他这样，辛健索性也不睡了，两个人坐在客厅开始看电视，之前付志下载了一堆电影，一直忙得没时间，现在刚好打发下烦躁的心情。

电影的剧情严格说有点无聊，都是俗套的东西，来回地折腾。

付志看到一半突然问道："辛健，你坚持诉死刑，怕不怕被人骂？"

他没回头，眼睛还盯着电视屏幕。

旁边的辛健也没看他，对于这问题只是沉默了一会儿，然后很淡地回道："我从进检察院开始，两年的时间挨的骂比我活了那二十多年的总和翻倍还要多。"

而且不止他，还捎带上了他的祖宗十八代。

付志笑了笑，没吭声。

似乎每个人都觉得自己的背后是个悲惨的故事，都是事出有因，都觉得自己想要的结果，就应该得到，如果得不到，就会把怒火发泄在第三方的身上。

辛健啃了一口苹果，"介意这些的话，根本做不了这行。"

客厅里只有电影的对话显得很突兀，辛健吃苹果的声音很有节奏，一点都不急促，似乎带着他与生俱来的那种笃定和平缓。付志终于看了他一眼，眼底的情绪很复杂，"我一直很佩服你可以这么坚持自己的东西。"

他敛回视线，"我就做不到……"

都说做检察官要理性。可就算再理性，终究大家都是人，会有情绪，有主观判断，他没办法像机器一样面对所有事。

辛健一直到苹果都啃完了才抽出两张湿纸巾擦了擦手，"我坚持，只是因为他们没有办法说服我。"

他突然冲着付志笑了一下，"你这样的，其实比我适合做检察官。"

对他的话，付志也没回应。

两个人似乎都觉得对方比自己更适合，但是到底谁更适合，他们说了也不算。

也许，谁都不适合呢……

电影换了一部接一部，两个人就这么从半夜看到了天亮。辛健的手机上有几十条未读短信，他大概扫了一遍全是陌生的号码就一口气全删了。

值得庆幸的是，钱真终于还是找到了辛健要找的人。

付志整理完供词和相关的证据，打了一通电话问赵卿："你的口供卷还要复印吗？"

电话那边，赵卿的笑声里不免得意，"辛健那小子不打算重新提交一份审查报告？"

付志推了下眼镜，"你这句回答是要，还是不要？"

"不要。"

赵卿说得很清楚，然后补充道："辛健这个案子诉不成的。"

但是下一刻，付志直接挂了电话。

辛健坐在他对面的沙发上，笑得很嘚瑟，“你是故意的……”明明有新的证词了，但是打的这通所谓的通知电话里，只字未提。

付志毫无压力地一耸肩，“我问过了。”

说完他重新把视线转回桌上的报告上，嘴角的笑容有点坏。

——没错，他就是故意的！

案子走的是公开审理。

公诉席是辛健和曹峰一起。付志到了法庭，但是坐在听审席上。

赵卿果然安排高松的女儿到庭了。

小孩子还什么都不懂，被媒体记者围住的时候，满脸都是惊恐，被问到对于自己父亲的下场有什么想法的时候，眼泪直接就出来了……

付志一直在旁边看着，听着身边人的窃窃私语。

如果辛健坚持诉死刑，恐怕社会舆论的压力真的非常大。

但是公诉人的座席上，辛健的表情没有半分的动摇。

他知道辛健心底是十拿九稳的。

高松被带上来的时候，脸上的表情还是很消沉。无论是态度上还是整个人的精神状态，都充分地表现出了他的悔悟以及恐惧。他听从安排坐在被告人的席位上，惶恐的视线扫过辛健和法官，最后低回去。

付志跟这案子的审判长打过好几次交道，性格大概跟李磊有点像。是非观很重，做事很干脆，对于这个案子，从没有发表过任何的个人看法。

开始审理的时候，钱真也到了。

坐在付志旁边，轻轻地拍了下他的肩膀，“怎么样，辛健还是准备诉死刑？”

“显而易见。”

付志笑笑，没多解释。

后者了然地点了点头，表情也说不上是赞同还是反对，只是看到高松女儿的时候，皱了下眉，“何必把一个小孩子带到这种地方。”

亲眼看着自己父亲被判刑？

这种事太缺德了……

因为案子受到的关注度很高，自然在审判的程序上就走得很严谨，法庭上一直没有什么声音，只能听到审判长的一些发问以及公诉人的陈词，一直到辩护开口，才引起了一小段骚动。很明显，多数人是觉得这案子该走激情杀人的。

辛健拿出审查报告，“案发的前一天，在赵年的小区门口，有两个证人很清楚地记得高松徘徊了很长时间。”

他一边说，一边抬头看了一眼高松，“并且就在案发当天的上午，你买了一把便携式的家用刀。”

虽然高松杀人的时候，用的是赵年家的刀，但是他并不是没有犯罪准备。

无论是之前在赵年家楼下逗留还是买刀的行为，结合他之后所造成的事实，都充分证明了他的杀人意图是清晰存在过的。

赵卿的脸色有点难看，他听着辛健把证人的证词陈述了一遍，意识到事情的走向开始偏离他的预期。

直至此刻，法庭上之前只是小声的议论开始扩大。

审判长只能暂时维持了一下法庭的秩序，然后重新审视了一遍审查报告。

高松这时候的表情很难看。

他抬头看了辛健好几眼，嘴唇动了几次，最后挤出来一句话：“我当时就是去看看……”

但是已经够了。

辛健没有理会听审中的人偶尔冒出的几句高松还有个女儿什么的，他一直很坚定地直视着高松本人，一直到他垂下头。

付志在一边看着辛健，也看着高松和赵卿。

法庭上，每个人的反应都带着各自的立场和期望。

总归是有人失望，甚至绝望的。对于高松这个案子，不能说他完全赞同辛健，但是对于这样的量刑，他也没什么质疑。

到底是不是激情杀人，这个界定并不好说。

没人能说一个平时温暾不擅言表的人不会去杀人，同样，也不能就这么断言高松就是主观故意要杀了赵年全家。

只不过，他赞同辛健的另外一个观点。

高松有女儿，赵年一样有个儿子。

这个案子真正的影响在于，是不是你受生活所迫，就可以做违法犯罪的事？或者说，是不是一个人的情绪出现问题，就需要有人为此付出代价？

这件事，从头到尾跟赵年的家人没有关系，但最终的结果却很凄惨。

对于他们检察体系来说，一直有过一句话。

——你可以为自己的犯罪找到一千个借口，却找不到一个真正的理由。

没有什么可以成为驱使一个人犯罪的理由。

审判长的判决没有出现意外，当着几百人的面，宣布了高松死刑。

那一刻，高松失声痛哭。

他的女儿虽然不太明白情况，但是看见父亲哭，也跟着号啕大哭，一样是眼泪，付志却觉得本质是不同的。

退庭时，陆陆续续有人骂，有人反驳。这场审判自然是有人同意有人反对的，不过这些对于已经结束的辛健、高松或者赵卿来说，都没意义。

真正走出法庭的时候，赵卿还能笑着跟辛健说："不错，几年没见，成长了不少。"

但是那时候，辛健却笑不出来。

他一直到赵卿开车走远了，才靠在旁边说："我做不了律师的最大原因，大概就是我没办法在这种案件宣判之后，还能笑着跟人打招呼。"

坚持判决量刑是一回事，他的感性情绪是另外一回事。

这时候，坐在驾驶座上的付志按了下喇叭，催促了一声。

辛健拉开车门有点意外，"今天你开？"

"想开了。"付志招呼他上车，"生活中偶尔换一换位置，会改变很多想法。"

很多人都需要换一个角度去看待身边的人和事，不然就会陷在一个死胡同里，怎么都走不出来。

高松的案子已经结案了，但是曹峰依然出现在检察院里，辛健觉得有点别扭。

问了两次，都说是还有其他的事，处长没开口，他也不好说什么。

但是曹峰在检察院几乎什么事都没干过，只是跟着付志成天转悠……

"学长，我帮你打报告吧？"

"学长，提讯？我也去。"

"学长……"

终于，辛健忍不了了在楼道里把他拦了一下，"我说你到底是哪儿的人啊？"

辛健讽刺了一句，脸色没见好转，"你一直留在这，你们院里不找？"

不是说检察系统用人紧缺吗，他们每个人都恨不得当十个人使，曹峰成天逛来逛去的，他单位也没个意见？

曹峰只是耸耸肩，“我留这也是为了工作，不过不能跟你说。”

不止辛健不知道，是其他所有人都不知道。

曹峰甩完这个答案就径自走了，也没管身后的辛健是个什么反应。不过从那之后，辛健也没有再追问过他这个话题，因为很快，之前处长提到过的考核队就到了，连着好几天，辛健就是不停地做报告和业务考试，搞得一个头两个大。

王姐手上刚好有个未成年的案子，付志也很忙，不知不觉，两个人几天都见不着一面。

不过，关于辛健的消息，付志却知道得很及时。

这功劳都是曹峰的。

“听说今天考核的人就要给辛健做评定了，你不去看看？”

看着付志打结案报告一本正经的背影，坐在沙发上的曹峰突然冒出来这么一句。

付志一开始没搭理他，不过后者完全不懂识趣两个字怎么写，“要不我帮你去？”

屋里除了打字的声音就是一片沉默。

王姐去提讯了，办公室就剩下付志一个。

“你知道这次考核辛健到底是因为什么吗？”

问题一个接一个，终于最后付志受不了了，索性站起来往外走。

考核意味着什么，他当然不会不知道……

其实辛健这种人，被上面注意到是很正常的，毕竟经手的全都是不走寻常程序的案子，案子被关注，他当然也会被关注到。别的不说，就光高松的案子，曝光度就已经是其他人的好几倍了。

他本人的态度没什么改变，不等于所有人都可以当作什么都没发生过……

如果他没估计错，这次考核很可能会导致辛健提职或者外调，而正常的检察官提职，是不需要这种突然考核的。

他靠在楼道里，表情有点恍惚。

往好处想，辛健真要是离开，也不失为一件好事。

之前进行的考核，成绩一出来辛健就被叫到了办公室。

处长的态度很直接。

“省院那边想让你过去。”没等辛健开口，处长接着说，“你个臭小子等到再遇到一个新领导，就知道我脾气有多好了！”

辛健笑了，“那为了我的前途着想，我还是不去省院了。”

“你说真的假的？”

这算是答案了？

处长其实心里并不想辛健走，培养出一个得力的下属不容易，辛健是他一手要来的，无论是于公于私，他都不想让他调去省院。但是对于辛健个人的发展来说，当然是那边更有前途。

处长对面站着的男人并没有明确表态，“让我考虑考虑吧。”

这不是个容易下的决定。

处长理解地点点头，“尽快，这周给我答复。”

然后就示意对方出去了。

辛健回到办公室的时候没看见付志，王姐的办公室也没有，问了一圈，最后在楼道尽头的阳台才找到人。

“其实这股颓废范儿也挺适合你……”辛健有点突然地开口，靠在边上的人回头看了他一眼，让出一块地方。

付志的眼睛微微地眯起来，他笑了一下，对刚才辛健的话没回答，“什么时候走？”

“你就知道我一定会走？”

辛健没去问付志怎么知道省院要调他的消息，这种事，传开都是自然而然的。

两个人身后的夜幕有点沉了，这个季节，就算时间还没太晚，天就已经彻底黑了，看不清楚什么东西，就觉得空旷难辨的一大片。

付志自嘲地维持着嘴角的弧度，视线落在黑幕之中，找不到一个焦点。

“你一定会走。”

——因为你是辛健。

这世上什么职业都有个逢年过节，唯独犯罪分子是全年无休的。

案子永远是一件接一件，没有忙完的时候。

辛健很有可能要调走也不能清闲下来，新转到院里的档案直接就搬到了他办公室，还是处长亲自交代的。

“无论你是走是留，这案子给我办漂亮了！”

李磊模仿起老处长的神态还挺像，说得辛健没忍住差点一口水喷出来，“我说你最近又闲了是吧？那这案子帮把手呗！”

“哟？你还有要帮手的时候？付志呢？”

辛健这种人，向来眼高于顶。入院这么久了，除了付志，就没见过他跟第二个人有过任何形式的合作，哪怕是之前曹峰来请他协查的案子，到最后一样是他主诉，对方做了回璧花，连过程都没怎么参与。

靠在窗户前的男人笑了笑，“他最近大概比较忙。”

王姐新排的案子好像挺棘手，连着两天都看见出车了，付志当然也轻松不了多少。

“他再忙，只要你开口还不是一样随叫随到？”

话说得也不怎么客气，他说完了就挥挥手走人了，说到底公诉处的气氛不适合他，还是档案室清凉避暑的感觉最好。

辛健也没拦他，看着他关上门，手上的茶杯还冒着热气，腾起来蒙了满眼。

一直到手上的茶杯有点凉了，他才走出去敲了敲付志办公室的门，然后没等里面应声就直接推开，看着那个忙碌的背影说：“付志，我有点饿了。”

前面的人没回头，沉默了一会儿才回答他，“想吃什么？”

“便利店的包子吧……”

“嗯，一会儿给你送过去。”

说这几句话的时候，付志手上录入的动作就没停。

辛健一直站在门边，本来想说点什么，但是犹豫到最后还是没开口，确认付志是不会搭理自己了，他跟来时一样没什么动静地把门带上，然后缩回了办公室。

送来的案子是个分尸案，性质比较恶劣所以处理起来也比较敏感，他大概翻了一下证据卷，厚厚的一叠鉴证文书看的人头疼。

这种类型的案件最头疼的就是证据整理。

虽然侦查机关一般都把程序梳理好了，但是到了检察院必须要重新整理一次。

公安局的工作其实更多的是集中在逮捕之前，一旦批捕处的逮捕令出了，那么之后的很多证据是否齐全到足以起诉，就很难兼顾了。

毕竟不属于他们的阶段范围。

所谓各司其职大概就是这个意思，一群人负责一摊事，术业有专攻。

辛健一看起卷宗就没什么时间概念了，其间听到对面付志开门的动静，猜到对方大概是去买包子了，他微微一笑，端起茶又喝了一口。

然后等他再次意识到时间的时候，距离付志出去已经快要一个多小时了。

“去火星买了？要这么久……”有点诧异地站起来看了一眼窗外，天已经黑透了，凉风扑面，带着点湿意。

原来是下雨了。

辛健随手拿过雨伞就下了楼，走到便利店门口就看见一个挺熟悉的人影蹲在那。

他紧走了两步到跟前，把伞打在付志头顶，“你买个包子怎么搞成流浪犬了？”

还是被遗弃那种。

付志抬起头看着辛健自上而下俯视着自己，扯了下嘴角，“发觉没带钱，然后就下雨了。”

至于到底为什么他蹲在门口，他自己也说不清楚，就是不想走了。

他索性就蹲着，看着街道上来来往往的人。

“手机也没带？”辛健把付志拉起来，看着他肩膀上几乎湿透了。

“带了，但是没电。”

辛健无奈地叹口气，俩人一起往检察院走，包子到最后也没买。

回到院里当然还是泡面解决，幸亏这种东西已经成为职业必备了。

吃面的时候，辛健才抽空问了句：“案子怎么样？”

付志莫名地抬起头，“啊？”

“王姐现在办的案子是不是挺麻烦？要帮忙不？”

“你还有空？”付志笑了笑，“处长今天不是刚钦点了你？”

辛健扬了下嘴角，“你消息倒是挺灵通。”

面吃完了，照例还是付志收拾，看他扔完了垃圾，辛健靠在门口等他刷碗，“付志，最后一个案子，跟我一起办吧。”

付志手上的动作停了一下，但是很短暂。

“决定要走了？”

“嗯。”

之前的谈话内容似乎还历历在目，付志太了解辛健，他最后的一句结论，早就为这件事定了结局。

辛健一定会走。

因为他是辛健……

心头瞬间涌上的情绪有点复杂，付志顿了很长时间才点点头，“好。不过要等我帮王姐把手上的活儿都干完。”

付志既然答应了要帮辛健办最后一个案子，手上的活儿处理得差不多了，很自然就去跟辛健报到了。

他又搬回检察院的宿舍了。

对于辛健手上的这个案子，付志办得很用心。

城东的碎尸案，一家服装厂的员工被情杀分尸，丢在了护城河里，过了半个月才被发现，真正的侦查时间倒是不太长，只是很多直接证据都被时间消磨掉了，整理起来有点花工夫。因为后来有嫌疑人的口供，也有证人的证词证明嫌疑人跟被害人曾经发生过很激烈的争执，所以批捕之后预审处大概整理了一下卷宗就送到检察院了。

但是很多顺序和细节都对不上。

所以付志花了半天的时间什么都没干，就是在那里用口供卷里的证词对照证据，将所有不明的疑点都整理了出来。

辛健就出去开了一个会，回来发觉东西都弄好了。

“效率真高……”

他拿起整理好的文件看了一眼，有点意外。

付志打了个哈欠，“问题很多，你自己慢慢看吧。”脸上虽然都是疲惫，手上的工作却没停。

付志转头看着他，“处长让你回来先去找他一趟。”

辛健放下文件就去处长办公室了。

谈话内容没什么意外的。

他之前回复了处长他想去省院，老处长没说什么，不过这场谈话是肯定少不了的。

嘱咐和要求都有，处长语重心长，一个劲地拍他的肩膀。

因为消息已经在院里传开了，所以偶尔在楼道里遇到关系还算不错的同事，也都会恭喜一下或者打听两句，辛健一概笑笑就过去，无意多说。

而等辛健回办公室的时候，付志还在忙。

“休息会儿吧……”他走过去靠在旁边，“这案子时间还富裕，不用这么赶。”

不比之前那些搞得很紧张的特殊案例，这个案子虽然线索凌乱了一点，但是只要整理好，基本上按照正常程序走就可以了。毕竟不是每个案子的辩护都是赵卿这种人，犯不着严阵以待。

付志推了下眼镜，“你以前不是案子不结都不肯好好吃顿饭的吗？”

工作狂原来也有要求休息的时候。

辛健笑笑，“只是我这样而已，你不需要。”

以前都是他忙得天昏地暗的时候被付志耳提面命地催吃饭，一份饭打好了放在旁边凉了热，热了凉。

突发奇想地，辛健突然开口道：“付志，我去打饭吧。”

这个时间，午饭应该还有。

付志想笑，但是没笑出来，“你快走了终于良心发现了？”

“或许吧。”

辛健对于他的调侃没多说什么，熟悉地找出两个人的饭盆，打了个招呼就走了。

剩下付志坐在办公室里半天不知道想干吗，他视线扫过办公室，对于这充斥着明显辛健风格的房间感到有点压抑。

铁打的办公室流水的办公人。

没人能料到明天会发生什么事……

一周之后辛健就要走了，到时候大家桥归桥路归路，检察系统这么大，再遇到都不知道是什么情况。

想到他跟辛健两个人在哪个楼道里打个照面，然后握握手问一句“最近怎么样”，付志突然觉得有点喜感。

他长出了一口气，视线转回电脑屏幕上，重新开始工作。

辛健打个饭用的时间都比一般人久，差不多半个小时才回来。

他把饭往付志眼前一递，“别忙了，先吃饭。”

后者接过之后说了句谢谢，打开饭盒盖瞬间愣了一下，“这是咱食堂的饭？”

骗鬼啊！

那位大叔连青菜都能炒成黑色的。

辛健装模作样地笑了笑，“先尝尝好吃不。”

付志打量了半天，确认这饭应该是能吃的，才犹豫地尝了一口。

“怎么样？”

“不错……”

付志的语气很迟疑，虽然有点可笑，但是他还是问：“这总不是你做的吧？”

“怎么可能。”

不要说辛健的厨艺付志本来就领教过，就是他真想做，这么点时间也来不及啊。

辛健说：“是我最近新发现的一家餐馆。”

付志不怎么信，“新开的？”

“不是，是咱们一直没发现。”

胡扯……

因为俩人都比较鄙视和嫌弃食堂的饭，除了中午时间比较紧张，晚上下了班他俩基本上吃遍了检察院附近的大小胡同和街道。几乎没有俩人没吃过的饭馆。

这菜色明显不是平时吃过的水准。

看出来付志不信，辛建却没继续解释，他还是催付志赶紧吃，还想顺手给他倒一杯水。

不过被对方很干脆地拒绝了。

“行了，你的良心别一次用完，再吓着我……”

突然这么殷勤总觉得非奸即盗，特别是辛建这种从来不肯吃亏的算计性格，指不定这顿饭吃完了要付出什么代价。

辛建对于付志的戒备表情有点玩味地挑了下眉角，不过也没坚持。

付志整理出来的卷宗，最大的问题是在弃尸时间。

按照嫌疑人自己的供述，他在处理尸体之后陆续在四个小时之内完成了弃尸，但是弃尸的时间跟两个证人的口供都对不上。

其实，这已经不影响案件的诉讼了。

毕竟犯罪事实已经是如此明确了，凶器和动机也都没有问题。

辛健大概看了一眼卷宗，觉得问题不大，倒是付志很坚持。

“有疑问还是搞清楚比较好。”

当时他说了这么一句，就拿起电话约提讯的时间了。

吃了中午饭两人就去看守所了。

嫌疑人叫岳京，本地人，他跟被害人崔城城是经过朋友介绍认识的，交往了三年的时间。去年岳京把崔城城安排进了自己工作的工厂，并且买了一栋二手房准备年底结婚。在外人看来，岳京跟崔城城的感情一直很稳定，很多人都没想通怎么突然之间会变成这样。

辛健和付志看着岳京被带出来的时候，彼此看了一眼。

岳京是个残疾人，走出来的时候，一瘸一拐的，不是很方便。

辛健等到他坐下，才拿起卷宗，示意地看了岳京一眼，“岳京，我们是检察院的，需要你将案发的经过再交代一次。”

坐在讯问栏里的男人抬起头，表情很麻木，“我已经交代得很清楚了。”

一个案子，光讯问就要进行五六次，像这种案子，大概不会低于十次。

一遍一遍地重复。

“再说一遍。”

辛健语气没有带着任何的感情成分，还是跟平时一样平淡。

倒是付志拿着记录的笔看着岳京，脑海中不可避免地回想起卷宗里的案发过程。

在外人看来很般配的一对情侣，实际上却存在着很多的问题，崔城城本来是个什么都不懂的乡下女孩，跟岳京认识之后就将对方看作自己的依靠，百依百顺。直到她跟岳京说想找一份工作减轻生活的压力，岳京把她介绍到了自己的服装厂做车间办公室的秘书。然后，最常见的故事桥段，崔城城跟车间主任之间开始有流言传出来，一开始岳京不愿意相信，还跟人起过冲突，但是后来说的人多了，渐渐他也感觉到了不对劲，跟崔城城之间开始有所争吵。

杀害崔城城那天，就是对方的生日，他计划了一个多星期，将崔城城带到了两个人租住的公寓，在给对方吃下毒药之后将其勒死，然后分尸弃尸。

之后他甚至若无其事地回到了单位上班，直到被警方讯问。

在卷宗之中显得很冷血残酷的凶手，其实长得并不算凶残，个子不矮有点偏黑，看起来还算是健壮，但是明显文化水平不是很高。对于自己的犯罪事实岳京并没有多做解释，他的口供卷里，最后很干脆地说了一句“给我个死刑吧”。

直到现在，他还是这句话。

岳京抬起头看着辛健，麻木地开口道：“我是死刑吧？”

但是坐在他对面的两个人并没有回答他，辛健还是照例将他的身份和地址信息核对清楚，然后就是又一遍重复凶案过程。

只是这一次，岳京却没有配合，“过程我说很多遍了，今天我说点不一样的吧。”

他苦笑了一下，“我跟城城认识的时候，她特别单纯。什么都不懂，我说什么她都听，那时候我们镇上出来的人也不多，我偶尔回家里，都被说是在外面打工的，拿回去的钱多，人人都说我有本事。城城是我嫂子给我介绍的，我俩谈了半年，我就把她接到这边了，她说自己这辈子没住过这么好的房子，没见过这么多车。”

最常见的情节，最没有深度的故事。

“去年初，我俩认识了一个叫袁胖子的人，他说要在这边投资做生意，但是还缺个人跟他合作。我本来没什么兴趣，但是城城觉得这个生意肯定能赚大钱，所以我拿了所有的积蓄出来，谁知道那人就是个骗子，拿了我们所有钱就跑了。城城后来在家里一直哭，说自己太笨了，我跟她说没关系，钱没了还能再赚。”

说到这里，岳京的表情竟然还有些神往，或许是想起了当年两个人相伴的生活。

不过，如果故事一直是这么温馨的风格，大概他现在也不会坐在这里了……

“可是那次的事，我不仅拿出了自己的所有存款，还欠了好多钱，我怕城城继续自责，就没跟她说，自己在外面偷偷接活儿，给人跑货。结果就那么倒霉，有天下雨没看清楚路，被车撞了。虽然后来人家赔了一笔钱，但是腿就这么废了。”

岳京抬头看着辛健，“我当时觉得天都塌了，一个大老爷们儿，以后走路就是个跛子。”

“我以为我这辈子就这么完了……但是城城跟我说她不介意，她说别说我就瘸了腿，就算胳膊都没了，她也一辈子都跟着我。”

岳京的声音有点哽咽，他停了很长时间，手铐晃动的声音在房间里很明显，他抬手擦了一下眼角，“后来我就想，瘸了也没关系，只要我还能干活儿就还能养活她。所以我经常在厂里加班，人家干到 6 点我干到 10 点，厂里经理看我勤奋，也没把我辞了。但是因为平时工作得太累，回家的时候连饭都吃不了两口就睡死了，城城看我做得这么辛苦，就主动说也想工作，分担一点是一点。我这辈子，最后悔的就是当初听了她的话……”

后面的故事，已经没什么意外了。

重复了几次的过程又一次被复述了一次，岳京说到后面的时候，一边说一边哭。

“你们说，为什么她就这么变了？啊？几年的感情，我为了她连腿都废了，为什么她就这么容易跟那个狗屁主任上了床？我对她这么好，还不如一个有老婆的老头子？啊？”

岳京的情绪后面变得很激动，要靠法警把他强压在椅子上。

辛健问：“因为她变心，你就把她杀了然后分尸？”

“是她对不起我！”

岳京咬牙切齿地低吼出这句话，死死地握着双拳，“她对不起我！我就不该把她带出来。”

本来是想把案件当中的疑点问清楚，结果却一无所获。

从看守所走出来的时候，付志在前面走，辛健在后面看着他，觉得他情绪不对。

“怎么不说话？”

付志在前面回过头，“我本来话就不多。”

付志视线没在辛健身上停留太久，回过头长出了一口气，“干这行，这些故事听了没有一百也有八十，说的没烦听的也烦了，为什么还会有这么多人为了这些理由一而再再而三地去犯法？”

无论他们多可怜，多值得同情，终究走上的是一条不归路。

这是一个怪圈，知道是错的，还要错得万劫不复。

辛健的表情很复杂，“很少见你这么感慨。”

正如他自己说的，毕竟听得太多了，已经没有了那份一般人容易产生的情绪变化。

付志闻言笑了一下，却有点自嘲，他没再吭声，上了车。

回到院里，辛健又被叫去开会，付志没过多久就锁了办公室，一个人出去了。

他关了手机，乘着公车，看着窗外一路的车流行人，表情有点茫然。

他先到了电影院，随便买了张最近场的票，看了半个小时发觉实在没什么意思，这个时间本身影院的人就少，零零散散几个人，关注的重点似乎还不在电影上。他觉得无趣，中途就出场了。

然后他在电影院旁边的小吃店里要了一份炒米粉。

味道还是熟悉的那个味道，只是价格已经比最初他跟辛健到这里吃的时候贵了不少，他吃了几口觉得胃口不大，犹豫了一下还是剩下了。

他出了米粉店，沿着街边一路闲逛。

离检察院有三站地，如果不是对方说，他大概自己都找不到这块。好像是因为辛健以前跟人常来，在这边办了张卡，不用反正也是浪费。

夏天会出一款不错的杏仁露。

不过现在这个时节，想吃也买不到。

路边的东西都很熟悉，甚至就连摊位似乎都没怎么变化。

溜达到车站，付志还是上了公交车，不过没回院里，而是去了城北的一个公园。

他小的时候家里后面有个后山，放学或者放假基本上就是一群人在山上摸爬滚打，接触的土和树比人还多，所以最初到了这种大城市，他是有点不适应的。

这公园被开发的程度不算高，有些地方，会让他想起家里。

所以他以前特别喜欢来。

到了周末的时候，自己带点饮料，蹲在路边看那些大爷大妈们打拳闲逛都能看一天。

不过今天时间不对，人没那么多。

其实，付志自己也不知道这是怎么了……

岳京的事对他来说本来就不能算什么事，可怜之人必有可恨之处，杀人分尸，这案子的结果根本不需要讨论。

但是他心里很不舒服。

想起之前岳京说的那句后悔，他眼底的神色就沉几分。总是有人说，这世上没有后悔药。下了决定，你就得承受后果，如果早知道，谁都会选择避开风险。

他一直在外面游荡到了晚上才回检察院，打开手机的时候，短信差点卡得他手机死机。

有王姐的，有李磊的，还有处长和辛健的。

事情就是这样，你在检察院里的时候吧，一上午连通电话都没有，只要你不在，全世界都是找你的人。

付志挨个短信都回了。

这个时间，院里人都走得差不多了，楼道里有点黑，他本来想直接回宿舍，考虑了一下还是想先回办公室拿点东西。

然后刚进大厅，就看见了靠在楼梯边的辛健。

“你怎么在这儿？”

辛健看了他一会儿，“不然呢？也搞失踪？”

他这话说得有点呛，不过付志已经习惯了，“你是代表人民来审判我的？”

“只是代表处长表达下不满。”

辛健脸上扬着笑容，眼底却没什么笑意，跟在付志身后，“去哪儿了？”

“没什么，就在外面溜达了一会儿。”

“吃饭了吗？”

“还没，哦……吃了……”

下意识地答完才想起来好歹吃了一点炒米粉，付志挠了挠头，“吃了半盘炒粉。”

辛健愣了一下，“你去看电影了？”

付志没想到他简单地说了这么一句也能被对方察觉到他去了什么地方，他上楼梯的动作顿了一下，然后才很低地“嗯”了一声。

后面的人没再说什么，跟着他到办公室，然后坐在沙发上看他翻东翻西地找东西。

一直到他东西都收拾得差不多了，看了辛健一眼示意他该走了的时候，对方才皱着眉问出一句话。

“你最近怎么回事？”

“这问题是我想问你的。”

辛健往前走了两步，“不打招呼就消失一下午是什么原因？手机不开短信不回——你看了短信我知道。”

付志下意识地往后退了一步，“没原因。不回短信需要什么理由？不想回。”

“为什么？”

辛健不依不饶的态度有点偏执，他看着付志，表情是难得的严肃认真，“到底为什么？”

这次，付志瞪着他半天。

他大概觉得辛健吃错药了。两人僵持不下半天，最后还是付志甩出一句话，“手机坏了！”然后推门而去。

辛健要原因，他就给原因。

虽然谁都不信，不过这时候，本来也就不重要了。

辛健看着付志没关的门口，黑漆漆的楼道，似乎有冷风一直往屋子灌。

他叹了口气，然后坐回在沙发上，苦笑着扒了下头发。刚才那样的自己，简直冲动得连一点“辛健”的影子都找不到……

那么急切的反应，到底是在逼付志还是逼自己。

生平第一次，他如此真切地感受到什么叫左右为难。一方面，他不想放弃付志这样难得志同道合的默契搭档，但另一方面，面对省院递出的橄榄枝，他又知道自己一定要走。

如果付志张口挽留他，也许……但他清楚，付志不会这样做。

他有自己的坚持，一如付志明白自己的坚持。

那天晚上的不欢而散，在第二天倒是没影响到付志和辛健。

大概对付志来说，辛健这种神经病式的抽风脾气本来就没什么逻辑可寻，看到辛健早上还是老样子的跟他打招呼，他也就很自然地回了一句。

然后，从那个招呼之后，他就一上午没再看见辛健。

处长中途来找过一次，结果发觉人不在。

“昨天你不在，今天他不在，你们两个这是什么毛病？”处长不怎么高兴地扬起眉，在没找到辛健的情况下，想起了昨天没跟付志算的账，“你跟我到办公室来！”

付志内心一阵嘀咕，不乐意地跟着进了处长的办公室。

之后的一个多小时，他就是在听训话。

晚上9点，付志还在试图梳理岳京的案件漏洞，而辛健却在看一份新的报告。

这是庄一伟传真给他的。

桌上的手机震动了一下，他扫了一眼，被来件人的名字吸引去了注意。

点开信息，里面的东西让他眉头皱了起来。

他没怎么犹豫，拿过外套，锁上办公室的门。

那条信息是庄一伟发的。

只有简单的一句话：我在路口等你，速至。

辛健走出检察院没花多少时间就找到了庄一伟的车，上车之后才发觉对方穿着一件很诡异的衣服，“如果我不是眼瞎，你这是白大褂？”

如果是司徒茁那张脸，他会觉得合理很多。

庄一伟把伪装用的眼镜摘掉，无奈地说："我刚从医院出来。"

"现在去医院都必须穿工作服了？"

"我真佩服你这张嘴……"

庄一伟翻了个白眼，把眼镜放在旁边然后把白大褂给脱了，"给你的报告看了吗？"

"看了。"

"怎么想的？"

"我觉得现在是你查出来的东西会比较重要。"

辛健技巧性地把话题的主导权换过来，作为一个检察官，他果然还是不喜欢在跟人说话的时候成为回答的那一方。

庄一伟愣了一下，把手机拿出来，"我在医院没见到人，但是拍到了他的病历。"

"你确定那封信是这个人写的？"

"确定。"

手机的照片上，姓名一栏写的是杨顺国，初步诊断的结论是肝部肿瘤。

虽然辛健并不是医学方面的专业，但是那一长串的病情描述显然都说明着一个问题，这个杨顺国病得很严重，而且可能没有多少时间了。

"如果是这样，他写那封信倒是说得通……"辛健盘算了一下，权衡着现阶段他所能得出的结论。

事实上，下午他接到的传真，是庄一伟传给他的一封检举信。具体为什么信会到庄一伟的手上，很可能是因为这个案子之前的部分都是庄一伟跟进的，他还因此被外调过。

这是巫世国那个案子的后续。

当时辛健因为找不到任何关于第三嫌疑人的证据，在无奈之下放弃了对第三嫌疑人的主诉，只是尽全力将巫世国判了刑。但是他并没有将这个案子看作完结，在庄一伟和钱真回来之后，他们从各自的方面都在调查，但是因为时间确实有些久，各方面的阻挠又多，所以一直没有什么实质性的进展，直到这封信的出现。

与其说那是一封检举信，不如说更像是自首信。

写的是检举的标题，里面却只是详尽地讲述了自己在经办一起刑事案件的时候，受到了一定程度的压力和威胁，最后妥协于二十五万的利益金，将案件当中的一份证物销毁了。

之后显然他一直良心不安，于是在经过一番思想斗争之后，选择了将事实说出来，那个案件当中牵扯的人远不止他一个。

庄一伟随后调查了这封检举信的来源，之后，就查到了医院。

“我刚才在医院的病房外面绕了一圈，但是一直没办法接近病区，杨顺国的病房外面一直有人，所以只能先过来找你。”

杨顺国的时间并不多了，他们没太多的机会。

辛健考虑了一下，然后放下庄一伟的手机，“去医院。”

现在唯一的办法就是他们亲自见到杨顺国，并且把有疑问的地方问清楚。

那样一封信，不能够解决任何问题。

庄一伟看着辛健笑了笑，“你这样子完全不像个检察官。”

似乎比他们做刑警的还要敢冒险。

对此，他对面的男人说：“有机会咱俩可以对练试试。”

没人说过检察官就是坐在办公室里的文员。

是外界对其了解得不够。

到达医院的时候，庄一伟还特地又确认道：“你真的要上去？”

没人能预料会发生什么事，在这种情况下，他保证不了任何人。

辛健说：“我还怕进个病房？”

旁边庄一伟一乐，“我本来打算如果你不跟我一起来，我就把这段编成段子广为流传。”

“我倒是不会广为流传，告诉钱真就够了。”

现在这个时间已经过了探视允许的时间，正门有保安，进出都要盘查。庄一伟带着辛健其实是走的一个专门给工作人员用的侧门，下午他来探路的时候明显做足了准备，手上拿着一张看起来挺像员工证的出入卡，借着光线暗，他举手示意的时候，侧门负责的保安也没太仔细检查就让他们俩进去了。

他们熟悉地摸到十一楼，然后对着病房区的电子门犯起了愁。

“你下午是怎么进去的？”

“下午有人探视，我跟着一起就进去了。”

现在当然不可能叫来护士给他们开门。

两人四处打量了一下，最后辛健盯着电子锁旁边的警报器犹豫了一下，“病房里的警报器一般不是连响吧？”

“应该不是。”

庄一伟也跟着研究了一下，这个报警器应该是类似地铁上的紧急开关，是在门卡失灵的时候作为临时控制器的按钮。

他说完，辛健完全没迟疑地按了下去。

就算是隔着一道门，他们俩也很清晰地听到了病房里面传出的铃声。

下一刻辛健很快地闪进旁边的楼梯，庄一伟比他慢了一步差点被看见，躲进楼梯间的时候忍不住骂了一句脏话。

后者只是对他比了一个噤声的手势。

其实办法是三十六计里面已经用烂了的老办法，但是只要管用，辛健跟庄一伟也不怎么挑剔，就是在两个人成功溜进病区的时候，庄一伟忍不住说道：“我现在觉得付志能忍受你，那他真是跟圣人一级别的。”

不过这句话辛健实在听过太多次了，所以完全没什么反应。

杨顺国的病房外面确实有人守着，从衣着上看不出什么身份，庄一伟看了辛健一眼，“最好的办法应该是有个人把他们引开。”

“也是成功率最低的办法……”

计划是一回事，实际情况是另外一回事，辛健琢磨着有什么办法可以让两个人顺利地混进去，然后庄一伟低头看见自己和辛健身上穿的白大褂，“……其实直接走进去就行了。”

说完就这么堂而皇之地站了起来，直接去推病房门。

辛健跟在他后面，根本来不及拉他。

不过庄一伟推开的并不是杨顺国的病房，而是他隔壁的房间。

病区的安排，一般单人病房都是按照区域划分的，杨顺国隔壁的病房也是一间单人房，辛健和庄一伟进去的时候，病床上的病人睡得很沉。

然后庄一伟去开阳台门。

辛健在后面扯了他一把，“你想干吗？”

声音即便刻意压低了，在静寂的病房里还是很明显。

前面的人回头，“爬过去。”

“十一楼？”

病房一般为了防止病人出意外，窗口都刻意调整到一般人没办法探出去的程度，但是因为这边是单人病房，阳台的设计比起一般病房要更特殊一点，在下午的时候庄一伟在外面研究过，真到了逼不得已，要爬到隔壁并不难。

他只是没想到用上得这么快。

事实证明这个办法是可行的，庄一伟在小心地探出半个身子之后，找到了一个合适的落脚点，然后看了一眼杨顺国的阳台。

算他们走运，窗户也是开着的。

辛健犹豫了一下要不要陪着庄一伟一起疯到这个地步，最后还是按照庄伟的路径依样爬了过去。幸亏这家医院规模不小，病房为了能够容纳更多的病人，房间之间的间隔安排得很小，不然这种不要命的办法，辛健绝对不会冒险为之。

庄一伟进到杨顺国病房里的时候，床上的人就醒了。

或许他压根就没睡着。

看见病房里凭空多出两个人，他先是诧异地瞪大了双眼，随后却平静下来。

后爬过来的辛健看见他这个反应便问道："你知道我们是谁？"

"不知道。"

杨顺国的声音很沙哑，他一边说一边挣扎着往上挪动了一下，将声音放到最低。

他看了一眼庄一伟又看了一眼辛健，苦笑着说："对于我现在这样的情况来说，无论你们是谁，都没多大的分别。"

就算是来要他的命，也只是让他早点解脱罢了。

即便是借着微弱的月光，辛健他们也能够很清晰地看到杨顺国脸上的病容有多憔悴，他说："我是辛健，他是庄一伟，你寄了一封信给他还记得吗？"

病床上的男人在听到庄一伟的名字时，眼神明显亮了一下，"是你们。"

这句话，已经是承认那封信是他写的了。

庄一伟往前走了两步，"杨顺国，你那封信上并没有写清参与这次事件的到底都有谁。"

或许是他怕信最后到不了庄一伟手里，又或许是基于其他的理由，杨顺国在信中只是暗示了还有人参与，却没有提及任何一个名字。所以庄一伟和辛健今天才要过来，没有嫌疑人，他们根本无从可查。

毕竟一个案件流程下来，涉及的人太多了。

他们不可能挨个调查。

杨顺国听到庄一伟的话，表情僵了一下，他没立刻回答，似乎还在犹豫。

“既然已经决定写那封信，说不说名字，又有什么分别？”

这话是辛健说的，他看着病床上的男人，“我是巫世国抗诉案的主诉检察官。我知道这个案子牵扯的人很多，但是从我接手巫世国案开始，我就跟自己说，无论压力有多大，我一定要还给被害人一个公道。每个人都得为自己做过的事付出代价，无论是凶手，还是为了自己的个人目的而沦为帮凶的那些人。”

杨顺国的表情有些木然，他听着辛健的话，视线一直半敛着。对于他来说，写那封信，已经是他所能做到的极限，那些名字，如果他敢说出来，在写信的时候就已经说了。写信是因为他不想带着这份惴惴不安面对自己的结束，但是这并不等于他就从一个普通人变成英雄了。

他很轻地咳嗽了一声，放在被子外面的双手紧紧地交握在一起，“我……并不知道都有哪些人……”

他的语气带着颤抖，不知道是因为畏惧还是身体的衰弱。

辛健说：“杨顺国，我们是从你隔壁的房间爬过来的，这里是十一楼。”

他盯着病床上的男人，很冷静地说道：“我再问你一次，关于巫世国的案子，涉嫌人员都有谁？”

病房里的气氛很压抑，甚至充满着一种死寂。

杨顺国不开口，屋里就连三个人的呼吸声似乎都清晰可闻，挂在挂钩上的输液袋，液体一滴一滴地往下砸，就好像砸在几个人的心口一样，让人窒息。

沉默的僵持在刻意被扩大化的时间流逝中拖延着，直到最后，杨顺国终于很小声地说：“白常民。”

他的声音很轻，带着明显的不安。

庄一伟不敢置信地怔了半天，然后转头看了一眼辛健。

后者一动不动地站在原地。

这个名字他们两个都太熟悉了。

白常民这三个字被杨顺国说出来，简直等同于在庄一伟和辛健的头顶狠狠地砸下一条钢筋。

即便是之前做足了心理准备，这股压力还是让辛健长出了一口气。过了很长时间，他才稍微提高了一点音量对病床上的男人说："杨顺国，今天我跟庄一伟在这里的所有问话，都会以供词的形式呈堂，你能够确保你所说的每一个字，都是事实并且是事实的全部吗？"

杨顺国在病床上点点头，面若死灰。

而他对面的庄一伟和辛健表情也好不到哪里去。

在又确认了几个细节问题之后，他们两个按照来时的路，又爬回了隔壁的病房。

只是，这一次是辛健在前面，庄一伟在后面。

然而，还没等庄一伟探出身，就听见隔壁病房里传出很清晰的一声追问。

"欸？你是什么人？"

辛健基本上是个不怎么相信巧合的人。

他一直认为所谓的巧合，是一段时间的积累所导致的必然。

当然，这个结论显然无法用在现在。

他刚刚爬进病房，门就被一个护士推开了，完全来不及反应，他就这么暴露在对方面前。

然后拔高的女音一声叱喝："你是什么人！"

辛健尽量冷静地把手插在兜里，面不改色地往前走了一步靠在病床边上，"我是病人家属，在这里陪床。"

"病房不允许陪床，我们护士站根本没有你陪床的登记，而且我半个小时前才过来换过药，你根本不在。"

不怎么年轻的女护士严厉地瞪着辛健，打量着他一身的白大褂，"你在什么地方弄来的白大褂？"

对此，她对面的男人摊手，"你也说了，你们根本不允许陪床，我穿成这样当然是为了留下。"

违反规定还能说得这么理所当然，也就只有辛健这样的人才办得到。

果然，护士反感地又提高了调门道："你知道不允许还陪在这？都跟你一样我们还怎么工作！"

这一声，吵得病床上的病人和隔壁杨顺国门口看护的人都有了点反应，辛健看到门口有人闪过的时候，维持着不怎么急躁的脚步开始往外走，一边走一边看着护士，"违反规定是我不对，我现在就走。"

耳边护士还在数落，辛健走出病房之后没有向后看，身后打量的视线并不加以掩饰，或许还带着几分怀疑。

他听见有个男人的声音询问护士是什么情况，对方带着嫌弃和不满地将他的罪状复述了一遍。

在他们快要说完的时候，辛健突然加快了脚下的步子。

现在这个情况，他没办法顾及庄一伟了，只能先离开再说。

如果被那些不想让杨顺国说太多的人知道了他们今天的举动，这案子很可能就再也没机会被他们查出个真相了。

而他想得不错。

就在他快走到病区门口的时候，身后那个男人叫道："喂！你站住。"

辛健非但没站住，走得反而更快了。

刚才他跟庄一伟进门的时候，为了留后路特地没有把门关严，在中间夹住了一个阻挡伸缩门舌的打火机。

但是出了门，所有的电梯都在底层。

他没有任何迟疑，直接钻进了楼梯间，没有往下走，而是往上爬。

这栋内科大楼一共是二十四层，辛健大概是在楼的中间位置。

他往上走本就是为了躲开后面追他的人。

但是在爬到十五层的时候，他发觉自己做了一个很错误的决定。

病房大楼，每一层都是病区。

正如刚才他跟庄一伟进去的时候花了一番功夫，此刻每一层的病区都是关闭着的。

他一直爬到十五层，依然没找到其他的方式可以作为出路。

而下面的大门肯定已经被关了。

甚至不用尝试。

"所谓瓮中捉鳖……"辛健有点无奈地叹口气，这简直是自寻死路。

辛健停留在十五层的位置没有再继续往上走，一边观察着楼梯间的动静一边想办法，然后，他扫了一眼十五层的路标牌，敏感地捕捉到了手术间的标识。

就在十三层。

电梯不达。

当机立断，他在确认没人的情况下，拐进了手术层。

虽然不同于一般的病房区，但是这个时间，大部分地方也都中央控锁了。

辛健一连找了近十个房间都打不开门，就在快要放弃的时候，听到了身后楼道里传出的细碎谈话声。

有男有女。

如果他没猜错，应该是值班的护士和保安。

明显那个男人在确认他不是什么病号家属之后，是打定主意一定要把他找出来的。

听着声音越来越近，辛健环顾着四周可以用来做遮挡的东西。

然后，手下无意识旋转的门把手突然动了。

他整个人差点跌进去，他尽力稳住狼狈的身形后，反应很快地轻手关上门，然后靠在墙边。

就是这么一靠，他发觉这个房间里本来就有人。

而且那个人他还很熟悉。

对面付志那张有点扭曲的脸就这么对着他，无声地用眼神表达着愤怒的谴责。

辛健被这急转直下的发展搞得有点措手不及，他看着付志，在手心里写起字问付志：你怎么在这？

付志脸上的表情完全没有好转，在手心写了两个字：钱真。

他加班加到一半接到钱真的电话，着急忙慌地说什么庄一伟要找死去了，说不定还带上了辛健，让他无论如何把人给拦下来。

结果他一开门就看见辛健的办公室灯已经熄了。

问清楚原委，他直接就赶到了医院。

辛健问：钱真也来了？

付志摇了摇头。

钱真在替庄一伟值班，不能离开。

不然也不会给他打电话了。

楼道里的脚步声近了，付志和辛健一起缩到最里面的冰库，这房间是手术室旁边的储藏室，一般是用来存放一些临时的药剂或者准备工具的。他刚才上到十一层的时候，电梯刚开就看到了在门边站着的护士和几个保安，当时他立刻就按了关门键然后依照进楼时记住的地图摸到了这层。

他没猜错的话辛健他们应该是被发现了，这栋楼整个都是中央控锁，如果辛健要想找地方躲，只能到这层。

事实证明他的判断是正确的。

只不过想对了的不止他一个人而已……

冰库的温度很低，两个人只站了一会儿就开始禁不住地打哆嗦，隔着冰库的门听到外面的谈话声，辛健下意识地对着付志比了一个注意的手势。

后者只回了一记白眼。

时间在沉默中逐渐地流逝，寒气从他们的四肢开始往骨骼里渗透。这种环境下，所有的时间概念都变得模糊，辛健最初还能在心里默默地计算着秒数，再后来已经失去了控制的能力。

因为冰库的门太厚，他们两个完全听不清楚门外的动静，想出去担心外面的人还没走，这种远低于人体可以承受的温度几乎冻结了两个人的思维能力，只能麻木地僵持着。

付志一直到快要失去意识的前一刻终于忍无可忍地撞开冰库的门，整个人狼狈地摔在地上。

他回过头，辛健还缩在冰库里，似乎是没办法动了。

他使出全部力气才勉强移动了一下身体，一鼓作气地将辛健从里面扯了出来。

四肢明明已经没有什么感觉了，浑身的所有骨头缝却开始向外扩散一种让人忍不住想疯掉的酸麻，积累到最后爆发成一种疼，那种滋味，没有亲身体验过，根本没办法想象。

辛健很想动一动手指，至少，除了那股钻心的折磨，他还需要点其他的什么可以证明自己还活着。

但是一点办法都没有。

即便是看一眼旁边的付志都做不到。

黑暗的房间里，只有他们两个彼此的喘息声，断断续续。

“这么下去……会……死……”一句话都说得虚弱无力，辛健对现在自己的这种情况充满了愤怒，但是愤怒的同时都觉得实在太过浪费力气。

付志比他要好一点。

大概是因为辛健比他要靠里，冷气的排气口似乎是在辛健背后。

听完了耳边的那句不知道算诅咒还是陈述的话，付志很狼狈地说："废……话……"

时间的流逝已经失去了概念，辛健跟付志就这么睁着眼睛看着眼前毫无光亮的房间，放任身体中的那股酸麻四处游走，每一个细微的动作都是一场难以忍受的折磨，两个人都在咬牙忍受，直到可以微微地蜷缩起双手。

辛健蹭到墙角的时候，浑身已经疼到麻木了。

几乎每个毛细血管都泛滥着针扎一样的痛楚，他倒吸了一口气，伸出手去拨了一下付志。

虽然他自己没有感觉，但是付志能够很明显地感觉到辛健浑身上下都在抖。

理论上，这个时候他们两个应该先打电话联络救兵。

但是现在无论是谁，都挤不出多余的力气来做这种当务之急的事，辛健急到连汗都没了。身上的刺痛结束之后，紧接而来的是另外一股更让人抓狂的灼痒感。那种感觉就像在冰天雪地里冻麻了的手指，被猛地放到暖气片上。

为了转移这种更难抵抗的折磨，辛健狠狠地闭上眼睛撞了一下身后的墙壁，片刻的眩晕过后，从脑部开始蔓延的疼痛终于暂时压制住了身上的感觉。

付志觉得他做了什么，但是看不见，只能狐疑地问了一句，"你干吗呢？"

舌头没有刚才那么打结了，只是话说得还有些含糊。

旁边的男人眼睛依然没有张开，只是沉默了一会儿，"付志，我听曹峰说，你大学时有一个关系特别好的朋友？"

这话题切入得毫无逻辑。

至少，在这个环境，这个情况下，付志完全没想到他会提起来。

有片刻的时间，他大脑是空白的。

辛健的痛苦他并不会少挨半分，只不过比起身体上的各种感官痛苦，他心口突然被捶一下的茫然更甚而已。

这次，回答他的是一片沉默。

不过辛健本来也没想过付志会答他，只是自顾自地说下去，"曹峰说，后来择业的时候，他转行了，你根本没尝试过挽留。"

两个人都看不见对方的表情。

"你不挽留，是怕他将来后悔？"

在友谊的驱使下，或许当时选择的道路是无怨无悔的，但是终有一日，也许在某一个时刻，会因此而产生怨恨。

很多人在做决定的时候往往考虑不到后悔的时候，可也有些人，是因为考虑得太充分，以至于连最初的决定都不愿意去下。

辛健没有任何动作，无声地等待着对方的回答。

过了很长时间，黑暗中才传过付志有点飘忽的声音，“我不是怕他后悔，是怕我自己后悔。”

很难得的，这话说得很冰冷。

几乎没有任何的感情。

辛健不熟悉这样的付志，或者说，大概没人听过付志用这种语气说过话。

可是，就是这样的反应，反而让辛健的心里稍微舒坦了一点。

“那你这次，是怕你自己后悔，还是怕我后悔？现在的情况你也看到了，很多事情还没有过去，放我走了，你准备自己扛吗？”

付志无法回答他。

改变别人的人生，所要承受的东西太多了……

他也不知道究竟是对未知的前路没有信心，还是对辛健没信心，又或者，是对自己没信心。

辛健可以留下，但是不能因为他。

之所以他放弃了所有可能的挽回和努力，不是因为他消极或者逃避，而是他打从一开始，就没有想过要改变任何事。

他不会因为任何人改变，也不想任何人为了他改变。

房间里一时很安静，辛健看不见他的犹豫和迟疑，沉默中，表现出来的只是两个人各自的僵持。

也不知道到底过了多久，辛健终于还是先挣扎着拿出了兜里的手机，熟悉地按下号码，他在电话那边被接起来的时候，毫不客套地说清楚了他们所在的楼层和环境，“……来接我们的时候，带着救护车。”

他不用检查也知道自己跟付志身上肯定有冻伤。

那边钱真的语气很焦急，“你们受伤了？庄一伟呢？”

“我跟庄一伟走散了，付志跟我在一起。”

钱真直接扣了电话。

辛健知道他是要找庄一伟，收好手机，然后撑着墙想要站起来，最后前功尽弃。

钱真赶来推门而入的时候，看见的是付志和辛健两个人靠在两个架子旁边，差不多都失去意识了。

在送往医院的路上，辛健醒了一次，抓着旁边的护士问："付志？"

或许是已经熟练了应付这种情况，即便不知道他说的付志到底是谁，护士还是拍了拍他的手说："他没事。"

然后，辛健一直到被送进病房，就没再睁过眼。

虽然两个人的身体情况很虚弱，但也没什么危险。

庄一伟比他们走运，在察觉到辛健可能暴露身份后，他就一直留在杨顺国的房间里没有出去，钱真给他打电话的时候，他大概解释了一下情况，然后趁着后来钱真他们过来，就着乱溜了出去。

这件事，最后闹大的全在检察院那边，处长追问过辛健和付志为什么会跑到医院的手术室，当时辛健只是简单的一句查案搪塞过去了，庄一伟的名字并没有在处理的过程中被提起，更没人知道。

付志在医院比辛健多躺了两天，等他出院的时候，才发觉岳京的案子已经上报排期了。

"已经查清楚了？"

不是还有很多细节问题呢吗？

辛健只是晃了一下手上的笔，"时间上有出入的地方对于案件的定性并没有决定性的影响。"

嫌疑人既然已经认罪了，无须较真到这个地步。

"可是……"

付志眉头皱得很紧，有话想说但是说不出来。辛健的做法其实并没有问题，而他非要把岳京这个案子拖到水落石出没有任何疑问的地步，到底是出于什么心态，他自己也说不清楚。

两个人相对着，却没有话可以说，到最后，也还是沉默……

辛健从医院出来，再见到付志的时候，态度没有任何的改变，甚至没有半分动容。

依然如常地跟他打招呼，两个人在讨论案情的时候，还是维持着那股调调。

付志没有追问辛健跟庄一伟到那家医院去，到底问出了什么结果。

不想问。

辛健这一走，两个人无论是从工作上还是从其他的方面，都再也找不到并肩前行的理由，辛健如果对那个案子抓着不放，也是他的问题。

事实上，作为书记员的付志，其实做不了任何事。

钱真在给他打电话的时候，指天骂地地把庄一伟数落了一顿，没有责任感、逞英雄、鲁莽什么的。

但是其实所有人都清楚，庄一伟瞒着钱真是为了他的安全。

正如最初他们在处理巫世国那起案子的时候，辛健后来也问过付志："如果换了是我要你代替我值班盯岗留在检察院，你会不会听我的？"

钱真是一直到他打了电话才赶到医院的。在那之前，他甚至只是通知了付志，自己都没有亲自过来。

当时付志的回答也很干脆，"不会！"

他们跟钱真、庄一伟这种搭档最大的不同，是钱真他们之间，总有一个人是作为主导者在影响着两个人的方式的，太久的搭档，早就已经养成了一种根深蒂固的默契，钱真在什么都不了解的情况下，也可以完全地按照庄一伟的要求和需要去面对紧急的事情。

但付志跟辛健却不是。

他们一起承担，一起面对，会坚定地成为对方的支持和助力。但是这种行动，一定是同步的。

钱真被分派去档案室，最后还是会跟着庄一伟一起外派到了犄角旮旯的角落里"体验生活"。

辛健却不会留下来。

他很清楚，无论他跟辛健有多么默契，最终，辛健都会走。

岳京这个案子一完结。

他一定会走。

只不过已经上报排期的案子，最后并没有诉成。

岳京在看守所里自杀了。

用的是自己的衣服。

付志接到消息的时候，愣了很长时间，却没有很意外。

那天提讯的时候，岳京的眼底除了疯狂，就只剩下死寂的绝望了。

或许对他来说，死亡已经是一种解脱了。熬着去回忆以前的东西，远比法律制裁的刑罚更痛苦。

辛健因为之前在医院里不明出现的事情接受了调查，大概是因为他本来要往省院走，这些材料性的东西就很重要，有人看准这个机会，拼命在会议上三番四次地提，说得多了，自然就有专门的人会注意到。

当然，那天跟辛健在一起的付志就成了唯一的目击证人。

不过他什么都没说。

“就是去调查工作。”

无论是谁旁敲侧击地打听，他无非就是这么一句话。

再被问下去，只有一句“无可奉告”。

渐渐次数多了，也就没人再来问了。

辛健开始收拾办公室，做一些工作上的交接，偶尔牵扯到一些跟付志相关的，他就跟着一起。

李磊知道这件事之后，跑到他宿舍唠叨了半天，“辛健就这么走了？”

付志看着李磊。

他拍了拍李磊的肩膀，“走，是辛健的选择。”

这世上没有不散的宴席。

也没有分不开的搭档。

辛健结束了手上的所有事，距离去省院报到的时间，就只剩下一天。

他交还了检察院所有相关的出入证件和钥匙，在告别会议结束之后，逃开了其他人想要给他办的送别会，悄悄地溜到付志办公室，把人给拽了出去。

被拖着的男人一脸的没睡醒，走路都有点晃荡。

“我说你大早上，犯什么病啊？”付志说话带着浓郁的鼻音。

辛健一直把他拉出检察院才笑着说：“最后一天了，到处逛逛呗。”

怎么说也是工作了好几年的地方。要说完全没感情，也是不可能的事。

付志懒洋洋地掀了下眼皮，“这儿一个人都没有，你装留恋给谁看呢？”

真舍不得，就不会走了。

一个要走的人，就应该痛痛快快地走彻底。

“你去省院是高升，我还一堆活儿要干呢，处长骂我你受着啊？”

辛健听完他的抱怨回头看了他一眼，然后没什么心理压力地耸肩，“你可以再给我打电话，然后接通了放在处长面前让他喷。”

这件事是有个典故的。

之前一样是有一次辛健不按常理出牌惹毛了处长，被人在外面驳了面子的老处长回来就把付志叫进办公室骂了半个多小时，背黑锅终于达到一个临界点的付志当着处长的面给辛健打了一通手机，然后放在桌子上让处长继续骂。

辛健想起以前的事，笑得又深了一点，难得心情好得没去搭理付志话里话外的火药味。

辛健拖着付志去吃饭。

点的东西跟以前两个人的喜好差不多，只不过这次辛健要了一瓶酒。

“一瓶够吗？我一直不知道你酒量的深浅。”

付志这人永远是不跟人交底的，俩人认识这么长时间，辛健还有喝醉的时候，付志似乎每次都是喝的时候百般借口，等真正喝得差不多了，其他人躺倒一片就只有他一个人是清醒的。

但是要真的回想起来，他喝得其实也并不算少。

而付志对于这个问题只是说：“可能你钱不够。”

这个答案太挑衅人了……

辛健干脆利索地又加了三瓶，然后开了瓶就直接倒满了付志的杯，“今天看咱俩谁先趴下吧！”

“先说好，你挂了我绝对不送你回去。”

说完这句话，付志抬手就是一杯。

喝完了对辛健说：“……你今天惨了。”

一顿饭，吃了快四个小时。

啤酒干下去了十二瓶，热菜吃完了上凉菜，凉菜吃完了上零食。

趁着一点酒劲，付志几乎数落完了所有辛健在进到检察院之后给自己带来的各种各样的麻烦。

辛健边听边点头，“对，你说的都对。”但是下一刻，他就趴在桌子上不动了。

付志推了他一把发觉他是真的不行了，终于毫不留情地骂了一句脏话。

果然，无论之前约好的是什么情况，到最后还是他收拾残局。

付志付了钱，打了辆车把辛健一路辛苦地架回家里，在艰难地移动出电梯的时候，差点想把辛健摔到地上。

他在辛健的裤兜里摸到钥匙，然后开始挨个试。

“怎么一把都不对？”

一共没几把，挨个试了一遍发觉都打不开。付志有点烦躁地甩了下钥匙链，在听到熟悉的声音之后有点狐疑地把钥匙抬高了看。

怎么这钥匙这么眼熟……

脑子里这个想法一闪而过之后，付志终于迟钝地发觉这钥匙是自己的。

他去摸自己习惯放钥匙的口袋。

在拿出来之后，怔在原地。

钥匙是辛健的。

第五章 力竭

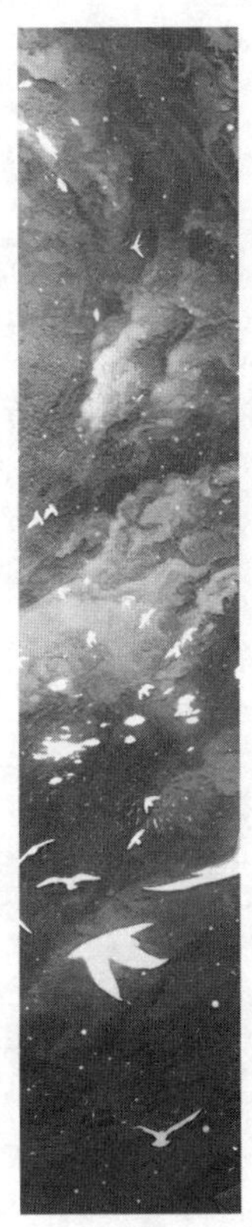

省院的工作内容跟之前相比，本质上没什么区别。

最大的不同是以前几万字写完的审查报告现在提高到了十几万字，证据卷必须用搬的，以前一个箱子能装十几个案子，现在能有四个都算是多的了。

繁重的梳理工作耗费了大量的时间。

辛健被安排在了一个老组长的办公室，据说老组长明年就要退休了，当时他第一天报到的时候，对方好不含蓄地拍着他的肩膀说："年轻人，这办公室以后就是你的，别怕累啊！"

这句话，完全奠定了辛健以后的工作性质。

大小包揽，荤素不禁。

不过他从来也不是一个怕累的人，逐渐熟悉了这边的工作流程之后，几乎每天都在加班中度过。

经常都是楼里人走得都差不多了，只剩下他一个人的办公室灯是亮着的。

今天一样。

他扫了一眼墙壁上的挂钟，习惯性地拿起电话。

付志的彩铃声很奇怪，不知道这东西到底是李磊给他弄的还是他自己搞的，阴阳怪气的一堆废话之后是古怪的音乐，难怪每次处长打电话都喜欢直接打给辛健。

过了一会儿才被接起来，付志的声音带着浓重的睡意，"……还没下班？"

"还得再待一会儿，你吃饭了吗？"

付志大概是在床上，移动的时候带着摩擦床铺的声音，"没有，困了……"

事实上他现在更想直接挂了电话继续去睡觉。

"吃饭去啊。"

"不饿。"

"你没死够是不是？"

辛健的语气没什么转圜的余地，付志对吃饭不知道是不是天生有抵触，明明胃差得一塌糊涂还非得人逼着才肯按点吃东西，不过这个时间，其实已经严重超时了。

“哦，吃……”

付志漫不经心地虚应了一句，坐起来就觉得一阵头晕，他干脆又倒回了床上，耳边辛健的唠叨还在继续，他完全置若罔闻地闭上眼睛。

困啊……

不知道是不是因为天气渐渐变暖了，他现在每天睡觉的时间越来越长，处长今天还把他抓到办公室训道：“自从辛健走了，你怎么看着比之前还睡不醒了？”

老搭档离开了他就消极怠工，今天竟然开着会就当他的面睡了。

辛健被付志把电话挂断了，只好把注意力又移回手上的案子。

省院的案子很多都是经济案，涉及的金额还都是天文数字，就像他现在接办的这个，非法交易的数额够买下他住的整个小区。

辛健努力看了一会儿卷宗，发觉实在静不下心，最后看一眼时间，叹了口气开始收拾东西。

他没猜错的话，到家里付志肯定已经睡死了。

刚才电话的唯一作用大概只是让他能起来上个厕所……

辛健开车到楼下的超市买了点粥。

进门的时候，首先闻到的是一股饭香。

他有点讶异，探头往里看了看，“付志？”

试探的叫声没得到回应，他换鞋往里屋走，趴在厨房门口就看见付志忙着做饭的背影。

“今儿是什么日子？”

太新鲜了！付志竟然能在没有借助任何外力的情况下离开那张床。

前面的男人头都没回，“生日。”

辛健眉头一皱，“你睡傻了？你生日不是7月吗？”

他说完，付志回头，“大哥，今天是你生日，忙傻了？”

一时间，辛健愣了一下。

他对自己的事从来不太上心，生日这种只有小女生和富豪喜欢惦记的日子，对他来说没有太大的意义，回想起来，今天好像白天也确实收到几条信息，但是他都没当回事。

付志有点了然地摇摇头，转回去继续做菜。

工作狂果然是没得救。

因为好歹是生日，付志今天做的菜还不少，两个人爱吃的各占一半，辛健以前尝过付志的手艺，跟自己实在是天差地别，吃起来很满足。

辛健将省院里的事情跟付志唠叨了七七八八，最后提到自己现在的那个领导，不禁叹了口气，“比起来，果然还是老处长好多了……”

虽然喜欢训人又比较吹毛求疵，不过总体来说是个很靠得住的领导。

“明天我去跟处长转达你的思念，他会感动的。”

辛健很严肃地说：“付志，跟我来省院吧。”

“你以为省院是我家开的？我想去就去？”

辛健这个年纪能进到省院那种地方就已经是破天荒了，院里多少人提起来又嫉妒又羡慕，许多资历表上各种丰功伟绩的都轮不上，他凭什么？

付志一边吃一边抬头瞥了辛健一眼，“我说你想点实际的东西行不行？”

但是辛健却完全没被他这句话影响到。

“我说真的，你先把司法考试考了，机会有的是。”

付志只是一直不愿意再往前走一步了，他的能力远不该是现在这样。

辛健无比认真地说：“付志，咱俩是个组合啊。”

工作上最无懈可击的搭档。

辛健那天在饭桌上的话，付志其实就是随便那么一听，他根本没往心里去。

只不过，他一时忽略了辛健是一个行动力多么惊人的人，直到他面对着一办公室的教材才开始惆怅。

付志接到门卫传达室的电话通知让他取快递的时候，完全没想过会是那么庞大的一箱东西。

还沉得要死。

等搬到办公室，打开了才知道全是司考的复习资料。

王姐有点诧异地看着那一堆的书，“付志，你终于想开了？”

虽然之前付志也是年年都会准备司考，但是这么大阵仗的，还是第一次。

付志对着那些书简直是哭笑不得，他很想解释这堆玩意儿全是辛健自作主张搞来的。

于是，到了中午的时候，已经是差不多整个检察院都知道他今年准备放手一搏，不成功便成仁了。

李磊凑到他办公室吃午饭的时候看见那堆书后五官差点被吓扭曲，“不是吧，你来真的？我一上午听到别人说的时候还以为是谁放假消息陷害你呢。”

依照付志的性格就算真要考，也不会搞得这么天下皆知的。

旁边正脸色僵硬地啃馒头的男人被戳到痛处，咬牙切齿的样子恨不得现在手上的是辛健而不是馒头，“本来就是被陷害的。”

上午他连着被老处长、检察长三四个领导召唤，话虽然说得不一样，但是内容几乎相差无几。无非就是他也是到而立之年了，正是男人事业的巅峰时期，这时候振作努力是最明智的选择。然后一堆激励鼓励的话自然没少说，处长干脆给了他特赦令。

“最近这几个月我就不轻易给你安排案子了，你专心准备考试！”

所谓骑虎难下，说的就是他这种情况。

大概是猜到了付志可能会有的反应，辛健一天没打一个电话，直到晚上快下班了才打到王姐的办公室，“怎么样，今天要我接吗？”

付志在那边牙都快咬碎了，“……你就算不接人，好歹也得把书给接回去吧？”

这两箱多的书他一个人抱上办公室，总不能再抱着回家吧。

辛健忍不住笑了笑，“得嘞！马上到！”

放下电话的付志回头看着那堆书，眼底的神色一变再变，最后颇有些无奈地叹了口气。

晚上吃完饭，难得辛健没继续追那些无聊的间谍反间谍的电视剧，叫上付志假惺惺地凑到书房，“今天有点想看书。”

付志忍到最后终于有点忍不下去了，“我说你有话还是直说吧，这样你没病我都快得病了。”

结果付志刚说完，辛健立刻大方地把书往桌子上一搬，“做题。”

付志心里暗暗问候了一圈辛健家亲戚，一脸不爽地坐下，看着那堆什么题海题库、拟真卷的就头疼。

怎么这么像时光倒流回高考的日子。

三十几岁的人了，还得趴在这里做题，还得有人盯着。

他转头看了辛健一眼，“你不觉得我三十岁的脑子已经不适合背书了吗？”

这种事实在做得没有意义。

辛健在旁边撑着下巴看着他，“没事，有哥在，好歹能补回来五年。”

他随手翻过一本资料书，拿起笔就开始圈重点。

辛健画了两页抬头发觉付志还在看着自己，用笔敲了下付志的头说：“看书啊，看我干吗！”

下一刻，付志差点把书直接砸在他脸上。

这一看，就一直到了半夜。

付志不止一次地觉得辛健要是去做老师，一定是让学生骂得头发都要掉光了的那种教务主任，从头到尾除了念叨看书做题几乎就没有换过台词。

说实话付志对司考已经麻木了。

这么多年，他从最初的排斥敷衍到后来的例行公事，参加考试与其说是为了自己的将来，不如说就是给人一个交代。

他知道处长他们到现在还是没死心。

最初到底是自己要进来检察院的，老处长亲眼看着他每天一脸没睡醒的样，也没说过一句质疑他能力的话。

付志不是不清楚这些，是实在提不起兴致往前走……

他看着旁边画重点画得一脸认真的辛健，心底的话几次想说，最后都被憋回去了。

算了。

既然所有人都想他考，那就考吧。

反正最后的结果也不会有什么变化，只是求个心安罢了。

抱着这种念头，付志又开始跟无休无止的题海较劲。桌上的时钟一分一分地走着，书房的两个人却丝毫不知疲倦。

辛健手上的这个案子，严格说是一起涉黑案。

虽然嫌疑人并没有在这次案件诉讼中被提起相关的背景身份，但是从侦查机关的取证资料中，不难看出来这个嫌疑人本身是有一定社会上的势力作为支持的。

四十六岁的中年男人，名字叫刘合。

并不是本地人，公司是做外贸生意的，在同行业之中也算是有点影响，发家的创业资金来源并不太干净，当然之后的生意也不会做得太光明正大。

主要走私的是一些电子产品，最初是手机，后来就是大批量的高价芯片。

因为背景比较复杂，刘合也算是做得十分大胆，若不是后来有员工因为搬运走私的货物工伤死亡，之后案件被公安介入，大概这案子还翻不出来。

辛健接案子的那天，跟他一个办公室的老检察官就提醒过他，这案子可能没那么好办。

而随着他把这个案子梳理出一个脉络，他发现一个很大的问题——刘合不仅仅是走私电子产品，可能还涉及贩毒。

涉毒的案子，在检察院里是公认麻烦的。

辛健察觉到案件当中存在问题，立刻就去找了院里的检察长，当时的回复是让他暂时低调处理，不要让任何人知道。

因为他的怀疑暂时还没有切实的证据。

他是在检查证据卷宗的时候，发现其中有一组照片拍的是手机，这批手机是刘合被查处的第二批货，货单上列的全部都是手机配件，但是真正在货厢里的，全部都是一些知名的品牌机。侦查机关当时把这个当作一般的走私处理了，但是如果仔细核对净重，会发现其中的很多参数有出入。

货厢里肯定还有其他的东西。

辛健反复核对了几次，通过一些其他方面的细节，合理地推测出了走私毒品的可能。

毕竟刘合这样的背景，单纯靠走私手机的生意，是做不到现在这种规模的。

用走私品运毒，犯罪性质就与走私不同了。

可他就是这么做的。

因为本身走私的货就是非法的，一旦被海关扣押，在检查上确定了走私的商品，就不会有人继续深究，而刘合只要能有本事把货取出来，自然也就合理地避开了缉毒部门的注意。

检察长在快下班的时候，让辛健整理出一份报告，第二天交给他。

于是辛健一忙就到了半夜。

房间里除了墙壁上挂钟的走针声，也就只有他翻动卷宗的动静。

这个报告很难写。

辛健的推测虽然合理，但是并没有确凿的证据作为支持，既然是想要重新调查，那显然他需要拿出能够说服所有人的理由。

辛健把卷宗里的内容核对了一遍又一遍，连一点细节都不肯放过。

辛健的报告交上去之后，处里开会讨论了一下，把他临时安排进了毒品专案的办公室，案件的取证可能需要地方检察院的配合，他跟着一个经验挺老到的检察官跑了差不多一天。

“小年轻身体就是好，昨天一宿没睡？”

开车的老检察官看着辛健几次揉眉心的动作，笑着打趣了一句。

辛健急忙抬起头，“呵呵，没事。”

“你这个年纪，熬一熬还顶得住，我们这种就不行啦，熬一夜都跟要散了一样。”

从外貌看，这个检察官弄不好比老处长的年龄还要大一些，辛健在旁边笑笑没吭声，对于这种话题很聪明地保持沉默。

“我听说，你是从老袁他们院调过来的？”

“嗯。”

检察官口里的老袁，指的是辛健他们老处长。

辛健也是第一次听到有人提到处长，注意力被拉过去了一点，检察官看着他笑笑，“老袁手底下从来没有弱兵，你前途无量啊！”

“还需要学习。”

客套了一句，辛健把话题转了回去说：“您认识我们处长？”

“以前共事过，那时候我们俩还都在地方呢。”

似乎是回忆起当时的岁月，检察官的表情较刚才就柔和了一些，“他那时候还开口闭口叫我赵哥。”

辛健一直都知道他们处长是个很厉害的人。

以前开大会的时候，就曾经零星地听过一些传说，当初他们处长是自己坚持非要留在地方的，不然的话，其实按照资历也早该上来了。

车里的话题还在继续，“他现在身体怎么样？”

“挺好的，训起人来声如洪钟。”

检察官闻言笑了，“他以前就是个暴脾气！”

何止是暴脾气……

辛健没接话，视线扫到前面堵成长龙的车队，表情有点无奈。

倒是旁边这位检察官很淡定，聊兴很高，“对了，你们院里是不是还有个年轻人，个子挺高戴着眼镜，好像姓付的。”

这句话，让辛健的表情终于变了一下。

他笑笑，“付志？”

“好像是叫这个名字……你们认识？”

“嗯，很熟。”

辛健答得很利索，老检察官笑着点点头，“那个小子我喜欢，做事儿有点意思。”

“哦？他以前跟过您吗？”

“那倒没有，不过以前我去找你们处长帮忙，你们处长就是把那小子借给了我，办事挺利索，胆子也大。后来我管你们处长要人，他死活不给，为这事我俩还吵了一架。”

辛健有点好奇地想多问两句，但是他们要去的地方到了。

下了车，老检察官才又追问道：“对了，他还在你们院吗？”

“还在。”

辛健点点头，没有说太多。

不过这个话题很快也被对方遗忘了，他们两个这趟出来是到海关大楼里要几份证明，之前打电话的时候，负责人的语气很含糊，一般这种情况，不亲自过来一趟，是要不到东西的。

老检察官亮明了身份，二话不说就要见办公室主任。

那边负责接待的办事员一脸谨慎，“那个，很抱歉，我们主任现在不在，要不您留个联系电话，我回头让我们主任联系您？”

“不在？我之前打电话你们不是说在开会？”

办事员一脸冷静，“嗯，刚刚是在开会，然后接了一通电话就出去了。”

明显是推搪的说辞，却说得滴水不漏。

辛健跟检察官两个人对视了一眼，后者一声冷笑，“行！既然人不在，我就在这儿等他，他总得回来上班吧？要是去外地出差了，我就在你们这里借个办公室，一边做事一边等。”

说完，就真的随便找了个地方一坐。

办事员显然有点错愕，愣了愣，不过紧接着还是安抚性地说了两句话，然后给二人倒了两杯水，一边说会给主任打电话，一边进了里头的办公室。

辛健侧身往检察官旁边凑了一下，“您说这个主任到底在不在里头？”

“不管他在哪儿，一会儿准出来。”

果然，不到半小时，所谓的主任就风尘仆仆地出现了。

到办公室就把刚才的办事员骂了一顿。

大体内容是数落安排事程不合理，让他跑来跑去的耽误时间，然后再一转头假惺惺地对辛健他们笑得极为客气，“哎哟，这是检察院的同志吧？你们看看我这儿的破事太多了，怠慢了真是对不住。”

辛健似有若无地笑了笑，看着老检察官跟这个主任来回地绕圈子，到最后对方才心不甘情不愿地吩咐相关的人员去给他们调取需要的凭证单目。

案子在梳理完两天后就上报了。等待审查的这几天，辛健被批了一天的假，终于能好好睡一觉了。

明明也没忙几天，再回家的时候，简直恍如隔世一样。

他平时在家其实自认也还算喜欢收拾。

就一个单身汉来说，在个人卫生方面，辛健一直自我感觉还是不错的。特别是有李磊这样的生活白痴作为陪衬。

但是显然他不如付志。

说到底都是他自己的家，多了什么少了什么他很清楚。

付志买了一些必需的用品，能处理的也都帮他洗过整理过了，家里虽然不能说改变了什么地方，但是不知道是心理因素还是其他的原因，辛健总觉得比以前显得人情味重了点。

付志一进门就看见辛健在睡觉。

窗外的夕阳余晖撒得很漂亮。

透过夕晒刚好映着客厅里一层晕黄的光线。

辛健一直睡到八九点才清醒，俩人随便吃了点东西，就又开始了看书做题。

付志觉得自己已经很多年没有过这么规律的作息了。

付志一边做题一边还能余出心思跟辛健聊天，“最近的案子很棘手？”

“嗯，有一点压力。”

辛健手里拿着几份报纸一直在翻，不过动作很轻。

付志听到压力这个词时下意识地撇了撇嘴，“你永远不忘拖我下水……”

不过他这句话说得太含糊，旁边的人没听清。

两个人一个看报纸一个看条文，沉默中，辛健突然问道：“你还记得一个叫赵鹏志的检察官吗？”

“嗯？”付志抬头看了他一眼，想了一会儿摇摇头，“不记得……”

他对这个名字一点印象都没有。

“是谁？”

付志虽然问了一句，但是显然不是太在意。

辛健抖了抖报纸，“一个老检察官，以前认识你。”

他说完付志又回忆了一会儿，但是实在没什么印象，最后只能耸了下肩，把这个问题跳过了。

辛健放了一天假，第二天到办公室，第一件事是被领导叫去训了一顿。

内容很莫名其妙。

说的是他之前刚到这边的时候，手里处理的一个进行了一半的案子，当时他办公室的那位快退休的老检察官把案件给他的时候，只说就差点整理，资料弄好了送法院就行。然后现在法院认为案件的定性有问题，要检察院提交补充报告。

“你知道我们从来没出现过这种情况吗？”

检察长把卷宗往桌子上一摔，满脸的怒气，“我不管你以前在底下是怎么办事的，在省院，每个案子都给我过了心再往上交！你现在手上还有什么案子在忙？”

辛健神色没怎么变，“刘合走私那个案子。”

“都先放下，交给其他人，先把这件事给我弄好了！”

直到辛健走出办公室，身后还追了一句：“不懂就多问多看多学！”

这么多年了，他大概是第一次因为工作的事情被这么追究责任。

辛健手里拿着那沓卷宗，眼底的神色沉得几乎看不见任何的起伏……

回到办公室里，辛健把从检察长那里拿回来的所有卷宗仔仔细细地看了一遍。

专注到手机震了两下都完全没有感觉。

一直到把卷宗理了几次之后，他才放下手上的文件，靠在沙发上一声不吭。

之前跟他一起跑过海关大楼的赵鹏志这时候推门进来，看见他便问："欸，老陈不在？"

他说的是一直跟辛健在一个办公室的另外一个检察官，辛健抬起头，"没在，大概有事出去了。"

"哦。"

赵鹏志点点头，却没有立刻退出去。

"我听说，检察长找你谈话了？"

"嗯。"

辛健并不意外这种消息会传得这么快，他表情上没有泄露太多，只是笑笑，"工作做得不到位，还得继续学。"

"别往心里去，很多事你控制不了。"

赵鹏志点到为止地提了这么一句，安慰性地拍了拍辛健的肩膀，然后就走了。

剩下辛健看了半天手上的卷宗，最后改了两个字，重新整理好直接送到了大办公室。

辛健推门进去的时候，态度很自然，"这个案子弄好了，我放这了。"

里面的书记员把卷宗放在了一起，看都没看一眼。

走出办公室，辛健的嘴角扬起一个有点讽刺的冷笑。

之后刘合那个案子的后续进展，辛健都是从其他人那里偶尔听到了。

本来已经找到了切入点，突然就没了动静，几个专案的负责人都被调去了其他的案子。检察院里的气氛突然忙碌了起来，似乎每天都有大量的工作，细枝末节的东西被抓着不放，一时间也没有人还有余力去管工作之外的内容。

跟辛健一个办公室的老检察官三四天都不见人。

他连想找个人问问情况都找不到。

这么一直耗了三天，他开车回了一趟付志在的检察院。

不过不是去找付志的，他直接去找了他们处长。

他推开门的时候，处长对面坐着一个人。

背影他有点熟，但是一时想不起来是谁，而老处长看见他先是一愣，随后怒吼道："臭小子！你就算不在这个检察院了也还是我带出来的人，进屋连门都不会敲了？滚出去！"

这吼的声音够大的。

隔壁屋甚至都有出来看的。

辛健立刻退了出去，没敢在门口多待，先拐进了隔壁的大办公室。

以前的同事看见他都有点意外，"哎哟，辛健？"

成为注目焦点的男人很随便地扬了扬手，"你们别搭理我，继续。"

不过说是这么说，他也避不开凑上来问长问短的。

一时间调侃的也有，说话泛酸的也有，不过也确实有真心恭喜他的，大办公室一下变得很热闹。

辛健这么被人问长问短围了有快半个小时，身后突然传来敲门声，他回过头，看见是处长。

"给我进来！"

处长脸色不怎么好看，背手走在前面，辛健跟着进了办公室。

处长一回头，"锁门。"

一直到两个人都坐下了，处长才脸色难看地瞪着眼前这个让他又气又爱的前下属，"你小子什么时候做事能学会低调点，啊？这么招摇地过来，成心是吧？"

辛健的脸色显然比处长平和多了，他笑了笑，"我来看您本来就是光明正大的，干吗要低调？"

"来看我？"处长哼了一声，"你来找我麻烦还差不多！"

就算他人不在省院，也不等于他什么都不知道，辛健这个当口来找他，想也知道是为了什么。

"我告诉你，刘合这个案子现在还不是动的时候，你也别花那么多心思，没用。"

辛健显然没那么容易放弃，"这案子到了海关那里就已经顶头了，诉成没问题。现在不是时候，什么时候是？”

做了这么多年的检察官，他心里有数。

处长看着辛健的眼神直叹气，不得不说，有时候他还是喜欢付志那种脾气多一点。起码不会这么死顶着非要跟你对着干。

“你说得倒是容易，真有那么好办，其他人还会干看着？”

一个个都觉得自己最聪明！

老处长说完了皱眉瞪着辛健，“你刚到省院那边，这案子就没个人带带你？”

辛健一笑，“人家一听说我是您带出来的，都不敢教我。”

“臭小子你什么意思？”

“处长，省院那边没人动是因为他们太招眼，但是这案子既然最初是我专办的，我总不能就这么缩起来当没有这回事。他们不好出头，总有能出面的人。”

他看着眼前这个对他来说算是半个恩师的老领导，“我是孬种没关系，不能丢了您的面子不是？”

现在说起辛健没人认识，但是说到这位处长，怎么都是听过名字的。

“我今天来都来了，该看见的不该看见的估计也都看见了，如果回去没有半点动静，我怕您之前的那些同事，怎么着心里都得嘀咕一下吧。我来之前，有个赵检察官还提起您。”

“赵？”处长眉头皱了一下，“赵鹏志？”

辛健说了那么一大串的话，就这句押对宝了。

接下来的时间，他把之前已经听得快能背的数落又回顾了一遍，处长一直骂到尽兴了才放他走人，临走还甩下一句场面话道：“反正你的破事我不管，你自己想办法！”

但是辛健走出办公室的时候，还是放松地长出了一口气。

既然人都到检察院了，辛健当然免不了去叫上付志吃顿饭。

不过一推开办公室的门，没看见该在的，倒是看见了不该在的。

王姐和付志都不在，背对着他的位置上一个人十分嚣张地双脚靠在办公桌上，耳上塞着耳机。

就算没看见正脸，这检察院上下敢这么做的除了他自己也就只有李磊一个了。

辛健走上去拍了拍对方的肩膀，“你这样就不怕被检察长看见？”

找死也不是这种找法，好歹锁门吧！

李磊被这么一拍魂差点没了，狼狈地坐回去摘掉耳机，一转头看见是辛健立刻脸色一沉，“大白天就看见鬼，我果然是昨天晚上熬夜熬太狠了。”

说完就要把耳机重新戴回去。

辛健一把将他按住，“付志呢？”

“不在。”

“那你怎么在这儿？”

档案室难不成也装修？

李磊被搞得没办法继续听歌了，不爽地把东西往桌上一扔，“付志提讯去了，要找他就打电话。”说完扭头又瞄了辛健一眼，“不过，你怎么在这儿？”

对于他的问题，辛健没回答，很干脆地坐在沙发上。环视了一眼没怎么变的办公室，嘟哝道：“竟然我一来就提讯去了，太巧了……”

李磊在旁边观察着辛健的反应，觉得挺有意思，“你这才走了几天就难受了？谁叫你当初非走不可的，活该！”

“李磊，你知道付志之前办了什么案子导致他现在这么排斥做检察官吗？”

他不方便直接去问付志。

主要原因是估计他就算是问了，也问不出一个结果。

但是明显当初的事情李磊是有参与的，明人不说暗话，他也觉得没必要拐弯抹角。倒是李磊有点意外他的直接，“这种事你去问付志比较好吧？”

“问得出来我还用来找你？”

“他自己都不说，你凭什么觉得我会说？”

辛健这种凡事笃定的态度就是李磊最讨厌的。

凭什么这小子能拽成这样！

面对李磊的不合作，辛健只是稳重地转了一下手边的茶杯，看了对方一眼，“你不是他最好的朋友吗？”

所谓扣鱼要扣腮。

李磊沉默了很长时间，之后才有点心不甘情不愿地说：“我也不知道付志到底是哪根筋搭错了，不过我猜大概是因为之前我们俩一起跟其他分院协办的那个案子，伤人致死，本来想诉无期，但是后来就判了七年。”

连伤人致死的最低刑期都不够。

李磊看出来他的想法，笑了笑，不过笑容很冷，“是啊，所以付志因为这件事跟当时主诉的检察官理论了很长时间，后来提出了抗诉，二审的时候判了无期。”

照理说，这结果算是不错了。

辛健这次没插嘴，因为知道肯定还有后续。

李磊顿了一下，然后有点无奈地玩着手上的耳机，语气里听不出来太多的情绪，“谁知道那案子没判多久，那个主诉的检察官就发生了意外，从五层楼上摔下来。”

“死了？”

“没死，但是瘫痪了。警方后来判断是意外，不过付志从那之后就一门心思做他的书记员了。”

他也被分去了档案室。

想起当年的事，李磊长出了一口气。

付志的心情他不是不能理解，当时的事虽然人人都说是意外，但是身为当事人之一，他也觉得肯定没有这么简单。

付志心里过不去，当初是他非要求抗诉的，真说起来，他确实不能置身事外。

辛健听完了李磊的话半天没吭声，仔细回想的话，当初的那个案子似乎他也有印象。

只是没想到会是付志协办的。

回想起当年的事，李磊心里也不太痛快，他看着辛健闷头不吭声的样子挑了下眉，然后蹭着办公椅移到辛健身旁，“之前付志那一箱的书是你搞的鬼？”

对面的男人没承认也没否认，只是抬头似笑非笑地看着他。

“付志心里那点疙瘩没那么容易解，估计你是白费力气。”

心是好的，不过力使错了方向。

有些人就是平时看起来对什么都无所谓，但是真计较起来九头牛都拉不回来。

“是不是白费力气也得先做了再说。”

辛健不置可否地这么答了一句，索性站起来，“他要是真不想干了，检察院里早就没有付志这个人了。”

李磊没吭声。

辛健扫了一眼时间发觉等不到人了，只能先回省院那边，临走的时候他跟李磊留了一句话。

“付志回来就说我来找过他，让他给我打电话。”

被迫当留言机的男人不太乐意地说：“你不能自己打电话说？”

手机难不成是用来吃的？

付志给辛健打电话的时候都已经是晚上了。

辛健接起来的时候刚刚关上办公室的门，“下班了？”

“还没有。”

付志手边还在顾着打印，一边夹着电话一边费力地够着旁边的订书器，“李磊说你有急事找我？”

“急事你现在才打电话有用吗？”

辛健知道是李磊说话的时候肯定添油加醋了，觉得好笑的是付志现在充满了慵懒的态度。

“那我挂了。”

付志说完真的就给挂了。

辛健傻了一会儿才发觉自己被耍了，立刻把电话拨回去，响了三声那边才接，“怎么，还有事？”

付志语气里带了点笑意，对于能扳回一局觉得心情不错。

不过辛健显然就没有这份闲情逸致了。

“你挂我电话？”

“你再打一遍就为了说这个？”付志把手上的文件订好了放在一边，文档保存好了拖到共享文件夹里，然后继续下一个。

电话那边的辛健沉默了一会儿，然后试探着问道：“你今天……被训了？”

付志无奈地翻了个白眼，“你就不能想点好事！”

“那怎么火气这么大？”

电话里约好了时间，付志在印完了所有的文件之后就下楼了，他站在检察院门口，来往的人群也没几个注意他的。

只有院里的熟人回家的时候，会点头打打招呼。

路上有点堵，辛健比约定的时间晚了一些。车正好停在付志面前，他从里面推开车门，“上车。”

付志都到这时候了还是包裹得很严实。

他上车之后习惯性地把车窗升了上去，蜷着靠在边上。

辛健开车去哪儿他也不问，上车不到五分钟就开始昏昏欲睡地发呆。

车窗已经没以前那么爱起雾了，看着外面的景色很清楚。

过了一会儿，辛健去开音乐。

付志在边上靠着说道：“你今天来院里干吗？”

“来找处长。”

辛健也没瞒着，回答得很直接。

付志回想起最近几天辛健忙得没日没夜的样子，他说：“这案子能有这么复杂？”

“如果不想点办法，转机不大。”

辛健想了一天这案子要怎么办，不是没考虑过干脆不掺和了，只是到最后还是过不了自己这关。

付志没有再接话，他懒懒地动了一下，然后摘下眼镜攥在手里，准备开始睡觉。

下午辛健回到院里的时候，没有人问过他去哪儿了。整整一下午他就在办公室翻查以前的档案。不过既不是刘合的案子，也不是手上的其他案件。

他翻的是当年付志跟李磊协办的那起。

这案子已经终结了，嫌疑人是无期，也没有再提出什么异议。

案件程序并没有任何的纰漏，从结案报告上看，付志他们做了大量的工作。

他几乎可以想象得到，当初这人一丝不苟地坐在电脑前面打报告的样子。

不到三天，刘合那个案子之前的专办人员又被召集了回来。

当然，也包括辛健。

“只有一次机会，自己看着办。”检察长说得很直白。

临散会的时候，他深深地看了辛健一眼。

之后，这个案子成了省院里最重视的案子。因为涉及的问题颇多，检察院从侦查阶段就直接介入了，辛健更是忙到天昏地暗的地步。

出乎他意料的是，这个案子竟然会越挖越深。

牵扯的人越来越多，原本只是一个切口，最后却演变成了一道鸿沟。

“行了，你们继续努力！等着看成果。”

另外一个检察官拍着辛健的肩膀，挥挥手不带半片云彩地闪人了。

这是第三个了。因为家里有急事所以需要回老家，请了一个星期的长假。

第一个是被借调，第二个是病假。

辛健掩住自己脸上的表情，麻木地看着这位家里有急事的仁兄挨个跟其他同事打招呼告别，那副无事一身轻的样子与其说是家里有事，更像是要去结婚的。

案子是越查越大，查案的人反而越来越少。

有点好笑，他摇了摇头。

赵鹏志在对面看着他笑得莫名其妙，不禁说道：“笑什么呢？”

辛健回过神摆手，“没事。”

辛健的注意力重新回到手中的材料上，对于这个案子到底要查到什么程度，他的心里也开始没底了。

只不过，一天没有人喊停，他就得一直再往下挖。

赵鹏志看了他一会儿，笑笑，“你小子刚来这边就搞了这么多事，不怕太招眼？”

他也没装糊涂，说得很直白。

辛健抬头一笑，“大不了回去重新跟着处长混。”

“就怕你想回去，你们处长也不收。”赵鹏志大笑了一声，过来拍了辛健一巴掌，“好好干小伙子，有前途！”

对于这句话，辛健只是不置可否地耸了耸肩膀。

是前途无量还是前途无“亮”现在都不好说，他对得起自己的良心就好。

“不过有理想是好事，先得学会保护自己，别一门心思地往前撞，搞得两败俱伤，受伤的不只是你自己。”

赵鹏志接着说：“这次的事，背后做事的不只是你们处长，所以能顺水推舟走到这一步，不然就单凭一两个人，回不了天，对这套系统，你必须先了解，才能去运用。小子，你要学的还多着呢……”

赵鹏志笑容里有激励也有提醒，直到辛健点点头才满意地坐回去继续看手上的卷宗。办公室一时没什么多余的声音，一直到了午饭时间。

付志下午要上庭，趁着休息的时候给辛健打了通电话。

“李磊给了我两张话剧的票，你有兴趣没有？”

“什么内容？”

“你是个变态！”

“啊？”

“名字……这话剧的名字是叫这个……”

“我看李磊最近是太欠修理了。”

那小子绝对是故意的！

他几乎能想到李磊拿票给付志的时候，脸上会是怎样怪异的笑容。

“那你去不去？”

“白来的票为什么不去？今天的？”

“嗯，晚上 7 点 30 分，我大概 4 点左右下庭，回院里交代一下就行。”

不好确定的大概是辛健的时间。

“行，我 6 点到家。”

“你今天不加班了？”

回想起今天交上去的报告，辛健笑笑，“没什么意外的话，这案子办到头了。”

已经查到这一步了，不可能还放任下去。

付志也没继续追问，干脆利索地挂了电话。

辛健估计得没错，下午快下班的时候，检察长把赵鹏志叫了过去。

再回来的时候，让他把案件的资料整合了一下就递交了。

赵鹏志怕他心里别扭，还特地安慰了一句。不过辛健心里倒是一点都不硌硬，他很清楚这案子就算走程序也不该是从他手里诉，何况，他暂时也还没有那个能力。

该退的时候，他绝对不会真傻到去撞个头破血流。

他到家进门时，付志的饭都已经做好了，正在盛汤。

付志听见开门的声音抬起头，“回来了？”

“嗯。”

辛健把钥匙随手扔在茶几上，然后走上前就着勺子尝了一口汤，“好喝！”

“案子完结了？”

“现阶段算是完了吧，不过在我心里还没有。”

他这么一说，付志立刻就知道是什么情况了，他坐下把碗递给辛健，脸上没什么特别的反应。

辛健也没多说，后面的话题都集中在他对最近新闻的调侃和对李磊的数落上。

说着说着，付志突然想起来一件事，“对了，你最近还有司徒茁的消息吗？”

“怎么提起他了？”

“下午的时候曹峰给我打了通电话，问我知道不知道司徒去哪儿了。”

听到另外一个不待见的名字，辛健脸色又阴沉了几分，“他找司徒怎么都找到你头上了？”

“我也不知道，语气挺怪。”

“那俩人凑一起刚好是帮社会解决了高危隐患，挺好。”

付志有点无奈，“有你这么凑的吗？”

辛健一声冷哼，“有空找庄一伟问问，找人得靠他。”

“嗯。”

付志点点头，拿起遥控器打开电视。

新闻上，刚好在播海关办公室主任被逮捕的新闻。

他把声音调大了一点，“又一个？”

最近动静有点大啊。

辛健头都没抬，嘴角扬起的弧度很微妙。

下午才交的报告，这么快就逮捕了，这说明什么呢？

两个人吃完饭，辛健拿了钥匙去下面开车，付志锁门。剧场并不远，即便堵了车，他俩到的时候，时间还富裕。

到了地方，付志去买水，辛健就站在剧场外面的广场上。

然后他兜里的手机震了一下。

掏出来一看是一条短信，显示是个陌生的号码，手机里没有储存。随手点开短信，辛健一怔。

里面是他的姓名、地址、身份证号还有工作证编号，除此之外再没有其他的内容和信息。

他眼睛下意识地眯了一下，随手点了删除。

这时候付志拿着水刚好回来，递给他一瓶，“走吧？”

“嗯。”

辛健点点头，两只手插在兜里，笑得云淡风轻。

现在已经渐渐入夏了，这对付志来说是一件很辛苦的事。

他比起一般人汗出得厉害，哪怕是什么都不做光站着，也能是一身的汗水，一天恨不得洗十遍澡。

辛健看着他一脸烦躁地往浴室走就想笑。

难得周末休息，因为要复习准备考试，俩人都没出去，付志看了四个小时的书，跑了三趟浴室，比上厕所的频率还高。

五分钟之后辛健看见付志从里面出来，头发湿答答的，他眼底一沉，“我说，你直接住里面得了……”

付志理了一下头发，水滴飞得到处都是，他不耐烦地抖了抖T恤，横了辛健一眼，“爷我一热就暴躁，少惹我。”

付志坐在辛健对面把书往外面推了推，头发上还在滴水，茶几上落得全是。

辛健靠在沙发边上，长出了一口气。

“让你开空调你又不肯。”

“环保！”

“那开电扇总可以吧？”

“节能！”

付志猛灌了一口水，手上的笔转来转去，一脸的不爽。

“我说你最近怎么搞得跟人格分裂一样？”

付志说：“你又想吃路边摊了？”

夏天本来胃口就容易变差，辛健家楼下的几个饭馆更是难以下咽。

“你真是靠这一句走遍全天下。”辛健恨恨地甩下这么一句，拿起桌上的本子开始扇风。

“全天下估计没戏。”付志说完了低头继续去看题，辛健坐在他对面，扇的风刚好扫到他，一下一下地，总算是舒缓了一点他因为热气而燃起来的心烦。

他看了一小时，辛健就扇了一小时。

时间不知不觉过得很快，付志做题做得有点疲乏了才伸个懒腰往茶几上一趴，试图用茶几的温度降低他身上的蒸烤感，“热死……”

为什么这几年的夏天越来越热了。

再这么下去真不知道什么时候全世界一起玩完。

辛健扇风的手又往他旁边靠了一下，“晚上吃什么？”

“凉面？”

提到吃付志就有点饱了，实在提不起什么兴致。

“那你继续看书吧，我去做。”

辛健放下本子往厨房走，打开抽油烟机的时候顺便关上了厨房的门。

他怕热气冲到客厅，再搞得付志继续暴躁下去。

被留在客厅的人看了厨房的门半天才躺平在地上，盯着天花板，意识开始飘远。

其实他知道辛健把司考看得很重。

虽然面上什么都不说，但是对于这东西，显然他身边所有人的动力都比他足，处长也是干脆给他放了假，让他在家里专心复习。

只有他自己，就是提不起力气。

有些东西，可能真的是被磨光了，哪怕是心里很清楚，再往前一步很多事情都会不同，但就是对于那样的前景和未来，完全没有期待。

树欲静而风不止。

虽然这句话用在这里根本不合适，但是描述的情境倒是符合他的心情。

付志叹了口气，躺在地板上不知不觉地闭上眼睛，窗外偶尔有些不算凉爽的风吹进来。

这种天除了睡觉，根本诸事不宜。

辛健凉面做好了，但是到了晚上 9 点多俩人才真正开始吃，付志犯懒得就差没躺在地上吃了，挣扎了半天才算是起来。

外面的街道熙熙攘攘，车水马龙，辛健吃到一半的时候手机响了，看号码是陌生的电话。

“喂？”

辛健喂了一声之后就站在那里等回应，过了一会儿才又对着手机说："喂？"

一直得不到回应，直接就给挂了。

他皱了下眉，"你最近怎么这么多骚扰电话？"

光他看见的就好几次了。

辛健无所谓地把手机扔在边上重新坐回餐桌旁边，"社会进入信息化时代也就等于再没有个人隐私可言了，现在那些广告简直无孔不入。"

这句话付志深有同感，他手机从来没公开过还是照样收到一堆垃圾短信。

但是接下来，家里的电话响了。

付志看了辛健一眼，后者不动声色地站起来，很自然地去接电话。

但依然没有声音。

这次连喂都懒得喂，他直接就给挂了。

然后这次是付志的手机响了。

有那么一瞬间，屋里的气氛很压抑。

付志觉得这时候该响起点背景音乐什么的好应应景，他几乎是在辛健的盯视下接起了手机。

"喂？"

"付志，最近有空吗？"

竟然是庄一伟。

付志回头看着辛健，"有空，有事？"

"有点事想找你谈谈，能不能出来？"

"现在？"

"嗯，有点急。"

"哦，行……你选个地方？"

"就上次那个咖啡屋吧，别告诉辛健。"最后一句话是庄一伟顿了一会儿才补上的。

辛健看见他挂了电话，随口一问："谁啊？"

"李磊。"

"他又要送票了？"

"说他大姨从海南旅游回来带了点什么东西，要我过去拿一趟。"

付志脸色一点都没变，语气还带着几分不耐烦。

辛健笑笑，“这种事也需要特地跑一趟，让他带到院里呗。”

“算了吧，谁知道他带的是什么东西……”

“那要我送你吗？”

“不用了，拿完了我就回来。”

付志随便又吃了两口就放下了，拿了车钥匙，他瞪了正在吃面的辛健一眼，“吃完把碗给洗了。”

“什么！我做饭还得洗碗？”

付志直接甩门而去。

付志一进咖啡屋就看见庄一伟了，对方坐的位置很明显。

他坐下随便点了杯东西，直接开门见山道：“辛健怎么了？”

庄一伟这么急着约他出来，又特地交代不要让辛健知道，事情肯定跟他有关系。

坐在他对面的男人表情很严肃，“你最近见过辛健吗？”

“见过。”

“有没有感觉他有什么不对劲的地方？”

“这你得说得更详细一点，比如呢？”

庄一伟斟酌了一下用词，喝了一口咖啡，放下杯子，“我收到消息，可能有人要找他麻烦。”

虽然大概有预感了，但是真正听到庄一伟说出来，付志的脸色还是一沉。

最近这段时间的骚扰电话，明显不是如辛健说的广告那么简单。

只不过对方的态度一直很自然，他也就没有继续追问太多，大家都是成年人，自己的事情自己处理。

但是现在既然庄一伟特地跟他提出来，那说明情况比他最初想得还要严重。

“这问题你跟辛健谈过吗？”

“我跟他说过，但是他不太当回事。”

做检察官做成辛健这样的，实话说真的不太多。

付志沉默地转着手上的杯子，“能知道是什么人吗？”

“我还在查，但是他自己必须小心一点。”

庄一伟一听到消息就着手查了，但是既然他都能听到风声，这件事必然已经扩展到一定的程度了，找起源头并没有那么容易。

他在第一时间就通知了辛健，但对方只是随意地道了句谢就挂了电话。

要不是又一次接到这方面的线索，他不会这么急着把付志给约出来。

“你最好跟他谈谈，这次的情况远比他想象得严重……”现在不是说要在街口围堵他，或者随便写两封恐吓信，是真的有消息放出来要辛健非死即伤。

说到这里，庄一伟其实也有不解的地方，“不过他到底办了什么案子会搞得这么大？”

轻易来说，不会有人找这种麻烦。

付志对这句话只能苦笑着摇头，“我现在跟他不在一起工作，他的工作情况我不清楚。”

两个人办的案件类型都有天壤之别，就算他有心也无力。

回想起他出门前辛健接的那两通电话，付志烦躁地抿了一下嘴唇，“我会跟他谈谈，其他的地方，你得多帮忙了。”

这是第一次，付志跟人说话的时候，带上了拜托的语气。

庄一伟有点意外，愣了一下，然后理所当然地点点头，“放心，无论对方是什么人，我都不会让他称心的。”

大家不能说是多铁的关系，但是他还是打心里很欣赏和佩服这两个检察官的。

“不止他，你自己也注意点。”

最后，庄一伟善意地提醒了一句。

付志闻言点点头，“放心，我会的。”

两个人分开之后，付志站在街口。

他看着街道上来来往往的人群，觉得灯火之下无论是人还是物，都变得很模糊。

他随手拦了一辆出租车。

他这时候，能找的只有老处长。

他站在处长家门外，深吸了一口气，才举手敲门。

开门的是处长的老婆，看见他犹豫了一下，“你是……”

刚巧处长在客厅看报纸，探头出来一眼望见他，“付志？”

幸亏现在已经过了饭点，不然也实在够尴尬的。

付志进门之后就站在沙发旁边，处长看了他一眼，招呼进了书房。

“关门。”

处长随口嘱咐了一句，随手泡了两杯茶然后递给后坐下的付志一杯，“什么事大晚上的来找我？”

付志犹豫了一会儿要怎么开口，想了半天才说：“辛健最近……是不是惹了麻烦？”

这话问得很含蓄，处长皱了下眉。

“为什么会这么问？”

“我看到他最近经常会接到一些骚扰电话。”

付志没有把庄一伟的名字提出来，选择把事情尽量地模糊化。不过，他对面坐着的毕竟是做了这么多年检察官的老处长，他说的话到底有几分虚实，对方甚至都不需要逼问他，“少来这套，到底怎么回事！”

不是到了很要紧的地步，付志绝对不可能大晚上跑到他家里来。

处长从看见他站在自己家门口的时候大概就有点数了，见他一开口问辛健的事，猜不到十成起码也能估到八分半。

“是不是有人跟你说了什么？”

付志喝了一口茶，心思转了好几遍，最后还是点点头，“有人提醒我让辛健小心。”

“什么人？”

处长第一个反应是有人恐吓都找到付志头上了，付志看到他的脸色，赶紧解释道：“不是真正要找麻烦的人，是朋友。”

不过他这么补了一句，处长的脸色也没见好看，他沉吟着攥着手上的茶杯，盘算的表情格外严肃。

“他自己知道吗？”

“知道。”

关于辛健的脾气，付志根本不用解释太多处长也明白，看着他无奈的表情，后者摇摇头。

一个两个全是这股子牛劲。

真当自己是无所不能的孙悟空了，随随便便就想闹天宫。

处长站起来背着手在书房里踱了两步，没回头，自顾自地交代道："你先回去，这件事我心里有谱了，让辛健自己注意一点。"

付志点点头也跟着站起来，还想说什么，却被处长一个手势拦住了。

"现在情况还不清楚，说什么都是白搭。正好最近我给你放了假，有时间就多跟着他点，别让这小子胡来。"

处长说完叹了口气，"摊上你们这帮，我得少活十年。"

付志难得没回嘴。

只是过了一会儿才说："处长，给您添麻烦了……"

这话让老处长意外地抬起头，打量他的视线像是在研究什么古怪的案例，一直到把付志都快看毛了，才哼了一声，"现在拍马屁也没用，给我老实干活儿才对！"

付志只能点头。

之后没有继续再耽搁时间，他的来意说明白了，跟处长的老婆打了个招呼就走了。

老处长自他走后就一直坐在书房里，中间打了几通电话。

而付志先回到咖啡屋才开车回到家里，对于辛健的追问只是敷衍地答了两句。

关于付志那天先见了庄一伟后去找处长的事，辛健并没有追问太多。

他说出去跟李磊拿东西，回来的时候两手空空，几乎一晚上都心不在焉。

辛健知道付志的脾气，所以想着有空的时候要去好好跟李磊沟通一下。现在他手边的事情太多，暂时走不开。

辛健怎么都没想到，还没等他腾出时间，没过几天，一大早就有同事在楼梯上跟他打了声招呼，之后笑着问他："辛健，新来的那个书记员是什么来头？"

"谁？"

"就是新来的那个啊，我听说跟你是一个分院过来的。"

辛健一边表示不清楚一边往大会议室走，推门进去，一眼就看见了坐在角落里的人。

"付志？"

辛健愣住，“你怎么……”

倒是对面的人比他镇定得多，“你们最近人手不够，我被借调过来帮忙。”

旁边的检察长笑着站起来，“你俩本来就认识？”

“以前是同事。”

付志也跟着站起来，却没表现得跟辛健有多熟稔。

“那正好，以后的工作好分配，既然是熟人，就让辛健带你熟悉一下吧。他也是刚来，你们有事就找老赵。”

检察长说的老赵是赵鹏志，辛健跟着点点头，随后其他人陆陆续续也到了。检察长去主持早会，他顺便就坐在了付志旁边。

早上出门的时候，付志连半分都没透露给他。

“你是什么时候知道要过来的？”辛健刻意压低了声音，凑在付志旁边小声地问了一句。

后者看了他一眼，“昨天下午。”

“你倒是真能忍着……”

辛健自己也说不好现在是什么心情，虽然本来就想让付志到省院这边，但是显然这种情况不在他的计划之内，而付志什么都没跟他透露，更让他有一种被排斥在外的不爽感。

会议的内容差不多还是一些总结性的，检察长把一个再审的案子分给辛健了，正好付志被派给了他。

会议结束，不少人好奇地打量了付志半天，大概已经知道了他俩是一个分院的，短时间之内省院一下调来两个新人，会有人猜他俩的身份也很正常。

辛健出会议室的时候，在付志耳边小声地调侃道：“你猜多少人以为你是带着背景过来的。”

“我一个借调的书记员需要什么背景……”

付志横了辛健一眼，一脸的无所谓。

他也是昨天下午才被处长叫进办公室告诉他这件事的，说得很不客气，一个月必须回去，还得算他的假期。

付志看着旁边的辛健，在心里叹了口气。

一堆人为了这人折腾，他倒是没什么反应……

辛健领着付志跟办公室里的老检察官打了声招呼，至于具体的工作安排，暂时也只能让他帮忙整理一下文件什么的。

“处长怎么肯放你过来的？”

辛健调出再审案的审查报告一边看一边忍不住打听，本能地觉得付志被调来省院是有什么原因的。

不过后者半分都不肯透露，“这边要人，处长再不愿意也得放，而且我只能外调一个月。”

辛健问不出什么也就只能这样了，把注意力放在手中的报告上，两个人各自忙了一会儿才被敲门声打断。

推门进来的是赵鹏志。

付志讶异地站起来，“赵哥。”

他对赵鹏志的名字没什么印象，之前他跟对方一起办案的时候，一直叫对方赵哥，具体的名字反而用的很少，所以辛健那天突然提到全名，他一时没想起来。

现在看见人，立刻就认出来了。

赵鹏志很爽朗地笑了笑，“我听说又弄来一个就猜到是你，果然。”

他走上前拍了拍付志的肩膀，“怎么样，还记得赵哥不？”

“当然记得。”

两个人热络地聊了一会儿，辛健就一直在旁边安静地听，看着付志难得的态度，眼底有几分了然。

聊得差不多了，赵鹏志约了他俩中午的时候吃饭。付志一直送到赵鹏志走了才回头，看着辛健似笑非笑的表情不禁问道：“你那是什么眼神？”

“没事。”

辛健摆了摆手，坐回位置上，视线再没从电脑屏幕上离开。

整整一天，付志基本上都是在处理一些琐碎的工作，偶尔帮着复印些文件或者把卷宗放到大办公室去，来来回回，正经事没做几件。

中午吃饭的时候赵鹏志对于付志现在还是个书记员明显很意外，不过也没说什么，最后结账的时候知道辛健已经提前付了，赵鹏志还发了通脾气。

难得准点下班，付志感慨地长出了一口气，“我都快忘了 6 点吃饭是什么感觉了……”

话没说完，一出办公楼被扑面而来的热浪刮得兴致全无，“太热了！”

“早说让你等天黑了再走。”辛健走在他后面调侃了一句。

辛健要去找车，被付志一把拉住，“我没开车。”

“没开？”

辛健追问道：“不是你早上说你要用的吗？”

平时都是他送付志到院里自己再开车过来，今天早上付志说要用车他才打车的。

付志倒是挺坦然，“你为环保做点贡献好不好，反正时间早，坐公交车吧。”

“公共汽车……”辛健眉毛快打结了。

也不管他表情有多扭曲，付志自己走在前头就往车站溜达，辛健在后面看着他的背影，半天只能无奈地摇头，慢悠悠地跟在后面。

付志站在车站中，“我说，不如这段时间我们都坐公交车吧。”

辛健横了他一眼，“你知道坐公交车你每天要几点起来才不会迟到吗？”

省院这边本来就比之前的路程远。

“没事，早点起。”

至此，辛健终于不吭声了。

他看着付志的侧脸，旁边三三两两站了几个等车的人，夕阳当头，身上像火烤一样热。

过了好一会儿，他才漫不经心地回了一句话。

“付志，庄一伟到底跟你说什么了？”

突然被辛健挑明了，付志也没觉得意外。

“跟他和你说的差不多。”

付志擦了把额头上的汗，转头问辛健：“你还有补充？”

辛健不动声色地看着付志，“上次你说李磊让你去拿东西，就是去见庄一伟？”

“嗯。”

付志承认得很干脆，往旁边的树荫里稍微缩了缩，“辛健，如果庄一伟不告诉我，你准备什么时候跟我说？”

他这话有点质问的意思，但是没有感情起伏。

甚至他都没看着辛健。

付志推了一下眼镜，等着对方的答案。

“最近吧。”

辛健双手插在兜里，靠站在车站的展框旁边，“本来也准备跟你谈谈这事。”

“怎么谈？”付志难得这么咄咄逼人，脸上却看不出什么端倪，“跟我说你被人威胁了？恐吓了？有人要做了你？”

辛健因为付志太过激烈的用词皱了下眉，“没这么严重，只是一些骚扰而已。”

付志没再说话。

车到了，结果辛健没有卡，还是付志把事先准备好的零钱塞进了钱箱。

到家里的时候，两个人的衬衫都湿了。

付志二话没说就冲进了浴室，辛健想了一会儿决定晚餐还是凑合算了，直接打电话要了外卖。

两个人之间始终没有太多的交谈。

辛健最初是找不到话说，后来是被付志一直紧绷的表情刺激到了，索性也懒得说什么，没有再陪在书房里看书，他吃完饭就打开了电视。

一时间房间里只有电视的声音。

从新闻到访谈，然后是无聊的电视剧、综艺节目，一串流程下来，辛健反正没看进去任何东西。

快到 12 点了，他才走到书房门口敲了敲门，“付志，明天早起，睡吧。”

里面没有回应。

他把书房的门打开，看见付志正对着窗户发呆。

桌上摊平了一堆的书，但是眼睛却一直盯着前面的窗户，外面黑漆漆的只有对面的几户亮着灯，晚间的热风灌进来，搞得人很不舒服。

辛健叹了口气，无奈地走进去坐在付志旁边的椅子上，“我说……”

开了口却不知道怎么继续，他犹豫了一会儿，“我不是准备瞒着你，只是想等两天，庄一伟那边正在查，我也找其他人去调查了，总得有点眉目。”

既然有人能给他发短信、打电话，总归是有来源可以查的。

在事情没明朗之前，他不说也是不想付志跟着一起瞎担心。

“我心里有数……”

“辛健，你这种自负早晚会害死别人。”

付志说完合上桌面上的书，站起来就要往外走，结果被辛健叫住。

“付志！”

“既然你什么都明白，那就自己注意。”

付志最后甩下这么句话就走了。过了一会儿，浴室传出了水流声。

辛健被搞得也有点烦，一动不动地坐着。

他能明白对方生气的理由。

那种感觉大概就跟他当时知道付志被威胁时候的感觉差不多。

谁遇到这种事都不会完全不当回事，他当初怎么担心付志的，今天易地而处，两个人的心态其实是一样的。

但是，他明白归明白，让他真正开口去跟付志说，又是另外一回事。

这大概就是所谓的死要面子。

辛健自嘲地笑了笑，长出一口气。

当初付志不愿意告诉他，惹得他不痛快了好几天，现在真是风水轮流转，此一时彼一时啊……

他们两个工作中是完美的搭档，生活中是默契的兄弟。

无论是在搭档还是兄弟的立场，都不想让对方担心。

第六章 逃脱

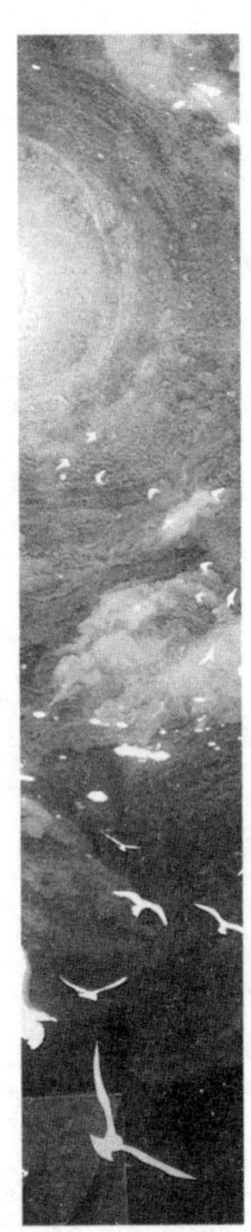

第二天早上，辛建的态度照常，付志依然是没话。

俩人沉默地吃完早餐，然后一起去等公车。

因为不清楚等车的时间所以两个人都起得很早，付志等车的时候一直在抽烟，辛建不怎么苟同地想说两句，看着对方的脸色又给憋了回去。

犹豫到最后，他打了声招呼说去买两瓶水。

隔壁就是超市。

付志也没吭声，只是点了下头。

然后就是那么巧，辛建去超市没多久，就来了一辆车。

一直到车开走了，辛建也没能赶上。

付志本来只是安静地抽烟，车过去了只能等下一班，旁边等车的人陆陆续续多了，一群人站在一起有点挤，他不着痕迹地往后退了一点。

然后毫无预警地，他脸色微变地往超市里跑。

这超市虽然不大，但也是附近几个居民小区唯一依赖的一家，货架不算繁复也不少，付志挨个找了一圈，却没看见辛建。

他拿出手机就开始打电话，可一直没人接。

他的脸色在连着两通无人接听的电话之后变得难看无比，付志不信邪地来回找了两三遍，确定辛建不在之后又冲出超市，皱着眉反复地在视线可见的范围内寻找他熟悉的那个人。

耳边一直是手机的等待音。

每一声都跟催命一样。

付志并不是在担心，他是在害怕。

是他也曾有过的害怕失去战友的那种恐惧感。

辛建赶回车站的时候，付志正靠在旁边的栅栏上抽烟。

看见他跑过去，抬头看了一眼。

“我刚才在超市发觉我手机没带，就回去取了一趟。”辛建解释了刚才的去向，付志没什么特别的反应，只是嗯了一声。

一路上，他都没再说一句话。

从辛健认识付志这个人起，就没见过他情绪太激烈的时候，哪怕是那天在医院，付志依然能够控制得住。他的淡定，是被现实打磨出来的。那是一种接近于自保的本能，因为经历的太多，所以不得不将很多东西压抑起来。所谓岁月催变的成熟，也不外如是。

那就好比人在生活之中找到的一个底线，一个情绪上的平衡点。

但是今天早上，即便他看不见付志的样子，也知道他失控了。

辛建开始觉得，其实他一点都不了解付志。

付志也几乎一天都没有说话。

除了工作上的问题，他大部分时候都是沉默的。

辛建想跟他说点什么，但又觉得开不了口。

“审查报告要复印吗？”

耳边突然响起付志的声音，辛建愣了一下。

他转过头，半天才点头，“要。”

付志没说什么，拿过文件就往复印室走。

办公室的老检察官直到他离开了，才插嘴问了一句：“他今天是不是身体不太舒服？”

“嗯？”

“我看他脸色不太好。”

辛建对这句话只能尴尬地笑笑。

这种情况一直持续到了晚上下班的时候，辛健下班之前接到了一通电话，是他家人让他回家吃饭的。他当时看了付志一眼，后者没什么特别的反应，只是微微地眯了下眼睛。

“我……行吧，我回去。”本来到口边的拒绝突然改了口，辛健在扫完付志那一眼之后想，这时候回去对着付志，绝对不是一个好主意。

已经离家这么多年了，他不太习惯留宿在家里。

付志没说什么，只是点点头，嘱咐了一句让他小心，就看着他上楼了。

辛健这顿饭其实是为了他姐吃的。

她带了个男朋友回家，是搞 IT 的，人看着挺老实，对他姐是百依百顺。反正是比赵卿那种强。

吃完饭又聊了一会儿，辛健对这个未来姐夫印象不坏，不过因为他姐要住在家里，所以很明显没有他待的地方了。

“我难得想留下做一回孝顺儿子，竟然还不给我机会。”

辛健挑了下眉，一脸无奈。

对他这句话，辛妈妈的反应是瞥了他一眼，“算了吧！需要你的时候见不着，吃顿饭都得请三四遍，赶紧把这套收起来好好报效祖国去。”

“先别走，你刚才喝了酒。”

看着他要出门，他姐在后面拽住他，“被查了你就倒霉了。”

辛健摇摇头，“我没开车。”

“那你打车回么？”

“嗯。”

“路上小心点。”

这句是辛健爸爸交代的，他吃着削了皮的苹果，冲着儿子摆了下手。

跟家人都打完了招呼，辛健下楼的时候扫了一眼手表上的时间，已经快12点了。

这点都不知道好不好打车。

因为是小区里面，走到大街上的距离其实并不算短。

辛健心里还在盘算怎么个走法，结果很巧，刚到楼下就看见一辆出租车。

他庆幸地笑了下，走过去敲了敲车窗，“师傅，走不？”

也就是同时，他注意到这车的后面坐了人，还是个熟人。

付志嘴里叼了根烟坐在后面的座位上，车门敞着。所以刚才他走过来的时候刚好车门把付志挡上了，他才没看见。

本来想问为什么付志在这，但是很快辛健就想明白了——他是一直没走。

他在上面吃了四个小时的饭，付志就在底下等了四个小时。

场面变得有点僵硬，辛健还来不及说什么，付志直接把车门带上，“上车吧。”

第二天，两个人因为熬了大半夜所以精神都一般，随便洗漱完了决定下楼吃早点，付志在临出门的时候提醒了一句：“拿手机。”

辛健先是一愣，随即笑了，“知道。”

至此，两个已经算是生死之交的战友之间莫名其妙的僵硬关系，终于缓和了一点。

辛健手上的这个案子走程序很快，因为是申诉过来的，案件重新梳理过之后就要排庭。二审的时候是死刑，他研究完了审查报告觉得量刑并没有什么问题。

找检察长签完字，他当天送到了法院。

省院的案子最常见的是诉讼了几年的申诉。情节都比较复杂，几年下来证据也差不多失效了，无论是量刑上还是在案件的梳理上都十分烦琐。至于为什么过了四五年才能上交到省院，一时半会儿没有人说得清楚。

上一个案子等排庭的时候，检察长给了辛健另外一个卷宗。

这是一起“诈尸案”。

被害人在六年之后起死回生了，而被判无期的“杀人凶手”在申诉了三年之后，依然在监狱里服刑。

根据卷宗上的文书证明，这案件在一审的时候，就没有尸体可以用来尸检。

法医的报告显示，被害人的尸体被嫌疑人弃尸之后严重分解，只能通过DNA的鉴定来证明被害人的身份，嫌疑人对自己的罪行供认不讳之后，理所当然地被判了无期。

可六年之后这个被害人又出现了。

不但没有死，还活得很好很滋润。

嫌疑人和其妻子对案件提出了申诉，但迟迟没有音讯，在反复的拖延之后，最终是依靠信访将这个案子转到了省院。

“这个案子引起的关注度比较高，你处理的时候要注意方法。”

检察长把卷宗交给辛健的时候提醒了这么一句，后者点点头表示了解。

这种案件一般媒体的关注度都会比较高，因为涉及很多社会问题，所以民众也会很关心。所有公开审查的案件程序上都必须走得特别严谨，尤其是在举证上。

但是这个案子并没有看起来那么简单。

嫌疑人的妻子在申诉时的举证，最直接的证据是有人证实亲眼看见了所谓的被害人在超市里进行购物，侦查机关调取了相关的监控录像，也确实看见了被害人。

只是这名“死而复生”的被害人并没有真正被找到。

侦查机关一度追查到他的一个临时住址，邻居在提供的辨认组图中认出了被害人，但最终的去向却不知所终。

寻人启事发布了很多年，却一无所获。

所以，这起申诉案，无论是作为嫌疑人有罪的证据还是申诉他无罪的证据，其实都欠缺说服力。

卷宗上，嫌疑人唐大庆的照片看起来是个很憨厚的中年男人，他的口供卷中漏洞很多，甚至不需要仔细地看，都可以发现一些疑点。

如果他真的是冤枉的，那意味着这里边有很大的问题。

辛健决定先去监狱里跟唐大庆谈谈。

在去监狱的路上，付志接了一通电话。

那通电话是庄一伟打来的。

问他记不记得一个名字，可能跟辛健之前办过的案子有关系。

但是付志没有印象，他在接电话的时候并没有透露太多的信息，庄一伟听出他语带含糊也没有追问太多。

“总之他最近还是小心一些为好。”

“嗯。”

付志很淡地应了一声，没有去看坐在副驾驶座上的辛健，他翻动着手上的卷宗，看起来有点漫不经心。直到挂了电话，他才认真地问道：“辛健，你知道黄佟是谁吗？”

“黄佟？”辛健重复了一遍这个名字，摇摇头，“没有印象。”

“电话是庄一伟打的？”

付志点点头，“庄一伟怀疑给你打电话的就是这个人。”

虽然是公共电话亭，但是对面的停车场正巧装了监控摄像头，调取录像之后排查出了一个目标嫌疑人。

辛健对这个名字一点印象都没有。

唐大庆本人和照片上的感觉差别并不太大。

几年的牢狱之灾让他整个人看起来非常萎靡，满眼都是惶恐和不安的情绪，从坐在付志和辛健面前开始，就一直在搓动自己的双手。

甚至说话的声音都带着颤抖。

“我……我真的……没杀人……”他小声地重复着这句话，“我是被冤枉的……”

辛健说："唐大庆，如果你没有杀人，当初为什么会认罪？"

"……是他们……要我认的。"他说这句话的时候，表情依然很畏惧，抬头看了一眼面前的辛健和付志，"我是被逼的，我没有杀人。"

"他们都是谁？"

"就是……他们……"

付志看到唐大庆说这句话的时候，他身后的狱警脸色僵了一下。

付志敛下视线，他把唐大庆交代的情况详细地做了笔录，但是因为时间过得太久了，唐大庆自己记的也不是很清楚，含糊的地方很多，只是说出了几个主要的名字。

在讯问快结束的时候，他忍不住问道："检察官同志……我……我还能出去吗？"

他的眼睛里有着不太强烈的期盼，盯着辛健的表情却很迫切。

"如果你没犯法……"辛健的语气很坚定，"就一定可以出去。"

下一秒，唐大庆哭泣的声音骤然响起，并不是常见的那种充满了悔恨恐惧的哭号，而是有些庆幸和期待的发泄。

但是在这样一个地方，却讽刺十足。

后面本来约了唐大庆的老婆在检察院接受询问，但是辛健又想下到当初负责唐大庆这个案子的刑队去。

"我去一趟区局，你直接回院里吧。"

付志看了他一眼，"我跟你一起去。"

他们两个的语气神态都差不多，车内的空间本来就不大，这样的对话模式，显得非常诡异。

辛健问："那唐大庆的老婆怎么办？"

"通知她改时间。"付志态度很坚定，对于辛健流露出来的不赞同，他视而不见。

车里还有司机，两个人都没再说什么，付志降下车窗，视线敛了一下，有些发怔。

区局离得并不算远。

到了地方，付志摆了摆手，"我在车上等。"

辛健扬了下眉，带着文件就进去了，留下付志跟司机两个人，开着音乐静静地坐在车里。

他本来话就很少，对省院的人不熟更无话可说。

倒是这个司机为人挺开朗，沉默了一会儿没忍住，就往后看了一眼，“你跟辛健是一个分院的？”

“嗯。”不好不回答，付志点了下头。

“厉害啊，两个人能一起过来。”

“我是借调的。”

付志接着说：“过段时间要回去。”

“那也不错。”

司机自顾自地说完就笑笑，挠了下头，“我多想留在这边，不过可惜也待不久。”

付志跟着笑了笑，对这个话题却接不上什么话。

对他来说，来省院更多是因为辛健，甚至，他本意并没有想过会被借调到省院，这是老处长的想法。

时间一点点过去，两个人就在车里有一搭没一搭地聊着，辛健这次了解情况的时间不短，快两个半小时才出来。

辛健上车的时候还是坐在了前面的副驾驶座，“回院里。”

“怎么样？”

付志沉默了一会儿还是问了一句。

辛健没回头，“大体情况了解了一下，负责唐大庆那个案子的办案员有一个已经调到其他分区了，还有一个刚才跟我聊了一下，没得到什么有价值的答复。”

“你的看法呢？”

“等见过另外一个再下结论吧，现在一半一半。”

唐大庆的话他不是尽信，但这不意味着其他环节没有问题。

这种答案真是标准的辛健式回答，付志在后面突然笑了笑，摇摇头把视线转回窗外。

因为时间的缘故，路上还不怎么堵。

司机在把两个人送到检察院之后，看着俩人下车突然说道：“既然你们处长能把你调来，要不也帮我想想办法呗。”

他是冲着付志说的，本来是在开玩笑。

刚才在车上他问付志为什么调来省院，因为有点走神，付志没怎么留意就回了一句是领导的安排，大概是给这个年轻人留下了印象，所以临了才会来这么一句。

辛健愣了一下，看着付志尴尬地拿好东西下了车。

一直到俩人都进了办公楼，他才皱着眉开口道："你过来是处长的意思？"

付志被借调到省院他不是没琢磨过，但是当时省院确实有点缺人手，赵鹏志本身又认识付志，就算在他看来借调也不算很突然。

若不是今天司机的这句话，他不会想太多。

走在前面的付志回头看了辛健一眼，没有立刻回答他。辛健看他的样子也猜到了，"你把我的事跟处长说了？"

付志瞒不住，只能点头，"是。"

辛健眼底沉了一下。

"付志，你不需要这样。"忍了这么多天，这句话还是说出来了，辛健有点被逼到死路的感觉，"我自己的事情我可以处理，最起码你对我该有点信心。"

辛健觉得现在的情况很糟。

而付志对他的话只是点了下头，"我知道了。"

但是那个态度太敷衍，甚至连敷衍的程度都达不到。

辛健第一次觉得跟付志沟通起来会有这么大的压力，不是心理上的，而是情绪上的。

辛健明确表示了他自己能够处理，付志当着他的面点了头，但是事实上情况的改善并不是很明显。

这种情况很快有了雪上加霜的趋势。

辛健被调查了。

缘由甚至都不清不楚，有人写了匿名信，举报他在办案的过程中夹带私人目的，而他的私人账户也莫名其妙多了一笔来路不明的汇款。

数额倒是不大，但是事情的性质被搞得很恶劣。

省院并没有第一时间采取什么措施，辛健在接受调查的同时依然在处理手上的案子，而所谓的调查，也不过就是一天把他叫去问几遍的话。

"我们当然更相信你的职业操守，但是这件事还是要调查清楚。"这是前来了解情况的监察调查员对辛健说的话。语气还算缓和，但行动远没有他的话客气。

但是辛健比一般人想象的淡定。

让他去了解情况他就尽量配合，手上关于唐大庆的案子他也没放下，哪怕是进度需要随时汇报，他也没有表现出明显的不安或者抗拒。

只有付志知道，他没有看起来那么平静。

至少，他每天在回到家里的时候，都是吃不了两口东西就把自己关在阳台上，一待就是半夜，说的话越来越少。

很明显，工作上的压力导致他的承受力降低了。

付志对于这种情况依然是沉默，晚上辛健在阳台他就进书房看书，时间差不多了再去催辛健睡觉。他们每天还是不开车，早上起了就一起去搭公交车，晚上工作需要加班，付志就在办公室陪着，反正他本来就是专配给辛健的，所有事情保持同步一点都不难。

“辛健，赵检找！”

办公室的门又被敲开，辛健转头看了一眼，然后嗯了一声，站起来就往外走。

付志看着他出门了才放下手上的卷宗。

正好手机震了一下，他看了一眼发觉是庄一伟，立刻走出了办公室。

“怎么样？”

“钱是通过网上直接转给辛健的，来源账户是用假的身份申请的，现在技术部那边还在分析，看能不能确定 IP 地址。”

辛健被调查的第一天付志就把情况跟庄一伟说了，因为现在本来也属于特殊时期，庄一伟索性当成一个线索在跟进。毕竟之前才被恐吓的人账户上莫名其妙多了一笔钱，怎么看都不是巧合。

“那个黄佟有消息吗？”

“查到了身份和住址，但是没有抓到人。”

付志问：“到底是什么人？”

“是个物业公司的保安。”

“保安？”

这种人为什么会跟辛健扯上关系？

事情越弄越乱，付志隐隐有点沉不住气了，“庄一伟，你之前关于辛健被人盯上的消息来源到底是什么？”

这个问题他之前就问过，但是这一次对方的回答还是一样，“我有我的消息来源，你只需要知道绝对可靠就行了，至于来源……我也有我的工作章程的。”

问不出来什么，付志攥着手机的手多加了几分力，然后叹了口气，“这真是……”

电话那边似乎是听出了他的情绪不太对劲，庄一伟沉默了一会儿然后善意地提醒道：“付志，无论如何你不能乱，现在情况摆明是有人要针对辛健，如果连你都不冷静，他的处境就更糟糕了。”

旁观者清。

辛健到现在还能保持理智，只能说他的自控力非常强，但是没有人指望他可以一直这么下去。

对于庄一伟的话，付志很想开口骂人。

这些道理不需要任何人说他也清楚，但是说是说、做是做，真轮到自己头上，远做不到自己说的那样。

付志强压着情绪，简单地嗯了一声，庄一伟又跟他确认了一些事情之后，就挂了电话。

他打完了这通电话，那边辛健也例行完成又一次的调查问话了。

辛健从会议室里走出来时脸色非常难看，他看见付志站在楼道里的样子后怔了怔，然后转身下了楼梯。

他以为付志是专程站在那里等他的。

眼见着辛健这种反应，付志愣了一会儿，然后才走回办公室。

省院的办公楼永远是没什么声音的。

即便每个屋子里都有人，但是死寂压抑的气氛几乎每时每刻都充斥在楼里的每一个角落，付志觉得每一刻似乎都是暴风雨前的宁静。

所有东西充斥得已经要达到饱和了，只是不知道什么时候爆发。

付志拿出手机给辛健发了条短信，他问对方中午想吃什么，要不要他帮忙打饭。

但是十五分钟都没有回信。

等到他干脆拨电话过去，得到的是关机的提示音。

“对不起，您拨打的电话已关机……”付志听着耳边机械的客服提示，眼底的神色一沉再沉。

有时候，人会怒急而笑。

大概物极必反说的就是这种情况。

付志打了三遍一直都是关机的提示音后，就不再尝试了。

接下来的时间里，他就是很认真地在核对手上的卷宗。

付志把所有的证据细节，相关的不相关的，罗列在一张纸上。这是他以前的习惯，对于案子不确定的地方就会特地摘出来列好，解决掉一个就划掉一个。

辛健回来的时候，他还在弄这个。

付志听见门口开门的声音只是回了下头，然后转回去继续做自己的事。

他的手机就放在手边，辛健走过的时候就看见了。

"我晚上要回家里吃饭。"

辛健没头没尾的一句话说完，付志只是顿了一下手上的动作，然后点点头，"嗯。"

后面的话本来也不需要说了。

办公室里的老检察官看着气氛稍微有点尴尬，但是毕竟不了解内情，只能摇头叹了口气，继续忙自己的事。

临下班前，之前一直联系不上的另外一名警察终于来了一趟检察院。

原来他被调到其他分区去做副队长了，就时间来说，也是过分巧合了。

辛健接到门卫电话的时候让对方直接上来，付志准备好笔录的卷宗，安静地坐在旁边。

这个警察的年纪并不大，三十岁出头，五官棱角分明，别的不说，看起来正气十足。

他进屋先打了声招呼，然后坐在沙发上。

"之前有点忙，实在匀不出时间，现在有空了就赶紧过来，有什么想知道的你们尽管问。"

辛健笑了下，"常队既然时间有限，咱们就直接进入正题吧，之前给你打电话的时候已经说过了，这次找你过来，主要是为了唐大庆的案子。"

"嗯。"这个姓常名威的警察点点头，"我了解。"

他说完稍微往沙发里面侧了一下，然后泰然自若地说："不过这案子有点久了，我记得也不是太清楚。"

"唐大庆申诉的时候提供的证据里证明，所谓的被害人根本就没死。关于这一点，你们当时确认过吗？”

“但是那个人没找到不是吗？”

常威继续说：“唐大庆的老婆不知道从什么地方弄来了一卷录像带，就说被害人根本没死。但是画面根本就不清楚，辨识度很低，而且后来按照地址查证的时候，也找不到这个人。”

“你们当初判定唐大庆是凶手的依据是什么？”

“他在被害人死亡之前，曾经被很多人目睹与被害人发生过激烈的争执，并且也亲口说了要将对方置于死地这种话。被害人的死亡时间前后他也没有可靠的不在场证明，只说自己在家里睡觉，唯一的证人是他的老婆，但是我们在他家里搜证出了与案发现场提取的鞋印完全吻合的运动鞋，并且在他家楼下的杂物堆里找到了凶器。”

常威说得不急不躁，说完了又补充道：“我们把所有证据放在他眼前的时候，他觉得无可辩驳就认罪了。”

辛健翻了一下手上的卷宗，“唐大庆在口供里说他是从被害人的后方攻击其颈部的，但是鉴定报告上的判定却是嫌疑人比被害人起码要高出十厘米左右，这里的误差也未免太大了。”

常威点了点头，“但是鉴定报告上也表示因为尸体分解的情况比较严重，所以导致判定会存在一定的误差。”

除了死亡时间，其他的几乎都没有太强的说服力。

这也是为什么最后上庭的时候，唐大庆自己的口供成为了量刑的主要依据，这案子的直接证据并不充分。

“我们办案的时候是严格按照程序走的，唐大庆能判无期还是因为我们在报告上特别写了他认罪态度良好，法院考虑到了这些因素才会酌情减刑，不然他根本活不到现在。”

说到最后，常威的语气很不客气。

显然他对于唐大庆申诉这件事的反应并不如看起来那么淡定。辛健看了他一眼，没做明确的表态。

倒是付志特地把手边的材料重新看了一遍，确实，最初的报告里提到了唐大庆认罪态度良好的情况，也确实有减刑的建议。

“那关于被害人的身份，你们是怎么确定的？”

DNA 库总不至于这么巧就有被害人的资料吧。

似乎是早料到了辛健会有这么一问，常威只是略微地想了想，“我记得当时是被害人的家属提供了被害人的日常用品，从而做的鉴定对比。”

唐大庆这个案子，被害人是跟他一个单位的。

二人都是机械厂的工人，平时因为一些琐事就有些摩擦，起过一两次冲突。真正的导火索是被害人因为赌博的事情被唐大庆检举揭发，从而丢掉了工作，然后对方就开始不断骚扰唐大庆一家，时常在他家门口骂骂咧咧，更有一次甚至对唐大庆的老婆动手动脚，从而引发了矛盾激化。

根据描述，确实当时唐大庆的嫌疑非常大。

但是辛健从来就不是一个容易下结论的人，常威把当年的侦查过程说得越合情合理，他就越保留意见。

现在是各执一词，如果找不到那位“被害人”，这案子可能不会太顺利。

“情况我们暂时了解了，如果有需要，还会要求你配合。”辛健例行公事地交代了一句，站起来拿过付志的笔录看了一眼，确认没什么问题后拿去给常威签字。

“行，有什么事你们再联系我。”

常威一直很配合，他站起来走到门口的时候回头看了辛健一眼，“我听说，有一个叫纪兰的人，也在试图了解这个案子的情况。是一个开咨询公司的女人，你们可以留意一下。”

他说完就走了，辛健跟付志不约而同地对视了一眼。

纪兰这个名字他们并不陌生。

近些年声名鹊起的咨询公司老总，白手起家下海经商，专攻刑事案件，业务范畴跟赵卿偶有交叉，十分不好对付。

比起付志，辛健的表情更复杂一点，他看着手上的卷宗，眼底有一抹色彩一闪即逝。

常威走后，差不多也就到下班的时间了。

付志收拾好东西看了辛健一眼，“走吧，我送你。”

辛健说：“我直接回家，不用了。”

有那么一瞬间，付志的后背僵了一下，但是随即他长出了一口气，尽量平静地看着辛健，“我送你过去，你晚上就别回来了。”

辛健觉得自己的情绪已经快要遏制不住了，急切地想要冲出来，两个人僵持着面对面站了半天，付志能够明显从辛健的眼中看到压抑不住的烦躁和排斥，他们两个都在等对方开口让步，但是偏偏谁都没开口。

办公室里一时间气氛僵到了极点，僵到最后，辛健率先说道：“算了，回家。”

辛健没等身后的付志，直接就那么走了。

付志他下意识地咬紧了后牙，然后长出一口气，锁好办公室门，追出了办公楼。

一直到打开家门的那一刻，两个人都没说话。

辛健进屋之后烦躁地把外套脱下扔在沙发上，然后回过头看付志一眼，“咱俩得好好谈谈。”

付志关上门，往里走了两步，“我先弄点吃的。”

“你别管吃的了！”

辛健说：“这个问题咱俩今天必须说清楚！”

他的语气中已经找不到半分平时里那种不紧不慢的笃定了，连日来各种各样的压力把辛健已经逼到了一个峰顶。

付志没去看他，也没做什么反应，他听着辛健的话，闭上眼睛，压抑身体里叫嚣着要爆发的烦躁。

但是辛健却不想再这么粉饰太平下去了。

辛健语气加重地叫道：“付志！”

下一秒，对方突然就爆发了。

付志转身推了他一把隔开两个人的距离，双眼里燃着的全是愤怒，“别叫了！”他瞪着眼前的辛健，“说清楚？跟你这种人说话有用吗？你听人说吗？辛健，你这种人根本这辈子都听不进去别人的话，说什么都白搭！”

辛健被骂得脸色一下就僵了，他怒极反笑，“继续说。”

“你总觉得自己天下无敌，做事从来不跟人解释，你也觉得不需要。但是你想过其他人吗？什么都自作主张，你眼里除了你自己谁都看不见！”

付志这句话说完，辛健也急了，“我看不见？付志，你再说一遍！我不告诉你是我不想一堆人跟着我操心，我自己的事我自己能处理，我不需要，听懂了吗？我不需要你们跟着瞎折腾！找处长我自己不会去找？用得着你去说？你问过我的意见吗？付志，咱俩就算是兄弟也不等于所有事情都得摊开来。”

“问你意见你还会找吗？你自己还不知道你是什么人？”

“那就别找！”

辛健一拳砸在旁边的门上，嘭的一声震得屋子里几乎共鸣一样都在回震。

他拳头握得青筋都凸出来了，浑身都在压抑，两个人剑拔弩张的气势似乎下一秒就要开始动手了。

付志第一次看见辛健急成这样。

他突然觉得这样实在太荒唐了，他理了理头发，心烦意乱地坐在沙发上，语气也跟着软了下来，“辛健，你这辈子没怕过吧？”

说完他自己都笑了。

他最近总是会忍不住想起自己的第一个案子，还有当年那位检察官那永远站不起来的双腿。

付志干脆把脸埋在双手里，疲惫地把自己这几天的恐惧扒开来对辛健说：“我告诉你，害怕就是你吃不下去，睡不着觉，睁着眼睛都能看到你最害怕的画面在你眼前一遍一遍地重演，想喊也喊不出来，想久了就浑身哆嗦，心里就跟灌满了水泥一样是实的，多喘口气你都累得慌。以前看到有人能被吓死，都觉得这人窝囊、孬种，等真摊到你头上，其实还不如死了呢。”

付志也知道自己现在的状态有些反常，只是……他不想再失去一个搭档了。

他也不希望让世界上，再少一个优秀的检察官。

辛健往后一步靠在门上，他犹豫了一下开始打开门，“我出去透透气。”

付志听见关门的声音，慢慢抬起头长出了一口气。

按照辛健的脾气，既然常威提到了纪兰，他就一定会去。

但是在那之前很多人提醒过他。

有善意的也有凑热闹的。

赵鹏志当时在楼道里看见他的时候特地拦着他说道：“你要去找纪兰？”

辛健的态度很自若，“了解一下情况。”

“监察局现在还在查你那笔款项的来源，你现在去找一个咨询公司的老总，不是自己给自己找麻烦？”

话是这么说，赵鹏志的态度看着倒不是有多担心，而是有点调侃，还稍微加了点拭目以待。

这次辛健只是耸了耸肩，不置可否。

处长更是一通电话砸了过来，“你小子又嫌日子太清闲了是吧？什么不能碰你偏去碰什么，现在到处是人等着抓你的把柄，你还自己上赶着往上送！”

“处长，监察找不找我麻烦，是他们的事，我去不去查这个案子，是我的事！除非省院决定把这个案子撤了，不然我就是要查到底。”

辛健大概是这几天本来气就不太顺，也是难得语气这么较真地跟老处长说话，电话那边沉默了一会儿，然后叹了口气，“辛健，你这脾气我真不知道自己算是成功还是失败。”

怎么说都是他一手带出来的，但是怎么好的不学，他年轻时候那点臭毛病这小子一点没落下。

“处长，大不了就是我再回去你那里混个速录员呗！”

辛健调侃了一句，笑了笑，“再不济端茶递水，复印卷宗总可以吧。”

“少胡扯！”处长数落完了还是忍不住交代他小心，然后无心地问道，“付志最近怎么样？也不给我打个电话汇报一下工作的情况！”

“嗯，他还行。”

“我告诉你辛健，付志对你也算是做到头了，等这事过了，请人吃顿饭好好报答下，别成天这么没心没肺的。”

处长甩下这句话就挂了，辛健听完了先是一愣，随即苦笑了一下。

从那天两个人吵完架，付志又差不多回到了之前那种三十拳打不出来一句话的状态，工作上无非就是辛健交代他去做，不给意见也没有表示，出入还是跟着，不过总是保持一个不算太远也不算太近的距离，一眼看过去根本不知道他俩是熟人。

关于辛健要去找纪兰的事，付志一直都很清楚，但是没做任何表示。

纪兰这个名字从常威的口里说出来，他就知道辛健一定会去。而对于这个时候的他们来说，不过就是一件事不愁少，两件事不愁多。

横竖最糟糕的情况也就是这样了，他还真不信能雪上加霜到什么地步。

所以，辛健去找纪兰，他半点犹豫都没有就跟着去了。

其实付志和辛健都见过纪兰。

只不过他们看见对方的时候，对方是肯定注意不到他们的。跟以前的印象差不多，那是一个看着温和却不失威严的女人。

纪兰是一个很有人格魅力的人。

至少，所有接触过她的人，都会给这样的一句评价。

辛健跟付志进门之后就被请到了沙发上，茶水已经备好了，纪兰坐在他们对面的椅子上，一脸笑意，“外面是不是挺热的？”

“还好。”

“其实我过去就行了，你们两个大检察官，没必要亲自跑一趟。”

以纪兰的名声和地位，这话说得有点太客气了，辛健摇摇头，表示就是来了解一下情况，纪兰听完了还是温和地笑笑，“行，你们尽管问。”

“不知道您对唐大庆的案子还有没有什么印象？”

称呼在出口的时候下意识地改成了“您”，辛健第一次意识到了跟人对谈时产生的这股压力。

付志也有些意外，看了他一眼。

纪兰想了想，“唐大庆……有点印象，但印象不深。公司每天接触的客户那么多，我也不是事事都过问，年纪大了也没办法。”

她语气有点无奈，又想了一会儿才点点头，“是不是他杀了同厂一个机械工，被判了无期？”

“没错。”

辛健干脆把提前复印好的一些文件递给纪兰，“他一直在提出申诉这件事您知道吗？”

“哦？”纪兰有点意外，“这我还真不太清楚，没有特别关注。”

“那常威这个人，您认识吗？”

“常威？”纪兰说，“我认识的常威有好几个。”

她端起茶几上的茶杯喝了几口，然后托在手里有一下没一下地抿着，“你们说的是？”

“他以前是直接负责唐大庆这个案子的。”辛健从文件里抽出一张常威的照片，“他说您找他了解过情况。”

纪兰脸色没变，低头喝了一口茶，再抬头的时候笑笑，“那可能是我记不住了，没什么印象。”

辛健也没继续追问，话题又回到唐大庆的案子上，“关于案子的细节，您还记得多少？”

“细节是想不起来了，就记得据说他认罪的态度不错，所以量刑上给了无期。我记得当时他的老婆很激动，一直说唐大庆是被冤枉的。”

不过这种事经常发生，谁也不会特别去注意。

沙发上，辛健笑着点点头，漫不经心地说道：“那您还记不记得，被害人的老婆叫冯玉莲，是您现在住的这栋房子的房产经纪？”

突如其来的一句话，让付志跟纪兰都愣了一下。

“在唐大庆这个案子进入诉讼程序之后，你的个人账户有一笔多达二十五万的转入记录，转账来源是一家装修公司，同时也是冯玉莲所在公司同期开发的一个项目的室内装修合作公司。”

辛健拿出一沓文件放在纪兰面前，“您觉得这是巧合吗？”

这些资料，连付志都是第一次看见。

纪兰的脸色变得有些僵硬，辛健也没催，只是端起茶杯也喝了一口，点点头，“这茶真不错。”

办公室的气氛变得有点尴尬。

纪兰一时半会儿没有什么动作，辛健就不急不缓地喝茶。付志回想了一会儿辛健到底是什么时候弄到的这些材料，却完全没有头绪。

一直到辛健这杯茶喝下去小一半了，纪兰才很轻地说：“房子当时是我爱人买的，手续什么的我不清楚，如果你们有怀疑，可以直接立案。”

“已经立案了。”辛健说完放下茶杯站起来，“如果有需要，还得请您配合一下。”

纪兰笑了笑，“那是当然，下次来之前给我打个电话。”

“下次还是请您过去吧。”

辛健回过头，“正式做份笔录。”

付志差点就要笑出来了，早就知道辛健是这样的一个人。

每一次都不意外，却每一次都觉得超乎预期。

辛健就站在那里正面要求纪兰去检察院做笔录，一直等到对方点头了他才走人。

走出公司大门的时候，付志忍不住笑了一下，“幸亏你现在到省院了，不然处长大概一口血都要喷出来了。”

辛健这个人，大概这辈子都不会知道什么叫怕。

几年前的案子，想取证并没有那么容易。其实，如果不是常威最后提起纪兰的名字，辛健未必会花这么多力气去查；如果不是最后找到了转账的记录从而把相关的人都联系起来，他也查不出纪兰这一块。

这次他欠庄一伟的人情可欠大了！

付志看着辛健一贯得意的笑容时敛了敛视线，不自觉地嘴角也扬了下。

或许，有些人本来就是要站在风口浪尖上的。

无论是以前的处长还是现在省院里的检察长，其实每个人都很清楚辛健一定会把事情搞到这个地步，却都适时地保持了沉默。

风险与收益本来就是相辅相成的东西，也可能只有辛健这样的人，才能真正改变一些东西，或者说，动摇一些东西。

世界不可能靠着一个人去颠覆，但是起码有些结果是人为可以去左右的。

辛健去找纪兰的这件事，很快就成为了一个话题。

调查员再找他的时候，看他的表情像在看某种怪物似的，“我真不知道是不是该说你胆子大，这个时候还搞这么大动静，还真是不嫌事多。”

“辛健刚调来不久，你也被省院借调了，只是巧合？”

付志答道：“这连巧合都不算，借调的原因你该问检察长，我不清楚。”

“你以前在跟辛健合作办案的时候，有没有发现他与非法团体或者涉案人员有过密切的来往？”

“没有。”

“他有过自己去找涉案人的情况吗？”

“没有。”

“他……”

问题越问越可笑，付志忍到最后问道：“你们现在正式立案了吗？”

“还没有。”

调查员似乎也很意外他会突然冒出来这么句话，愣了一下然后假意地咳嗽一声，“就算立案，也是由你们检察部门立，我们只是起到一个监督审察的作用……”

他话还没说完，付志直接站起来，“没正式立案就别浪费我时间了。”

付志连招呼都懒得打，甩门就走。

横竖他也不是省院的人，这一摊子的事等到一个月之后跟他一点关系都没有，看见那帮监察调查员他就浑身难受，多待一分钟都别扭。

辛健后来听到别人转述的时候，在对方形容到付志谁都不放在眼里时忍不住笑了笑，却没发表意见。

他私下去找纪兰，就料到了会有这种局面，只是现在为了不打草惊蛇，有些事情还不到和盘托出的时候。所以既没有停止他手上的案子，又不阻止监察局参与进来，似乎就是一个放任旁观的态度。

倒是庄一伟那边有了点新进展。

鉴于后来他亲自给庄一伟和钱真打了通电话，让他们有情况直接跟他说，不要再牵扯上其他人，后来付志也就没有再接到庄一伟的电话。

“抓到黄佟了，他说打给你的骚扰电话，是一个人在网上给他发布的任务，钱也是从网上转到他游戏卡上的。”

这年头法盲到处都是，以为打几个电话没什么关系，能拿钱就什么都敢做。

“就这样？”

“现在怀疑可能是你以前经手的什么案子，被害人或者嫌疑人的家属不满所以准备报复，你自己到底有数没有，到底得罪了什么人？”查这种案子最麻烦，嫌疑人能列满一张A4纸，特别是辛健这种的。

作为当事人，辛健也一点都不客气，“我得罪过的大概能站满操场，你自己看着办吧。”

“你是真的不怕死是吧？”

“你见过不怕死的吗？”辛健笑了，不过语气里满是嘲讽，“我长这么大了还没见过真正不怕死的，谁都想活着，保障我生命安全是你们警察的职责，你老来问我管什么用？”

“就你这张嘴，有人要你倒霉一点都不奇怪！”

“生无所好，就这么点追求。”

庄一伟懒得再自己找不痛快，干脆利索地挂了电话。

旁边钱真看着他阴沉的脸色，好奇地凑过来，“怎么，又被辛健挤对了？”

“再这么下去，我怕我自己先忍不住揍他一顿。”

钱真眼睛一亮，“行啊！哪天套上麻袋，咱俩一起！”

“你干吗这么激动？”

“你不觉得他长得就特别欠揍吗！”

钱真永远忘不了他第一次看见辛健时对方给他留下的印象。

庄一伟闻言笑开，点点头一脸认同。

不过，无论其他人的态度是怎样的，辛健对于这个案子很坚持。

相关人员的批捕一直不批，他干脆找到了检察长。

纪兰给他打了一通电话。

“没什么，就是问一问，上次那个案子你们办理得怎么样了？”纪兰的语气还是不紧不慢，辛健在这边拿着电话，眼底的神色又沉了沉，打心底不想这种事情牵扯上纪兰这样的人。

“暂时还不能透露什么。”

辛健看了一眼抬起头关注他这边的付志，然后淡淡地接着说道：“这案子还在调查当中。”

纪兰似乎不意外他这么回答，笑了笑，“年轻人好好干。”

这句鼓励的话辛健听到过很多次，却唯独这次让他觉得别扭，果然，纪兰下一句立刻把话题转了回来，“之前我跟你们老处长吃饭的时候还聊起你，想说什么时候大家再好好聊聊，你今天下班后有时间吗？”

这么明显的鸿门宴……

辛健不动声色，“最近比较忙，晚上都得加班。”

“那周末呢？”

“也没什么时间，我姐要结婚，得帮下忙。”

“就一顿饭，把上次跟你一起来的那个同事也叫上。”纪兰说的是付志。

纪兰连着问了三句，这实际上已经有些赶鸭子上架了。

辛健看了付志一眼，然后把电话往远放了放，自己冲着旁边喊道：“哦，来啦，我接个电话。”转头对着电话，“对不起，我现在有个会，要不一会儿再给您电话吧。”

辛健说完，也没等那边的回应，直接挂了。

对面的老检察官一怔，“谁的电话啊，你敢这么挂？”

付志似笑非笑地转了一圈手上的笔，“纪兰吧？”

“嗯。”

老检察官看着辛健点头，一脸讶异。

他来回地看了好几遍辛健，也琢磨不出什么滋味，最终只能摇摇头笑了。

事情被越搞越麻烦，事情还没了结，辛健就被监察局正式下了通知，要求他停办手上的所有案件，暂时接受调查。

“我以为都调查很长时间了，原来还没开始。”

当时辛健就这么甩出了一句话，后续便没做任何的表态。

赵鹏志当时特地等在检察长的办公室外面，看见他走出来，很轻地说道：

“别怕，你肯定没事。”

辛健笑了笑，“我知道。”

他走路的动静挺大，省院里不少办公室都有人过来看他，大概是为了瞅瞅这年头还敢为了一个案子搞得自己一身麻烦的人到底长什么样，但是说到底还是鼓励和支持的人多。

甚至有人用内线电话直接打给他就说：“佩服你能做到这样！”

辛健不知道是什么人，更加懒得去问。

付志看着他连被调查都能搞得这么嘚瑟，本来想提醒两句，后来觉得根本是浪费时间。

不过既然什么案子都办不了，辛健也就没理由还成天窝在省院的办公室里了。

给他假他就休，之前他手里的案子转给了赵鹏志，他也没什么可担心的。

一直折腾到中午，最终的结果就是付志开着车漫无目的地乱逛，后面辛健靠在车窗边上，看着窗外的车流沉默不语。

付志通过倒车镜扫了他一眼，“怎么，现在终于觉得不划算了？”

后者抬起头，只是扬了扬嘴角没吭声。

两个人一前一后，辛健长叹了一口气，语气里全无质问纪兰和应对调查员时候的犀利强势，“上次你跟我说我从来没考虑过其他人的感受，我承认。”

辛健接着说：“可能我从小就是这个毛病，不然也不会落到今天这个地步。我只能说，我就是这么一个人，这么多年，脾气这东西即便想改也不容易了，我知道你们都是为我好，但是你们要我什么事都给交代，一天几通电话地报告情况，我真做不到这样。”

付志在前面一边听着他的话一边开车，思绪有点发散，一时也找不到重点。

过了半天，付志才说：“我上次说的话也是气话。”

辛健从倒车镜里只能看到他的侧脸，看着他歪着头表情有点恍惚地看着前面的路。

付志似乎能体会辛健的心情，却觉得意义不大。

两个人在接下来的路程里一直是沉默的，各自思考着自己的心事，默默无语地任由车绕着熟悉或者不熟悉的路跑得没完没了。

直到天完全黑了，付志才把车开到辛健的楼下。

后面的人已经睡着了。

连着几夜为了唐大庆这个案子忙得晕头转向，也终于有个时间这么躺下了。

付志从倒车镜看着辛健，没办法看到他的脸，只能看到他的身体因为呼吸而带动的平稳起伏。

他靠在门边不太想动，放任思维远远地飘出去。

突然，他神游的思绪被车前出现的人影拉回。

他没开车灯，微微警惕地看着有人绕过车前兜到他的车门旁边，背着月光看不清楚对方的脸，只能听见不太标准的口音和刻意压低了的声音，“你是辛健？”

付志说：“有事？”

“有人想找你谈谈。”

“什么人？”

“你见了就知道了。”

说完，外面的人开始开车门，付志只是犹豫了一下，随即说道：“我自己开。”

他把车窗都关上然后开门，关上车门之后干脆上锁。

站在车外面的是个看起来很壮的男人，车前面挡着的略微比他矮一点，但是论身型，并没有弱到哪里去。

付志心里盘算了一下成功溜掉的可能性有多高，直到被前后三个人半强迫地带到了小区一处挺偏僻的地方，才暂时放弃了这个想法。

显然这帮人今天没那么容易善罢甘休。

付志在被手电直射在脸上被迫抬起胳膊挡光的时候，竟然有松了一口气的感觉。

辛健觉得自己做了一个梦。

梦里的内容乱七八糟的，很多画面闪来闪去，就像打得很混乱的彩灯。似乎是发生了很多的事，又似乎什么都没有，辛健只是觉得从头到脚都泛着一股疲惫感，沉重得连胳膊都不太想举了。

凌乱的线条交叉到最后，变成了一首歌。

调子有点熟悉，就是很不搭调。

那个声音越来越大，越来越大，最终变成了震耳欲聋的尖啸，终于把辛健给震醒了。

手机就在他的外套里面，一边响一边震。

他突然被惊醒，一时还搞不清楚状况，迷迷糊糊地去把手机抓起来，屏显竟然是付志。

“喂……”

他的声音带着浓郁的睡意，蜷在后座上勉强伸了个懒腰，然后挠了挠头，靠在座位上。

“……辛健。”

电话那边的声音比辛健的还轻，虚弱得似乎连多说一个字都底气不足。

“付志？”

辛健扬高了声音，“你声音大一点，我听不清楚。”

那边付志好像骂了一句脏话，只是声音太小听不清楚，辛健下意识地坐了起来，听见手机那边的人还是用着断断续续的语调费力地表达道：“你现在下车……”

“下车之后往前走……右手……有……个胡同……你……”

辛健一步一步按照付志说的走，心里涌起的那份烦躁和不安让他刚才所有的倦意全部一扫而空。

付志说的胡同其实就是两栋楼之间的一段空隙，平时除了小孩大概没人会注意的地方。

手到底是什么时候开始抖的他已经没概念了。

“你走……到……胡……胡同口……找……”

付志的最后一个字没说出来，辛健已经冲进去了。

付志躺在地上，因为光线不足，辛健看不太清楚他到底什么地方受了伤。付志睁着眼睛盯着跑到他旁边蹲下的辛健，想再说点什么，结果发觉心有余而力不足。

两个人有大概半分钟的时间就是这么看着对方。

辛健觉得自己脑子里是空的。

不是像一般人说的一片空白，而是整个空荡荡的。

他觉得耳边的风歇斯底里地在吹，充斥着的是一种变调的杂音，很刺耳很难受，后脊全部是冷汗，风一吹他就打哆嗦。

辛健伸出手想去碰付志，但是不知道能碰哪里，只能悬在半空就这么僵着，他嗓子里像卡了东西一样半个音都挤不出来，憋了半天还是只能抖着嘴唇说不出来话。

倒是付志忍不住了说道："叫……救护车……"

他说完就一直喘气，但似乎喘气声都很虚弱。

所谓呼吸都觉得累，大概说的就是他这种情况。

辛健手里攥着手机，深吸了一口气才勉强定了定神去打电话，但是他没叫救护车而是打给了李磊。

"付志受伤了，现在在我家楼下最右边的小弄堂里面，找辆车过来！"

如果李磊够仔细，会听出来辛健的声音变得有多怪。

很扭曲，带着一股很诡异的颤音。

付志在旁边听着辛健打电话，然后有气无力地闭了下眼睛，"你……打……"

"我保证李磊比救护车快。"

辛健明白他的意思，安抚性地解释了一句。李磊家离他家并不远，这时候，救护车没有李磊可靠，远水救不了近火。

付志如果现在有力气，大概会翻个白眼什么的，但是他实在没办法，只能又把眼睛闭上。

辛健觉得自己头有点晕，看东西都恍恍惚惚，他伸出去的手终于很轻地放在了付志的肩膀上，试探着问道："能碰你吗？"

"……只有……手……"

付志说完，辛健握住他的手。

湿凉的一片。

就算不打灯，他也猜得出来那些意味着什么。

压抑不住的寒意从手心一直扩散到四肢，那个过程辛健是可以清晰地感受到的，就像蔓藤一样，紧紧地缠着他。

辛健握着付志的手下意识地攥紧，他不自觉地一直深呼吸，一直到再也吸不进去一点空气，却还是觉得没办法压住胸口快要震出来的心跳。

他甚至挤不出来一句"付志你撑着点"。

黑暗一片的环境中，辛健只能看见眼前的人闭上眼睛再睁开，撑不住了再闭上，然后闭眼的时间越来越长，那所代表的信息危险得让他恐惧。

辛健，你这辈子大概都不会知道什么叫作害怕！

毫无预警地，之前付志跟他吵架的时候说起的那句话冲进耳朵里。

然后他另外一只手猛地攥成了拳。

李磊脸色惨白地赶到时，付志已经很长时间没有睁开眼了。

辛健就跟石化了一样蹲在他旁边，一点动静都没有。

李磊使劲推了他一把，“傻了！送上车啊！”他暂时回过神，有点茫然地看了李磊一眼，然后两个人和几个医生护士合力把付志抬到车里。

李磊接到他电话就跑去医院找了辆救护车，一路是闪着灯过来的。

车里的光线很充足，付志被抬上车里医生就立刻给他做了一些紧急的救护处理，辛健却被满眼的血吓傻了。

哪怕是有了心理准备，那刺目的颜色也太过冲击。

李磊一路都在试图跟他说话，结果辛健就跟听不见一样，什么反应都不给他。他着急了去扯辛健，反而被他一把甩开。

就这么一直维持到了医院，辛健看着付志被推进手术室，辛健依然愣着神。

护士拿着风险书给他签字，解释了半天他才拿起笔。

李磊被他这个样子气着了，刚想骂两句，一转头看见辛健像看怪物一样盯着自己的手发呆。

他抖得不成样子。

他自己似乎都在奇怪为什么他就连落笔这么简单的事竟然都做不到，他的眼神是直的，周围一点声音都听不到。

李磊这辈子没见过辛健这副模样。

李磊就这么看着他哆哆嗦嗦地签上了名字，护士进手术室之前，他还试图拽住对方。

不过最终没有。

所以李磊所有的话都在嘴边又咽了回去。他叹了口气抱着头坐在楼道的椅子上，对于事情演变到这个地步感到愤怒和后悔。

反而辛健什么感觉都没有。

就是站在手术室外面，盯着满手的血。

都是付志的血……

“……我叫付志。”

“是吗？我们同校？”

“这种事你不需要找我吧？有更合适的人选……”

“别这么多废话！干完了我好回家！”

“你就知道这电影我没看过？”

“辛健……我真是服了你……”

耳边纠缠着响起各种各样的对话，有些甚至时间久远到辛健自己平时都想不起来了，定格的画面最终都是付志放大的表情，明明看不太清楚眼前的东西，但是会把表情看得很清晰。

手术室的灯一直亮着，期间护士有出来过几次，然后又面无表情地进去。

李磊站起来问了两句，但是都没什么用，医院里除了白就是白，辛健觉得压抑得难受。

不知道究竟站了多少时间，直到辛健觉得腿已经失去感觉变得彻底麻木了，才有病床从手术室里推出来。他往前走了一步，却因为不适应而差点跪在地上。

李磊赶紧在旁边扶着他。

“医生，情况怎么样了？”

“他伤得不轻，不过现在情况稳定了。你们留下一个人陪床吧，大概明天麻药退了之后他会觉得有点疼。”

医生简单地交代了一句，任由护士把病床推出去之后摘下口罩，然后转身去换衣服。

李磊跟着护士去办手续，辛健陪着进了病房。付志的脸色很苍白，血迹都被盖住了一时也看不见。辛健下意识地握着付志放在被子外面的手，感觉到有微弱的脉搏才长出了一口气把头埋在床边。

活了这么大，辛健没有过这么狼狈的时候。

他咬着后牙，紧紧地握着付志的手，低头一声都不吭。

医院的被子，有一股消毒液的味道。

付志的手很冰，似乎无论辛健用多大的力气他都没什么感觉。

原来真正怕到极点的时候，就感觉不到怕了。

只是很难熬。

之前付志描绘的所有感受，都像报应一样在他身上重演了一次。

其实辛健很愤怒。

他很想把付志从床上拽起来狠狠地打一架，扯着对方的领子质问他为什么要冒这么大的风险，为什么自己换个立场就想不到他出事了，其他人会是什么心情。

然后等到想到这一层的时候，又很想自己抽自己一顿。

原来都是要等到摊到自己头上，才明白那滋味。

辛健一直自认为是一个很能扛的人，压力也好，危险也罢，再复杂的局面，他都可以一笑置之。付志其实说得没错，他没试过害怕，也不懂恐惧到底是什么感觉。

直到在那个黑漆漆的弄堂里，他看见付志的眼睛。

手里的手机其实还亮着微弱的光线，他之前听到的对方的声音，变得瞬间遥不可及。

对于再后面发生的所有事，他都觉得自己像是一个站在高空中俯瞰的旁观者。

没有真实感，也丧失了感觉的能力。

脑子里唯一的概念只剩下付志两个字，考虑不到其他的，就是一遍遍地重复。

“付志……”

辛健和李磊陪到早晨的时候，付志的麻药有些退了。

他开始疼。

医生过来看过，诊断付志现在的反应都在预计之内，伤口情况没什么问题，只要人醒了，应该就没什么事了。

付志因为麻药消退后产生的身体反应一直折腾了快一个小时才因为他的体力耗尽安静下来，辛健跟李磊两个人被他的样子吓得一身冷汗，医生赶过来一趟表示没什么问题的时候，辛健整个人脱力一样地摔进椅子里，一句话都挤不出来。

李磊只能又跑出去，他实在见不得这种场面。

一直等到付志醒过来。

相比上次折腾进医院，付志这次显然动静要大多了。

但是醒来的时候却很安静。

他甚至耐心地等待身上的那股钝痛过去才嘶哑地开口：“辛健……”

趴在他床边的男人立刻把头抬起来，脸上毫不掩饰的狂喜让他一瞬间有点发愣。

他挣扎着稍微动了动有些僵硬的脖子，费力地问了一句：“我躺了很久？”

辛健帮忙把他的床头弄高了一点，然后往他旁边凑了凑，声音很低：“差不多两天多了。”

原来不是两年……

付志的手术情况还不错，不过因为身体受到的伤害比较大，完全复原要一段时间。

“他之前疼得很厉害，醒了之后可以考虑用药了吗？”

之前付志昏迷的时候辛健要求过给他一些镇痛的药，但是被医生拒绝了，因为他当时没有恢复意识，没有反应不好判断，刚才看见他还是觉得疼，辛健第一个反应是希望他好过一点。

但是医生依然不建议用药。

“能坚持还是坚持一下，那些药轻易不要用。”医生解释完，看了一眼付志，后者点点头：“没事，我能撑得住。”

只是他的脸色很差。

辛健回头看着付志，他犹豫到最后只能叹口气，坐回床边。

昨天晚上，他手机上有四通未接电话。

要不是付志坚持到把他给弄醒，他几乎无法想象一觉醒来要面对的到底是什么。

辛健长出了一口气闭上眼睛，熬了这么久，其实他也快到极限了。

幸亏付志醒了。

幸亏……他那天醒了……

付志受伤的事无论是省院还是分院都已经知道了，之前老处长也打电话问过付志的情况，现在人醒了，当然也得打个电话去告诉一声。

赵鹏志他们在付志醒的第二天过来看了。

还有分院的几个同事。

显然这件事绝对不是小事，李磊说已经正式立案了，老处长抓狂地要求这案子必须限期出结果。

李磊本来说要跟辛健换班陪着付志，但是辛健完全不肯走，怎么说都没用，最后是李磊受不了跑回家里洗了个澡换了身衣服。

等他再来的时候，曹峰跟他一起过来了。

“才几天没见就搞成这样，你们这是要干吗？”曹峰语气里不乏怒意。

辛健看了后面的李磊一眼，后者撇清得很快，“我进医院的时候刚好碰到他跟司徒茁，顺路而已。”

付志说：“司徒也来了？”

“他去找医生了。”曹峰收回瞪视辛健的目光看向付志，“去做伤鉴。”

辛健一怔，“这案子是司徒负责？”

“侦查是庄一伟，鉴定是司徒，后面的工作都是我的。”

“你们不是一个区的吧？”

插话的是李磊，这组人怎么听着都别扭，根本挨不上边啊！

“案子是我们区的，只有我是职责所在。”

曹峰耸了耸肩，庄一伟和司徒要掺和进来他也拦不住，不过想也知道这些人不可能袖手旁观。

正说到这，司徒茁刚好走进来，嘴里咬着一根不知道是什么物质的东西，还是穿着军靴，一身深色的风衣。他走到付志旁边，扫了辛健一眼又扫回躺着的病人身上，“知道怕了？”

他说完，付志跟辛健同时愣了一下。

这句意有所指的话显然让两个人想到了不同的东西，只不过较之付志，辛健的脸色更难看一点。

“这就是逞能的代价，要不是送来得还算及时，你这时候盖的被子已经不是白色的了。”司徒茁一边说一边瞄了辛健一眼，“他以后每到了阴雨天或者在阴凉的地方就会疼得死去活来的，就算躺着养三年都不可能恢复到以前那种身体。”

付志说：“我以前也没好到哪儿去。”

“你现在还有力气说话，等到晚上就有得受了。”司徒茁笑了笑，靠在旁边的阳台边上，一脸冷意。刚才付志的主治医生拿出那些片子给他看的时候，他脸色都白了。

这次纯粹是付志命大。对方是存心要他的命的，要不是一些致命攻击被他自己避开，现在是什么结果很难说。

没人喜欢自己的朋友遇到这种事，所以司徒茁现在一肚子的火。

不过他的话没能刺激到付志，倒是把辛健那些不好的回忆勾了出来，他看着床上的付志，想起之前付志还没清醒的时候就疼成那样，从心底涌上一股烦躁。

接下来的时间，无非就是司徒冷嘲热讽地表达几句关心，在辛健爆发之前，李磊把这两位给送了出去。

唐大庆释放的那天，辛健本来是想去的，但是因为付志有个检查，最后还是没赶上。

他托人给辛健带了一张卡片。

说是卡片，其实就是一张有点发硬的牛皮纸，上面只有两个字：谢谢。

字写得很用力，从笔画中能看出抖动的痕迹。

辛健拿过卡片的时候愣了一下，旁边的付志探头扫一眼，笑了。

付志的身体恢复得还算不错，只是辛健很坚持让他躺在医院里。家里的资料和书差不多都被辛健搬来了，白天付志看书他就在旁边玩电脑，单人病房的好处就是既不会打扰别人，也不会被人打扰。

只是付志待得有点无趣。

付志有点腻歪地叹了口气放下书，就连生病都难逃被监督看书实在有点不人道。

辛健抬头看了他一眼，不怎么在意地继续玩着游戏，“烦了就休息一会儿。”

付志避开伤口蹭进被子里，彻底进入睡觉倒计时。

辛健一把掀开他的被子，“你又睡？”

自从付志的伤口好了一些，他差不多一天能照着二十个小时睡，再这么下去辛健怀疑这人要得嗜睡症了。

被掀了被子的人很不满，“我现在能踏实睡一觉容易吗？”

之前每天晚上都疼得直冒冷汗，不折腾到天亮几乎就闭不上眼睛，也不知道为什么晚上会疼得比白天厉害那么多。

辛健顿了一下，无奈地看着付志白了他一眼然后重新把被子掩上，头埋在被子里几乎看不见。

医院的冷气开得挺大，不盖被子睡还有点冷。

辛健拗不过付志，只能帮他把被子整了整，然后把电脑的声音关掉。

病房区很安静，因为特别照顾，付志的病房本来也在比较僻静的地方，平时如果不是李磊他们过来，也几乎没什么人会绕过来，倒是符合付志一贯喜欢安静的脾气。

辛健帮付志把床头柜上的书收好，倒了杯水放在旁边防止睡醒的人没水喝。

然后小心地站起来，悄无声息地走出病房带上门。

也没走远，就靠在病房门外面。

路过有认识的护士会跟他点点头打个招呼，他也只是礼貌地笑一下。

没多久，庄一伟给他发了条信息让他下楼。

辛健直接把电话拨了过去，“你直接上来呗？”

“你想付志听见我没意见。”

“什么事？”

“关于你被人栽赃的事。”

既然对方这么说了，辛健也没办法，最后俩人约在了楼下三层的一个休息室，辛健交代了护士帮他照看付志，然后才下去。

庄一伟是跟钱真一起来的。

“我看你跟付志一起住院算了。”

辛健的脸色看着比病人还憔悴。

辛健对这句话没有搭理，随便要了杯苏打水，他勉强打起精神，“有结果了？”

庄一伟看出他是故意转移话题，只能摇摇头，把手里的文件递给他，“你自己看吧。”

辛健只扫了一眼，脸色一沉。

“意外吧？”钱真的语气不乏幸灾乐祸，他看着辛健神色复杂地一页页翻阅着手上的材料，全部看完之后放下，半天没说话。

庄一伟说：“查到最后查到你们处长身上，我也很意外。”

辛健没接话。

“虽然做得很聪明，但到底不是无迹可寻。你们处长找的是个高手，我们也是兜了不少圈子才找到他。”

庄一伟扫了一眼桌面上的材料，这里面的口供可来得不容易。

现在人已经被逮捕了，讯问之后交代是受人所托，只是那个委托人，实在出乎所有人的意料。

辛健沉默良久才开口道：“接下来你们准备怎么办？”

“这案子已经进入程序了，我透露不了太多，只是告诉你大概你的调查也快结束了。”

庄一伟看出来辛健脸色不太好看，理解地拍了拍他的肩膀。他之所以把辛健单独叫出来也是考虑到付志本来就还算个病号，而且在他们确立侦查方向之前，知道的人越少越好。

辛健是当事人之一，有一定的知情权。

至于处长为什么这么做，暂时谁也说不清楚。

辛健很长时间都没说话，甚至连最后庄一伟和钱真表示要走的时候，他也只是站起来点头示意了一下。

辛健回到病房时，付志还在睡觉。

大概这次是真的睡着了，辛健开门对方都没什么反应，他坐在床边看着斜阳西落，映在窗帘上的光影很昏黄。

病房里就只有他的影子很明显，被拖得很长。

庄一伟估计得没错，辛健的调查很快就结束了，监察局的通知上只是表示查明了与辛健无关，但是案件在进一步调查。

辛健接到通知的当天，跟付志谈了这件事可能把处长牵扯在其中的情况。

相比他，付志的反应平淡很多。

“处长肯定有自己的理由。”

简单的一句话，算是做了一个结论。

辛健当时在旁边并没有接话，也没有做出反应。

他把自己的东西大概收拾了一下，既然调查结束，很明显他也必须回检察院了，付志被批了两个月的病假，他没办法陪着这么久。

收拾差不多了，他坐在床边看着付志，“我下班再过来？”

“没空的话就不用了。”

之前折腾了那么久，辛健这一回去，事情不会少。

辛健笑了笑，“必须得有空。”

付志脸上的伤恢复得比身上快，痕迹已经很淡了，病房里的伙食搭配得比较好，连带着气色似乎都比之前好了一些。

辛健没多做流连地拿了东西走出病房。

辛健回到检察院的那天早会开了快两个小时。

无非是之前的案子做了一下总结，目前牵连到的人列了一个名单，其中几个人还需要进一步排查，至于纪兰，已经正式被列为嫌疑人之一了，虽然还没有批捕，但是案件的梳理已经进入了尾声。

这件事在整个司法系统当中都绝对是掀起了轩然大波，检察长在会上做发言的时候表情无比严肃，“我希望负责这个案子的所有人，都可以严肃、严谨地去对待，就算我不跟你们强调，你们也该知道这起案件的严重性和关注度，任何的细节都不可以向外泄露，要阶段性地向我汇报你们的进度……”

专案办公室的负责人是赵鹏志，辅助的几个检察官都是有资历的老检察官，辛健并不在其中。

一直到最后，检察长才捎带着提到了他：“辛健你的事情刚调查清楚，这段时间你先帮着贾沛那边把积压的一些申诉给过一下，过几天我再给你安排详细的工作。”

辛健点头。

他本身也无意太过引人注意。

赵鹏志在散会之后找到他，先是随便问了几句，话题不可避免地转到了之前的事情上面，“付志现在怎么样？”

“恢复得还可以。”

“你们两个出入都注意一点。”

现在到底是谁下的手还没查清楚，辛健他们还是得小心。

辛健知道赵鹏志是真担心他们，带着谢意笑了笑，“我知道。”

他其实有点想问处长的事，但是犹豫到最后没有开口。

赵鹏志大概还有话要跟他说，但没来得及说话就听见有人喊他接电话，最后只能拍拍辛健的肩膀，“有时间过来找我聊聊。”

然后就匆匆走了。

辛健顺着右边拐到贾沛的办公室，进门前礼貌地敲了一下门。

说到贾沛，其实之前辛健跟她打过交道。

只不过在那时候两个人之间的印象太过粗糙，所以他在会议上看见对方，根本没认出来。

等到了里面的应门声，他推门进去，里面坐着的人抬起头笑了，“辛检过来啦！”

“别这么调侃我了。”辛健随便摆了摆手，表情淡然地坐下。

“你现在可是院里的风云人物，打招呼还是得小心点。”贾沛揶揄地眨了眨眼睛，站起来给辛健倒了杯茶。在省院之中，检察官队伍里的女人还是很引人注意的，特别是她本身年龄并不大，长得也漂亮，自然受的关注就更多一点。

辛健被派来跟她合作，在不少人眼里是又羡慕又忌妒的。

贾沛递给辛健杯子，索性靠在旁边的办公桌上，一脸笑意地看着他，“坦白说，我真挺佩服你的。”

贾沛直言不讳地表达了欣赏，眼神没有半分的躲闪和羞涩。辛健微微抬头看着她，听到了这种称赞，只是淡淡地点了下头，“谢谢。”

后者对于他的反应先是一怔，随即觉得有趣地扬起嘴角，玩味地走回了自己的座位。

她递给辛健一沓卷宗，“你先看看这个案子吧，昨天才分过来。”

案件并不复杂，是因为出现了新的证据所以在程序之内提出申诉。辛健审阅卷宗的时候想起了之前唐大庆的案子，虽然案件原判决被推翻，但是那个莫名其妙死而复生的被害人却一直没有找到。

辛健总觉得，那个案子没那么简单……

付志在医院里大部分时间都在看书，因为实在无事可做，虽然现在可以下床走动了，但是依然需要搀扶，而坐在轮椅上看人的感觉实在不怎么好，他宁愿在床上窝着。

李磊有时候会溜过来看他，档案室终究不比一般的办公室，工作量没有那么大。

李磊推门就看见付志在看书，“一次是巧合，两次是意外，三次简直是惊悚啊！”

付志抬头看了他一眼，“说人话。”

“你真准备考司考了？”

付志对这句话皱了下眉，索性放下书，“你最近挺闲啊？”

下一刻李磊翻了个白眼：“我拜托你也说两句人话行吗？”跑来看病人还被嫌弃，李磊老大不爽地撇了撇嘴，“近墨者黑啊，你早该离辛健远点。”

他这边话音刚落，身后一个凉凉的声音接了下半句，“我看你不只是闲，还很欠修理。”

李磊皱眉回头，辛健靠在门边一脸冷笑。

身后付志嘴角扬了扬，满脸都是准备看戏的表情。

“你这是对恩人说话的态度？”李磊有点不平衡地站起来，“你可别忘了那天晚上是谁劳心劳力地帮你把人搬上救护车的。”

辛健一边往里走一边随手把买的水果什么的放在床头柜上，顺势坐在旁边，“要不是看在你这点功劳的分上，我刚才开门的时候就直接把你拎出去了！”

李磊眼睛一眯，“辛健，你不觉得自己现在越发嚣张了吗？”

果然还是他前几天那种要死不活的德行顺眼多了。

闻言辛健点点头，一脸承让，“好说。”

“下次你再半夜给我打电话，我就直接关机，让你自生自灭！”

“你不会。”

辛健笃定的语气成功地让李磊脸上抽动了一下，辛健笑眯眯地削着苹果，略带打击地甩给李磊一句话，“这种话你就不该说出来。”

有些人这辈子都做不到冷眼旁观。

李磊这种人尤其是。

这种技巧性的带着恭维的挤对让李磊一时片刻也想不出什么词来接，他一脸不爽地瞪着“狼狈为奸”的俩人，深深感到今天自己是来错了。

别的不敢说，口舌之争他跟辛健根本就不是一个量级的，怎么说都是一个靠嘴巴吃饭一个靠混日子吃饭，哪怕是放在跑到检察院做档案室管理员之前，他也是个行动派而不是掐架派。

李大帅哥咬了咬牙，一边手抖地指着辛健一边站起来，“辛健你别太得意！”视线扫到旁边的付志，更是一脸悲恸，“你啊，忘恩负义。”

救命恩人落得这个下场算他遇人不淑。

付志一脸同情地递给他一个苹果，很中肯地建议了一句，“得自己洗。”

下一刻，李磊冲出病房。

第七章

反攻

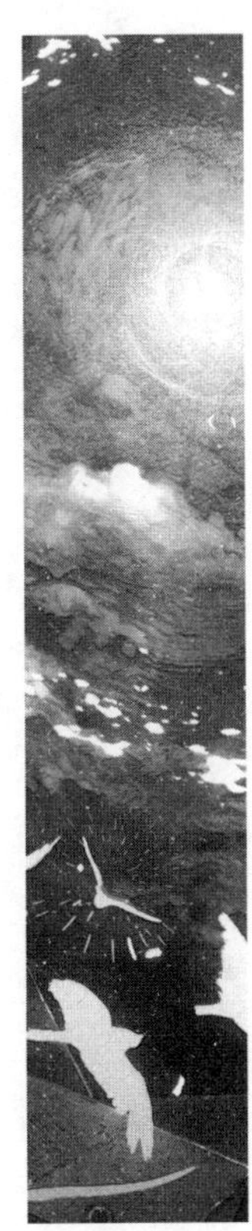

辛健和贾沛的这个案子是起贩卖毒品案，团伙作案，申诉的当事人程一明二审判决是死刑缓期两年，已经服刑了一年半。他的家属找到了新的证据，证明程一明只是购买，并没有直接参与贩卖或者运输毒品，所以向检察院提出了申诉。

麻烦的是，这个案件当中的涉案人——他的同伙已经被执行了死刑，剩下的从犯都无法证明他是否直接参与了毒品的贩卖和运输。而他家属所提供的公司职员的口供，也只能证明程一明账户上最初被认定为贩卖毒品所得款的一笔钱，实际上是程一明和她一起在外面帮人办事得到的报酬，无法证明他究竟是不是贩毒集团中的团伙成员。

贾沛第一次提讯是自己去的，辛健那天被外派协助取证。

本来安排好了下一次的提讯，结果在那之前，程一明的父亲到了检察院。

他也是提出申诉的人。

辛健见过很多嫌疑人家属。跟他的工作环境打交道的人无非就是那么几个身份，总是逃离不出这个圈子的，贾沛接到电话的时候明显犹豫了一下，最后还是让门卫安排程一明的父亲到了办公室。

即便这案子的卷宗两个人都研究过了，真正看见这位老人时，辛健和贾沛依然有些动容。

程一明的父亲是个残疾人。

他的右臂齐肩残缺，右脚也有些跛。

当他走进办公室的时候，辛健帮忙接过了旁边门卫手上拿着的那些资料，程一明的父亲显然跟检察官打过不少次交道了，看出来辛健和贾沛就是这次案件的负责人，立刻伸出左手，“检察官同志你们好！”

他的语气里带着一点口音，站得笔直，身上穿的是一件洗得有些发白的外套。

辛健跟他握过手，领着他坐在沙发上，贾沛也拉近了椅子，“老人家过来，是有什么事吧？”

程一明的父亲笑了笑，“知道小明那案子可能要再审，我把材料什么的拿来给你们看看。”

他说着，指了指桌上的那沓文件，“整理了很长时间，可能对你们有用。”

贾沛和辛健彼此看了一眼，对于对方的意图了然于心，只是面对这么一位家长，他们又实在没办法拿公式化的说辞出来对付。

程一明的爸爸似乎是看出他们的想法，有点尴尬想站起来，但是人刚弯腰起来，就犹豫着又坐了下去，他脸色有点难看，“我知道，你们检察官同志平时的工作都挺忙，我也不好意思打扰你们，说两句话就走。”

他用左手把眼镜摘下来放在腿上蹭了蹭，然后重新戴上，“我以前是个军人，转业之后给安排了一个司机的活儿，勉强够过日子的。小明这孩子，从小人就鬼，胆子也大，还不懂什么事的时候就喜欢跟比他大的人在一起玩，后来我工作的时候受了工伤，人废了，家里情况就更不好了，所以小明过得比一般人要苦……”

这段话可能他跟很多人都说过，表述得很通顺也很流畅，只是里面的辛酸哪怕是再重复多少遍也无法掩盖。他说完了这段后很沉重地叹了口气，自嘲地扬了下嘴角却没有抬头，大概是不想看见辛健和贾沛的反应。

“虽然日子过得不比一般人，但是我一直就跟小明说，犯法的事不能做，男人可以没本事，但是不能没责任感。他书念不下去就很早出来给人打工干活儿，我知道他不是个有常性的人，什么活儿都是干不了几天就嫌人家这个嫌人家那个，所有亲戚朋友我都求过了，可是这孩子……唉！”

辛健微微皱了下眉，程一明的犯罪记录栏上东西确实不少。

“我知道这小子有点浑……”程一明的父亲看着辛健，“但是他再浑，也不可能去干贩毒这种遭天谴的事。检察官同志，我希望你们能查清楚这件事……我……”

程一明的父亲说完了就要挣扎着站起来，辛健上前帮了他一把，下一刻感觉胳膊一沉，老人当场就要跪下，幸亏辛健的动作很快，用力把他托了回去。

贾沛递给他一杯茶，“老人家，程一明到底有没有参与贩毒，是可以调查清楚的，你要相信我们。”

“我知道在很多人眼里他是罪有应得，但他毕竟是我唯一的儿子……我这一辈子……也就这么一个儿子……”

这句话说完，老人的眼泪也出来了。

一滴一滴地落在裤子上。

辛健一直没怎么开口，看到这样的情况，也只是将身后桌子上的纸巾递给对面的这位父亲。

贾沛倒是在劝，女人大概在这方面的天赋是与生俱来的，即便并没有做出任何的承诺。在最后程一明的父亲离开时，脸上不乏充满希冀的感激。

送走这位访客后贾沛问辛健："你相信程一明是无辜的吗？"

一瞬间，辛健觉得这话有点耳熟。

似乎付志以前也问过相似的问题。

辛健有点莫名地笑了笑，然后坐下来翻阅着那些文件，"重要的不是我信不信，而是他到底做没做。"

这位父亲为儿子做的确实很多，资料里事无巨细地整理了所有可能涵盖的信息，虽然很多是没有意义的，但是不难看出这份心。

辛健下班后跑到医院陪着付志吃完了晚饭，收拾好东西看着对方拿过书，然后突然想到一个问题，"是不是快报名了？"

付志愣了一下，"什么报名？"

"司考啊，是不是快报名了？"

之前发生了太多事，乱得毫无头绪，他也就没有再关注这方面的事。

付志挑了下眉，"马上就要考试了，你才开始担心报名的事。"

"报完了？"

"早就报完了。"

付志忍不住翻了个白眼，无奈地摇头，"靠你简直是自找麻烦。"

但是下一刻辛健却突然笑了，"所以你已经报名了？"

"嗯。"

付志视线转回书上，不怎么在意地应了一声。

辛健没有再接话，只是笑得有点嘚瑟。

他知道这次付志肯定不会再敷衍了事，从对方的眼里，他已经看出了认真。

辛健放下心，浏览着网页新闻，看似随意地扬起嘴角，"付志，你一定会是个非常出色的检察官。"

对此，看书的人只是敛目轻笑，"等我当上再说吧。"

哪有那么容易。

在付志住院的这段时间，处长并没有亲自来过。

最初的时候他打过电话给辛健，自从庄一伟把话带到，之后就几乎断了联系。李磊每次来医院也都会很聪明地对这个话题避而不谈，付志也没有刻意地去打听。

但是辛健一直在关注这件事的进展。

他听说了老处长被调查的事，只是似乎进行得比较小心，至少远没有他上次被调查时那么高调，恨不得尽人皆知。详细的情况还不了解。

“你最好有个心理准备。”

这是在电话里庄一伟对辛健说的话。

辛健当时只是回道：“处长肯定有自己的原因。”

在这个问题上，他跟付志的看法一样。

他们两个都是老处长一手提拔训练出来的人，说是恩师也不夸张，虽然可能真正告诉他们怎么去做的时候并不多，但是言传身教，处长一直是辛健心目中的一个标准。

怎么样才是做好了一个检察官应该做的事。

怎么样去对得起自己，对得起良知，对得起法律精神。

辛健不敢说现在就已经做到了，但是最起码，这条路他走得无愧于心。而他之所以可以这么义无反顾地走下去，很大程度上是因为处长一直在做他的助力。

帮着他，一步步地靠近自己想要达到的那个目标。

所以，无论处长这么做的理由到底是什么，辛健都认为不会是为了损害谁的利益，“你们还是继续查吧，一定会找到根由的。”

对此，庄一伟回道：“这还用你说。”但是很快话锋一转，“不过关于打伤付志的人，我们也有些眉目了。”

“是什么人？”

“我觉得你大概猜到了。”

庄一伟这么一说，辛健皱了下眉，“外地人？”

“嗯，是几个外地来的混混，说有人给了他们一笔钱让他们教训你一顿，但是只知道你的车牌号不确定你长什么样，那天付志代替你回答了，他们就理所当然地动了手。”

辛健想起那天晚上的情况，下意识地握了握拳，“手段可真拙劣。”

漏洞百出的口供，纯粹把他们当白痴了！

他冷笑了一下，“对方很看不起你啊，庄一伟。”

手机那边沉默了一会儿，然后传来带着点笑意的回答，“一般这种人下场都很惨。”

“抓不到人，我就送个匾到你们分局。”辛健的语气认真得甚至带了点威胁。

庄一伟嗤之以鼻，“你先担心你自己会不会先被人送一块‘英勇捐躯’吧！别成天搞那么多麻烦出来，没有人是九条命的。”

庄一伟说完，也不等辛健的反应，直接就把电话扣了。

不知道为什么，辛健总觉得这些事情水落石出的时候，并不会意外和吃惊。到时候，所有人都要为自己的所作所为付出代价。

对程一明的提讯，辛健和贾沛并没有问太多的问题。

因为从他们两个见到程一明那一刻开始，对方就一直在高呼冤枉。

他滔滔不绝地列举了各种各样的证据来证明自己的无辜，甚至直言他父亲手里有资料，可以证明他的清白。

贾沛在他提到这里的时候说道：“我们已经见过你父亲了。”

下一刻，程一明笑了。

他被铐着手铐的双手紧紧地攥着拳，盯着辛健，“我是无辜的，你们判错了。”

这句话说得斩钉截铁，也不知道他是为了说服自己还是为了说服面前的辛健和贾沛，就只是一直念念叨叨地重复这句话，眼神无比坚定。

辛健在走出监狱的时候看了一眼贾沛，“你上次来，他也是这样？”

后者笑了笑，“还不如这次。”

上次程一明几乎从头到尾都在大骂那几个毒贩，然后忏悔自己不该吸毒，不该对不起家人对不起社会。

那是已经练习过上万次的台词。虚假得甚至让她连做笔录的欲望都提不起来。

辛健从贾沛的回答里读出结论，也弯了下嘴角，却没什么温度。

他突然对那个写申诉书的人感兴趣了。

“程一明的律师是谁？”

贾沛皱了下眉，“没什么印象了，好像姓赵？”

姓赵？

辛健双眉一扬，没那么巧吧！

不过幸好，律师并不是赵卿。

有点出乎意料，这个辩护律师也是个女的。年龄看起来跟贾沛差不多，她推开办公室门的时候，辛健有几分意外。

出了门到大街上随便逛一圈会觉得到处都是人，真正能够称得上是美女的却不是太多，他突然跟两个美女站在一个房间里，不由生出几分感慨。

这个叫赵欣欣的律师进门看见辛健的第一句话就是：“检察官里长得这么帅的可真少见。”

后者不动声色地站在办公桌旁边，看了贾沛一眼。

贾沛笑了一下，“赵欣欣？”

“嗯。”

赵欣欣点头表明身份，把证件什么的递给贾沛看了一眼，然后很自然地坐在沙发上，“你们打电话约见我，我真是受宠若惊。”

检察院跟律师的接触一般来说不会很多，如果检察院不约见，律师约见走程序绝对是遥遥无期的，真正见面几乎都在法庭上。

至于省院，更是如此。

辛健对于这句话的反应是扬了扬眉，“惊也分惊喜和惊吓，希望不是后者。”

贾沛适时地插话道：“今天找你过来主要是想听听你对这案子的想法。”

“刺探？”

“话不用说得这么严重，只是随便聊聊。”

辛健随便拉了一把凳子坐下，“果然姓赵的律师嘴巴都够厉害的。”

“赵卿？”赵欣欣笑了，“我听说辛大检察官跟他关系还不一般呢。”

“被你一说就算一般也不一般了。行吧，赶紧进入正题吧。”

辛健对于跟律师在这方面打口仗没多大兴趣，看了贾沛一眼，后者也坐下来，两个人看着赵欣欣，贾沛开口道：“你的申诉状上一直强调程一明并没有直接参与贩毒，只是出钱购买了毒品，但是在申诉状上并没有提供相应的证据，你这个申诉理由到底是基于什么提出来的？”

“程一明的口供。”

“嫌疑人的口供并不能作为依据。”

赵欣欣笑了一下，“但是你们也找不到确实的证据能够证明他参与了贩毒。”

这才是这个案子最大的问题。

因为所有直接证人都已经被执行死刑了。原本是作为证人的程一明，在自己的案件里，却缺乏最有力的证人证词。

坐在她对面的辛健说：“你准备就靠这个来申诉？”

“本来远远不够，但是现在原本作为主要证据的赃款另有出处，那很显然之前的所有指控也全部缺乏决定性，特别是，程一明从头到尾都没有认罪过。”

在之前的口供里，他也拒不承认自己是贩毒团伙中的成员。

虽然他对其他的几个人贩毒的过程全部都做了指认，但是对于自己的犯罪事实，程一明一直是不承认的。

当时能够起诉他，主要原因还是其他几名犯罪人的口供以及他的那笔赃款。

贾沛翻阅了一下手上的卷宗，“在同犯的口供里，提到过程一明曾经拿走了一包 50 克的吗啡并且在第二天又拿走了 50 克。而这些在侦查机关的搜证过程中都没有找到，两天的时间，如果程一明没有参与贩毒，这批毒品的下落为何不明？”

“程一明有毒瘾，他自己平时就会买货，主要是用来吸食而不是贩卖，后来害怕侦查机关搜证所以销毁了剩下的毒品。”

“买 100 克自己回家吸？”辛健冷笑了一下，“他真下本钱。”

想脱罪也不找个靠谱点的理由，赵欣欣也真敢说。

不过，显然赵欣欣并没有觉得这种说法有问题，她不置可否地耸了耸肩，“程一明那段时间跟人一起合作，收入还是不错的。”

她所谓的合作，指的就是程一明伙同其他人一起利用职务之便进行的一些违规操作，那笔钱也是被算在了这里。但是这个说法在辛健这里没什么商议的价值，他只是笑了笑就不再开口了。

贾沛看着赵欣欣，或许女人之间的这种感觉是最敏锐的，她皱了下眉，“程一明是怎么找到你的？”

她看得出，这样的律师费用不会低。

程一明的父亲明显是拿不出能够聘请赵欣欣这样的律师费用的。

她问得比较婉转，对方回答得倒是直接，“有时候，打官司不是非要收钱的，如果可以达到一个大家都想要的目的，那么多少钱就不重要了。”

赵欣欣笑起来显得很自信，她几乎是有问必答地配合着辛健和贾沛，在看见贾沛对她的回答皱眉不语后优雅地站了起来，“律师这份职业的乐趣，就在于很多时候可以自由地做出取舍和选择。”

这句话的潜台词是，你们不可以。

赵欣欣在确认没什么要问她的问题之后就很干脆地走人了，贾沛在她走了之后看了辛健一眼，“真是好厉害的嘴。”

“这些理由等到了法庭上就掰不下去了。”

辛健无所谓地笑了笑，把椅子放回去顺手整理桌上的文件，“她那套逻辑乍一看没什么问题，其实全是漏洞，只是没遇到一个跟她较真的检控。”

“你似乎意有所指……”

辛健只是笑却没有回答，把东西收拾好看看时间差不多也准备撤了。贾沛在他快要开门之前说道：“辛健，有时间一起吃顿饭吧，难得有空。”

贾沛很少对人这么主动。

现在这种情况换任何一个男人大概都是答应的可能性高一些，辛健转过头对她笑笑，口上说着抱歉却没什么实质的歉意，“对不起，我有事情要办。”

说完这句，他完全没停留地开门离开。

本来医院通知付志是一周之后出院，但是因为床位紧张，到最后其实没待到一周就出了。

辛健那天请了假，李磊说要过来，但是院里有其他事，终究没赶上。

所有吃的东西都留给护士站了，付志只是收拾了一些衣服和日用品，辛健要帮他提，反而被白了一眼，“我又不是残废，这么一包东西用得着人帮吗？”

他俩的身高本来并肩走着就已经很招眼了，再让辛健给他拿东西，看起来就跟他得了什么不治之症一样。

病房的护士看着他俩走都有点遗憾，左一句再见右一句欢迎常来。

搞得付志一直忍不住叹气，“我人缘是有多差啊……”

老来这地方难道是什么好事吗？

走在旁边的辛健笑了一声，“你就该拍照留念挂在护士站的办公室。”

辛健把车放在了医院的地下停车场，因为下去的路比较麻烦，他干脆让付志站在门口等他一下。行李什么的甩在后座，付志还是习惯性地坐在副驾驶。

天太热，车窗关上之后辛健就打开了空调，还特地把空调的口动了动，“别对着吹，太凉。”

“可算出来了！”

付志长出了一口气，把座位往后放了放，“快憋出毛病了。”

一直躺在病床上的滋味可不好受。

辛健一边开车一边看了他一眼，“躺了这么久，能治好你的嗜睡症吗？”

付志说：“不要盲目乐观。”

下一秒，开车的人无奈地叹口气。

路途不近，辛健本来想让付志睡一会儿，但是对方精神还算不错，两个人就有一句没一句地聊着一些琐碎的话题，直到车开到一个岔路口，付志突然说：“我说你是不是走错路了？”

本来应该是右拐的，辛健怎么一路朝着左边走。

旁边开车的司机只是笑了笑，“等会儿你就知道了。”

又往前走了大概几个路口，一直拐到了一条不算宽敞的小路上，辛健渐渐地放慢速度，在一排琳琅满目的小店铺之中好不容易找到目标，他把车停在路边，给付志指了一下，“这是之前那个出意外的检察官开的店面。”

是家小餐馆。

装修得并不显高档，招牌上写的是面馆，里面零星坐着几个客人，大概能看见负责张罗的是个女人。

付志整个人愣住。

他缓了好一会儿才明白辛健话里的意思，顺着对方的手看过去，心里瞬间感觉很复杂。

“要进去看看吗？”

辛健似乎是能体会他的心情，语气很轻柔地建议着。

但是付志没有立刻回答，他仔细地想要看清楚店铺里的人，却没有找到熟悉的身影，半晌时间他就这么有点发怔地坐着，一动都不动。

“店铺是去年开的，听说很多人都挺照顾这家店，环境还可以。”辛健解释的时候，从店里的内门终于出来一个坐着轮椅的身影，抱着一个小男孩。

付志愣了一下，“那是他儿子？”

“嗯，本来一直在他老家，受伤之后就给安排过来了，我听说基本问题都解决得差不多了，现在就在附近的那家小学念书。”

付志点点头，“他以前就跟我说过，有机会一定要把儿子接过来。”

“去看看他吗？”

辛健又问了一遍，一直等着付志的回答。

但是旁边的人只是沉默了很久，然后摇头，“不了，知道他生活得还不错就行了。”

虽然距离不近看不太清楚，但是饭馆里抱着孩子的人所洋溢的那种幸福感他还是能感觉到的。

隐隐约约，大概也是在笑吧。

付志闭上眼睛，“见面了，也不知道说什么。”

他说不进去，辛健也没有立刻开车，两个人静静地看着街对面，不知过了多久，付志才说道：“回家吧。”

车里一时间没有人说话。

辛健把车开上主路之后打开音响，音乐还是上次的，付志听得有点烦了就换了一张专辑。

大概是他自己买的，辛健没听过。

因为车窗都关上了，音乐起到了良好的安抚情绪的效果，辛健看着付志靠在旁边不出声，便说道：“其实，当初就算你不去找他，他也有职责那么做。”他把视线转回前面的道路上，“我相信他没有怪过你，换一个选择，他过得不一定会比现在坦然。”

每个决定都一定会背负一些后果，辛健劝的是付志，却又觉得像说给自己听的，“有些路，你走的时候就知道不是康庄大道，所有的结果，你都得全部接受。不是没有轻松的，但是那条老路走到底了是死路，从开始做这份工作，所有人就知道没有舒舒服服的日子。付志，没人愿意当孬种，你也别太看不起别人。”

他转过头，“可能当时的他想要的就是你说的那番话，不然，就算你站在他对面骂，也未必劝得动他。”

付志看着窗外一直没吭声，他听着辛健的话，眼前路边的景物飞速地掠过，什么痕迹都没留下。

突然，窗上落下了几滴雨痕，不消片刻，挤满了一窗。

“下雨了？”

付志有点奇怪地看了一眼明媚的天空，“这么大太阳。”

辛健笑了一声，“太阳雨。”

“辛健，你说实话，发生过这么多事，你怕不怕？”

“我怕。”

辛健回答得很干脆，他对于付志问这个问题一点都不觉得突然，嘴角扬起一个好看的弧度，他一边把车拐进小区一边看了旁边的人一眼，“拿自己的一切去对抗世界的人是神经病，但问题是我本来就不是一个人。”

他似笑非笑地看着付志，“有些事，都是到最后你才发觉，其实是全世界对抗着一个人。”

要说改变的，大概是他做事的方法。至少，他不会再像以前那样尖锐伤人。

赵鹏志说得对，想要在这个规则之内拿到自己想要的结果，首先要了解这套规则。

事到如今，他再也说不出自己什么后果都承担得起这种话了。

辛健笑了笑，“真到了螳臂当车的一天，我一定会有所取舍。”

辛健把付志的东西提回家，这边人还没坐下，手机就响了。

是赵欣欣。

对方很激动，大概是因为程一明的案子申诉被驳回的事情，付志站在旁边都能听见那高亢的嗓音。

辛健示意了一下然后坐在沙发上，“文书上写得很清楚，你什么地方不明白？”

“申诉理由还不够充分？为什么驳回？”

赵欣欣的语调高得让辛健皱眉，他把手机拿得远了一点说：“关于你们提供的那个证人我们讯问过了，她只能够证明跟程一明曾经参与过违规的操作，却不能清楚地解释那笔钱的确切来源，你所提供的只是一个可能性，并不是一个实质性的证据。二审的时候程一明的同伙明确交代了他接货的时间、地点以及贩卖手段，法院不接受这次申诉是合理的。”

他忍不住补充道：“不要把你想当然的那套理论带到实际的案例里，怀疑确实利益是归于被告的，每一桩案子的审理过程都是有证据作为依据的，不会因为你写一篇煽情的申诉状就推翻一切。”

因为他话说得太严肃，付志在旁边看了他一眼，听见手机里那边的女人语气尖锐地强调道："你这是凭着主观判断结果，我会继续申诉的！"

"你有这个权利。"

辛健扬了下眉，"不过我还是提醒你一句，程一明是否应该承担法律责任，是看他到底有没有犯罪事实，不是看他的家庭环境。"

赵欣欣明显对于程一明的很多判断失去了一个该有的理性立场，被亲情煽动的结果就是看问题很容易片面。

这次，赵欣欣没有再继续说什么，干脆挂了电话。

辛健把手机放到一边，看一眼对面一脸调侃的付志，无奈地耸了耸肩，"现在人人都觉得自己可以扭转乾坤。"

可惜黑白没有那么容易被颠倒。

付志考试的那天，辛健是在家里等的。

因为对方怎么都不肯让他去送，搞到最后他就跟个高考家属一样坐在沙发上不停地换电视节目。直到觉得时间差不多了，才打电话订了些饭菜。

付志到家之后先洗了个澡，出来看见一桌的东西，扬眉笑了笑。

辛健招呼他先吃，但是没着急问他考得怎么样。

最后是付志自己主动提了起来，简单地表示考得还可以。

对面的辛健听完了这句就笑了，后面没有再提过半句关于考试的事。

他对付志是绝对有信心的。

付志在家里没有休息几天就去上班了，王姐马上要退休，所以办公室的大部分工作堆积到了他身上。

之前他因为辛健的事情又请了大半个月的长假，一口气补完也够他受的。

他到院里的时候，据说处长已经开始长休了。

当然，这只是对外的一个说法，大部分人都知道具体是有原因的，但是清楚内情的人并不太多。

李磊算一个，付志算一个。

关于处长的事，李磊还特地跑去办公室找过付志，一推门就说："处长的事到底是真的假的？"

当时付志正在打结案报告，抬头看了他一眼，"什么真的假的？"

"有人说处长被调查了？还是因为辛健？"

“我一直不在院里，详情我不知道。”

“你少来这套！”李磊把付志的键盘往旁边一推，“这事你会不知道？”

怎么说辛健都是涉及其中，内情肯定还是有的。

付志推了一下眼镜，“我真不知道什么，辛健也没跟我说。”

李磊盯着付志半天，但后者一脸平静。

最后他理了理头发有点烦躁地坐在沙发上，“这叫什么事！”

“调查可能也只是走走形式，起不到什么作用。”

付志顿了一下继续说：“我相信处长不会有什么事。”

但是李磊没这么乐观。

不知道为什么，他总觉得要出事，而且还不是小事。

很快，李磊的这种预感得到了印证。

事情的爆发其实没有什么序曲。

付志接到电话说庄一伟出事的时候，愣了一下。

这电话是曹峰给他打的，不知道为什么总觉得很怪。

他一边往医院赶一边通知辛健，结果那边回道：“你先去医院看看庄一伟的情况，处长出事了。”

付志心里沉了一下，“怎么了？”

“现在情况还不太清楚，回头我跟你详细地说，过一会儿如果我这边能抽开身就去医院跟你会合，过不去就给你发短信。”

“好。”

辛健简单地留下这么几句话，之后除了在晚上给付志发了条短信告诉他进了内查组，就再也没有过消息。

所谓的内查，基本上都是涉及职务犯罪，涉案金额比较重大，案情特别复杂的案子在最后收尾的时候，临时组建起来的内查小组。

这个小组的人在批捕之前，是不允许对外进行联络或者自行退出的，以前付志被安排过，所以很明白辛健这么音信全无的原因。

第三天的时候，辛健给他打了一通电话问庄一伟的情况。

“他没事吧？”

“情况不太乐观，是车祸，人送到医院的时候休克过，现在进了观察病房，钱真一直在医院里陪着。”

付志听到这就忍不住皱眉。

辛健骂了一句，然后话锋转了一下，“你自己注意点。”

“嗯，你也是。”

付志拿着电话犹豫了一会儿，最后还是问道：“处长怎么样了？”

“已经确定了，得等我回去看看。”

辛健之所以说得这么模糊，主要是旁边有人。付志听出来之后没有继续追问，两个人又叮嘱了彼此两句。

接下来两天，付志又去了两趟医院。

庄一伟一直没醒，医生说存在变成植物人的可能，但是他的脑部活动比一般的植物人要活跃一些，相比较来说，醒过来的机会比较大。

付志现在看着钱真守在庄一伟的病房外面，就想到了前段时间的自己和辛健，感觉一切恍如隔世。

付志越看心里越不舒服，索性转身绕到院子里，曹峰跟司徒苗来的时候，就看见了他。

“付志。”曹峰叫了一声。

坐在椅子上的人抬起头，“你叫我？”

这称呼真是稀奇得有点诡异。

曹峰摸了下鼻子，“一直叫学长也挺矫情的，本来也直接叫名字好点。”

他说的时候似有若无地往司徒那边看了一眼，后者倒是没反应，直接坐在付志旁边，“辛健那小子呢？”

似乎一直没见着人影，他们来了两次都只看见付志。

“他在内查组。”

付志说完曹峰皱了下眉，似乎是想到了什么。司徒苗表情有点烦躁，“事怎么全赶一起了。”

付志眼神又暗了一下，“医生说庄一伟可能会成植物人。”

他这话说得有点突然，曹峰和司徒苗都怔了一下，最后还是学医的反应比较平和，他点点头，“我看过他头部的片子，并不乐观。”

应该说，能捡回条命已经是不可思议了。

庄一伟的生存意志比一般人要强，不然的话，可能都撑不到医院。

这话题实在让人不舒服，曹峰站在旁边没出声，抬头看一眼天都觉得阴郁得难受。

庄一伟到底怎么出的意外，没有人知道。

那天钱真接到付志的电话都吓傻了，冲去医院时庄一伟人在手术室。

而之所以是付志通知的他，是因为庄一伟的手机里，最后一个拨出的号码是给曹峰的。

付志是在钱真之前到的医院，两个人站在楼道里等手术结束的时候，曹峰对于付志的疑问只能摇头。

“我也不知道他打电话给我到底是想说什么，在那之前我们根本没联系过。”

所以医院打电话给他的时候，他想了一会儿才记起来庄一伟到底是谁。

听过这个名字纯粹因为付志和辛健。

就因为他不清楚这些，钱真那边才会是付志通知的。

在庄一伟入院的第二天，就确定了他的意外是人为造成的。他所在的刑侦队接手了这个案子，钱真因为要陪在医院所以没有归队，那边没耽搁直接就开始着手调查了。

庄一伟的最后一个电话是打给曹峰的，在那之前却是打给辛健的。

所以刑侦队直接找上了付志。

“他连着给辛健打了四通电话。”负责来询问付志的警察这么告诉他。

付志皱了下眉，“之前我被人攻击过，但是目标是辛健，他们可能是因为这件事联系得比较频繁。”

这件事其实刑侦队的人知道，因为案子也是他们办的。

坐在对面的那个叫李坤的警察点点头，“我们知道。”

“辛健要什么时候才能结束内查？”

“应该快了，也就这两天。”一般不会超过一周，距离上次他跟辛健通话，也过去两天了。

“那等他回来，立刻让他联系我们吧。”

“嗯，我知道。”

大家也算是半个同行，很多事不需要多说。李坤拿了几份文件就跟同事一起走了，临关门的时候，付志说：“庄一伟的事，你们一定要查清楚。”

走在前面的李坤回头很坚定地点了点头，话说得有点咬牙切齿，“放心，不惜一切代价我也会把这帮人揪出来！”

但是，没想到辛健在内查组的时间超过了付志的预估。

一直到周末还是没有消息，他终于有点急了。

没办法，他只能去省院找赵鹏志，谁知道赵鹏志也不在，反而是跟辛健一个办公室的那个老检察官悄悄地向他透露道："可能这案子到人被逮捕之前，辛健都没办法出来。"

付志很诧异，"到底是什么案子？"

那位老检察官只是很微妙地笑了一下，"过两天你就知道了。"

与此同时，钱真在收拾庄一伟东西的时候，发现了庄一伟的日记本。

他那天晚上 11 点多的时候给付志打电话，问他在什么地方，付志直接报了辛健的住址，然后二十多分钟之后，钱真找上了门。

付志开门的时候，看见门外的钱真一头汗。

但是那脸色白得跟鬼一样。

他不知道到底发生什么事了，钱真在电话里也不肯说，无奈他只能先把人招呼进屋，然后给他倒了一杯水，"到底怎么了？"

钱真把笔记本拿出来，"我知道庄一伟这段时间到底在查什么了……"

"嗯？"

付志接过本子翻开，发觉是庄一伟的一些案件记录，大概刑警人手都有一个这种本子，中间有一页是被夹着的，翻开刚好落在那一页。

里面画了一个关系表。

"庄一伟一直在查巫世国的案子……这么久了，他竟然从来没放弃过，辛健被人警告根本不是因为得罪了什么人，是因为他也一直在查这件事。你还记得上次他们俩闯到医院里，结果差点出事吗？"

钱真说话的时候脸色依然很难看，他翻开一页指给付志看，"他们两个跑去医院就是为了见这个人。"

上面写的赫然是杨顺国的名字。

庄一伟即便是记录在这种本子上，写的内容也很模糊隐晦，但是钱真和付志能推出一个大概，他们两个把后面几页都给看了，然后钱真说："当年巫世国的案子，牵扯在里面的人不止一两个，而杨顺国就是其中之一。庄一伟顺着这个线索显然已经查到了一些内容，他出意外，很可能跟这件事有关系。"

付志皱了皱眉，"这个杨顺国你去调查过了吗？"

"我查了。"钱真喝了一口水，"我一下午都在干这个。"

"结果呢？"

"他死了。"

钱真说完付志脸色一沉，还没等他反应，钱真又补充道："是自杀。"

付志拿着庄一伟那个本子不吭声，他看了半天都不愿意翻动，实在是上面的名字太过触目惊心。

过了很长时间，他才长出了一口气稳住情绪，然后看着钱真，"这个本子还有其他人知道吗？"

"不知道，我找到之后只是一个人查了一个大概，庄一伟没有刻意收起来，就是料到了他会出意外，这本子……是留给我的……"钱真说到后面眼睛有点发红，他咬牙切齿的样子看着就像如果庄一伟没有昏迷，他一定会把人狠狠揍一顿一样，手里捏着那个本子用力到青筋爆出。

"既然是搭档，他查什么为什么不告诉我，一个人像疯子一样。"

钱真的喃喃自语实在分不清楚里面到底充斥了多少情绪，付志什么都做不了，只能拍拍他的肩膀，憋了半天只能说出一句最苍白不过的安慰："他也是不想别人有危险。"

"搞成这样难道事情就会变好了？"

钱真猛地站起来，双拳攥紧，想发泄但是没有途径，最终只能恨恨地闭上眼睛，徒劳地压抑着。

付志想到了辛健。

显然在追查巫世国的案子上，庄一伟的盟友就是他。

到底辛健瞒了他多少事，现在他也没底了。

这两个人凭着自己的能力到底追查到了什么阶段，庄一伟现在搞成这样，难道辛健会好过？

一瞬间，付志觉得胸口像被闷声打了一拳，整个人惴惴不安。

因为辛健那边一直联系不上，付志跟钱真决定从杨顺国的死开始查。

所谓的自杀，存在很多疑点。

他因为癌症住院那么长时间，一直被看护着，熬了那么久，在这么敏感的时候自杀死了，怎么可能不引起怀疑？

钱真调了这个案子的档案，结果发现以自己的权限打不开。

因为这件事他找到了司徒茁，让他通过鉴定所的渠道想办法弄到杨顺国死亡的原始材料。后来也不知道司徒茁到底是用的什么办法，真拿到一份复印件。

他们几个约在咖啡屋见面的时候，司徒茁把东西甩下就走了。临走的时候说："已经有一个躺着另一个出不来了，再赔进去你们两个，谁也翻不了盘。"

想也知道司徒茁为了搞这个东西大概用了不少的办法，付志跟钱真也没留他，拿上东西就回了辛健家。

钱真平时是住在宿舍的，庄一伟出事之后，所有人都以为他陪在医院里，所以他回宿舍很不方便。他现在跟付志一直在查杨顺国的死，医院那边都是李磊在管。

司徒茁给他们的文件不仅仅是杨顺国的死亡现场资料和一些基本的认定材料，还夹了一份鉴定书。

那是份盖了章的死亡鉴定。

里面司徒茁写得清清楚楚，杨顺国是死于毒药引起的呼吸系统衰竭。

签字的地方，司徒茁三个字写得龙飞凤舞。

既然认定了杨顺国的死不是自杀，那查的方向总归是有了，这本来就是钱真的老本行，他只是给付志大概交代了一下就走了。

而侦查不是付志擅长的东西，所以他去找了陈锐。

处长被立案调查了，赵鹏志找不到人，付志现在能想到的就是第一个是把巫世国的案子交给辛健的人。

陈锐的住址并不难查。

付志没有提前打电话，人到了陈锐家门口的时候没有片刻犹豫就按下了门铃。

开门的是陈锐的家人。

他简单地报了一下名字，顺便亮出了证件。

然后付志就被请到了书房，陈锐正在看书，看见他才把书放下，摘下眼镜，似乎并不意外。

"喝茶？"

陈锐的态度很自然。

付志说："不用，我问完几句话就走。"

坐在他对面，曾经让他非常尊敬的老检察长点点头，"你问吧。"

"处长到底是因为什么被调查？"

"这个问题你问我没有用，你们处长的事我是最后一个才知道。"陈锐端起茶杯喝了一口，"应该比你还晚。"

毕竟他现在已经是退休的人了，没有人需要来跟他汇报什么。

付志没吭声，他看着陈锐波澜不惊的表情，想从中找到一些破绽，却一无所获。最后，他换了一个问题："那到底为什么巫世国的案子要给辛健？"

这次，显然他不准备被对方轻易地糊弄过去了，语气逼得有点紧，"这案子明明你找得到更有把握的人去办，就算是在分院，也还轮不到辛健。到底为什么你会特地找他来诉？"

其实，辛健以前自己就怀疑过这件事，但是当时付志没有注意。现在把所有的事串到一起，才觉得似乎从头到尾，一切都是被安排好的，他跟辛健只是一步一步被动地往前走而已。

想到这一层，他不免有些愤怒。

付志以前绝对想不到自己会有一天对着陈锐这么说话。

不要说他，大概谁也想不到。

所以他对面的这位检察长也有些意外。

他打量了付志半天，然后微妙地笑了一下，"不是我找的他，是你们处长推荐的。"并没有隐瞒，陈锐开诚布公的样子让付志有种很奇怪的错觉，似乎这件事，除了表面看到的之外，下面还有更深的东西。

陈锐说："巫世国的抗诉是我提出来的，这案子是我退休前的最后一个案子，我交给了你们处长，他找的辛健。"

付志这时候问道："为什么？"

他看着陈锐，"巫世国这个案子就算是有问题，也还不至于牵扯得这么复杂，案件的资料我再熟悉不过，现场还有第三个人，但是被抹去得无影无踪。到底是什么样的人，会让这么多人为了他一而再再而三地搞出这么大的动静？"

恐吓殴打检察官，制造意外让庄一伟躺在医院里，再加上一个杨顺国。

付志根本不敢想象在现在这样的情况下，什么样的人会闹出这快要翻天的风波。

他说话的时候，自己的声音都有些抖，只是他没发现。

不是因为害怕，是因为愤怒！

陈锐眼底的神色闪了闪。

他沉默了一会儿才解释道："有时候，问题之所以没有答案，不是因为方向不对，而是考虑得还不够。你们就是因为低估了情况，才会一直兜圈子。"

付志轻笑了一下，"检察长这是在教我怎么查。"他做事说话的风格本来并不像辛健那样锋芒毕露，至少如此激烈的话，理论上不该是付志说得出来的。

但事到如今，他觉得再假惺惺地装糊涂，就没意思了。

陈锐很干脆地点头，“没错，我就是在教你。”

他看着付志，带着沧桑的脸上表情复杂难懂，“你们都觉得自己很聪明，但是每次都跟重点擦肩而过。巫世国的案子既然有这么多疑点，你们一早就该查清楚，这里涉及的事你们以为看透了，其实不过是冰山一角！”

陈锐看似平淡的态度下压着一股火，他没等付志回应，自己又补了一句：“当时把巫世国的案子交给你们，是高估了。”

下一刻，付志差点忍不住掀桌子。

他瞪着陈锐，失望地摇头，“我曾经以为，像你们这种人，是大家的希望。让我一直坚持下来的，只是因为你们这样的人让我觉得凡事都不是一概而论的。至少，曾经你让我觉得，你跟其他人是不一样的。”

付志眼底尽是冷意，“结果我错了。”

离开陈锐书房的时候，付志语气平淡地留下一句话。

“这个案子，我们一定会追查到底。”

而陈锐，一直等到书房门被带上的时候，才很轻地叹了口气。

付志从陈锐家里出来之后，一个人站在街边想了很久。

这番谈话虽然没有什么实质性的进展，但起码能得到一个结论，巫世国的事情，陈锐和处长都知道一些隐情。

当时从司徒茁那里好不容易拿到的鉴定，后来曹峰说是交给了处长，但是真正在上庭的时候，显然这份鉴定书并不在案件的卷宗之内。辛健被外调学习的时候，付志尝试着联系过处长，但是一直没有找到人，那时候他们一心以为处长也是被牵连所以不能做什么，现在想想，可能另有隐情。

付志长出一口气，靠在路边的街灯看着黑漆漆的马路，觉得一眼看过去的一无所知的景象很像现在他们所走的这条路。

明知道辛健收不到，他还是给对方发了一条信息。

没有实质的内容，只是要对方万事小心。

第二天，他刚到检察院，王姐就跟他说：“纪兰被抓了。”

付志一愣，“怎么突然就……”他话说到一半顿住了，看着王姐的表情，他猜道，“辛健？”

“嗯。”

王姐坐下打开电脑，“我也是今天来院里听到的消息，纪兰是昨天晚上被抓的。”

所以这几天，辛健一直办的是这个案子。

事态发展得比付志预计的还要快。

等到中午的时候，辛健的电话终于打了过来，声音满是疲惫，“能请假吗？”

付志点头，“能。”

“见个面。”

付志眉头下意识地皱在一起，觉得嗓子很干，然后他嗯了一声就收了电话。

回到家里的时候，辛健就躺在沙发上。

他大概真是累惨了，外套没脱睡衣没换地横仰着，胳膊挡在脸上，姿势看起来几乎要摔到地上。

付志问：“你没事吧？”

屋子里没有其他的声音，这个时间，就连外面的街道似乎都很安静。

中午的阳光透过窗帘让光线显得很闷，辛健半天一动都不动，过了很长时间他才睁开眼。

眼里全是血丝。

然而更让付志觉得意外的，是辛健眼底似有若无的泪水。

“怎么了？”

付志已经忘了他上次说话这么轻是什么时候了，辛健就这么躺着看他，然后很缓慢地开口说：“我去看过处长了……”

他后面的话接不下去，只能难受地闭上眼睛，紧得像是要隔绝外界的一切。

付志长出了一口气，想说话但是一个字眼都挤不出来。

两个人彼此沉默着，感觉不到时间的流逝，付志觉得大脑里一片空白。

过了一会儿，付志问道：“处长怎么样？”

“精神还可以，他让我跟你说，有空去看看他。”

付志眼底的神色沉了一下，闭上眼没吭声。

辛健翻了个身靠在边上，“你去不去看看庄一伟？”

“嗯，晚上过去吧。”

辛健说：“你还记得我们当初办巫世国的案子，我被外派学习的事吗？”

这是他第一次说到那次的事，付志看了他一眼，“嗯。”

“我当时在咱们院门口被几个人带走，被弄到了一个犄角旮旯的地方，后来才知道，那几个监察局的人，是处长找来的。”

“对你动手了？”

“那倒没有，只是关着来回追问我巫世国的案子我发现了什么。”

辛健接着说，“后来我想办法爬窗户跑了出来，幸亏身上还有点钱。”

“他们没收了你的手机？”付志记得当时辛健回来的时候，手机还在手里，虽然摔得破破烂烂的。

说到那个手机辛健笑了一下，“那是路边跟人买的，一顿饭钱。”

现在想想，当时带走他的人，未必是想对他不利，没准反而是一种保护。是他自己在当时那种四面楚歌的情况下，对对方的动机产生了误判。

现在回过头来看，无论是巫世国案还是纪兰案，处长介入这件事的时间，可能远比他们以为的要早得多。

“说实话，你们到底查到什么程度了？”

这问题付志一直想问，但是一直没问出口，他最初以为辛健觉得有需要会主动跟他提，但是似乎到现在为止，对方都没这个意思。

果然，听到这个问题，辛健沉默了一会儿，他低着头说：“我不想把你卷进来。”

付志说：“早就出不去了。”

哪次辛健出问题都没落下他，这时候撇清关系早就晚了。

辛健笑了，“行吧。”

辛健和付志到医院的时候，已经差不多晚上了。钱真还陪着，看见他们两个，点头打了个招呼。

钱真的样子看起来非常疲惫。

他把椅子往外拉了一下，“坐吧。”

付志摇摇头，“你别管我了，庄一伟今天情况怎么样？”

“还是那样。”钱真叹了口气，“他父母来看过他了，也没什么反应。”

想起今天白天的情况，简直是一场灾难。

庄一伟的父母都是老师，儿子做刑警大概本来就有些不乐意，现在看着他这么躺着，他妈妈几乎无法承受，哭得死去活来的。

陪在旁边的钱真牙都要咬碎了。

他猛地一把扯过辛健，“你们两个到底在查什么？”

这种局面他接受不了，他今天白天送走了庄一伟的父母就一直在回想这段时间庄一伟的种种细节，但是竟然连一点端倪都看不出来，搭档了这么多年，他以为两个人已经瞒不住对方什么了，结果这次竟然毫不知情。

钱真脸色很惨白，抓着辛健的手很用力，如果不是因为这里是医院，他很有可能会直接动手。

辛健就任由钱真扯着也没反抗，他表情有点痛苦，慢慢地闭上眼，“你放开，我跟你们两个说清楚。”

付志一直站在旁边，没有说话。

“巫世国的案子，你们也知道我们一直在查，庄一伟从一开始办这个案子就察觉到了不对的地方，但以他的身份，除了尽力让这案子被检方抗诉外，没有其他办法。但是，一直到这个案子被抗诉，重新翻出来后，证据依然不足。”

他说到这里看了付志一眼，“你当初说那份鉴定书交给处长了对吧？”

后者点点头。

“实际上鉴定书一直在庄一伟的手上。”

钱真脸色更白了。

“鉴定书庄一伟一直就没有交出来，曹峰后来拿到的那份本来就不是原件，他怕后续发生意外，就留了一手，所以最初就没有提交全部的资料。”

结果证明，庄一伟歪打正着，起码在处长被调查的现阶段，给他们争取了主动权。

庄一伟是在辛健被人威胁的时候把这件事跟他说清楚的，辛健之所以成为目标，是因为有人以为文件在他的手里，只不过后来被连累的反而是付志。

这次付志也愣住了，庄一伟竟然从头到尾把他们所有人都绕在里面。他看了一眼病床上的男人，想起另外一个人，“那司徒茁也是知道的？”

“他大概猜出来了一部分，但是内情应该知道得不是很清楚。”

“我还是不明白，司徒茁的鉴定书交给我的时候，内容我是看过的，是什么人能换……”话说到一半，付志突然不吭声了，他有些惊愕地愣了一下，然后抬头看着辛健，“处长？”

辛健没有承认也没有否认。

但是答案已经显而易见了。

那份鉴定书后来肯定是给处长了，如果庄一伟有本事一直保留着原件，只可能是处长给他的。

为什么……

付志有些糊涂了，“处长到底想干什么？”

这案子到现在为止，牵扯其中的所有人行为都不符合常理，无论是陈锐还是处长，似乎每个人做事都有些前后矛盾。

辛健对于付志的问题只能摇摇头，“我去问过处长，但是他不肯说。”

“陈锐也不肯说。”

巫世国这个案子里到底藏着一个什么样的内情，为什么局面会演变得这么复杂？

钱真皱了一下眉，“我突然想起来一件事。”他看了一眼辛健，“庄一伟在出事之前，曾经找过一个叫作蔡路的人。”

这个名字让付志扬了扬眉，“蔡路？”

他看了一眼辛健，后者依然是维持着那个姿势，不动声色。

“你们知道这个人？”

“嗯，他是唐大庆那个案子的被害人的舅舅。”说起来还算是个挺重要的证人，因为当时证实唐大庆跟被害人起过冲突的人里，就有蔡路。

但是庄一伟找他干什么？

话说到这里，辛健想起一件事，“你们是不是拿到了庄一伟的笔记本？”

钱真点点头，“在我手上。”

“拿来让我看看。”有些线索，钱真和付志可能串不起来，但是辛健可以。

毕竟这些事情他几乎都参与其中，就算查案件并不是他的职责范围，但他终究是要更清楚一些。钱真闻言把兜里的日记本拿出来，这本子本来就不大，主要是方便速记的，他这几天都是随身带着。

辛健翻开扫了一眼，一直翻到最后一页，没有找到那个杨顺国口中的名字。

“杨顺国的死你们去查了？”

“查了，是毒杀。已经立了案，我会去查清楚。”

辛健想起那天在病房里看到杨顺国时对方略有些惶恐的脸色，长出了一口气，胸口很闷。

其实，如果那天他跟庄一伟没有被发现，杨顺国大概还能多活两天。

无论他们现在的对手到底是什么人，竟然连一个将死之人都不放过。

辛健脸色阴沉得厉害，合上笔记本，“按照这条线索查肯定会发现什么，杨顺国本身就是癌症晚期了，挑这个时候做这么招摇的事情，肯定是他掌握的东西正好扣住了对方的腮。”

至少，他们应该是距离真相越来越近了。

到最后，辛健也没有把白常民这个名字告诉付志和钱真。

他一直有个感觉，庄一伟的事跟白常民是脱不了干系的，但是他不想让付志或者钱真也搞得像庄一伟一样。

案子固然是要查，可也要讲究办法。

不保护好自己，什么都是白搭，这案子如果在他们手里成为了死案，大概就再也没有真相大白的一天了。

走出医院的时候，辛健想起处长语重心长跟他说的那句话。

“辛健，你心里是怎么想的，就怎么去查，不要去在乎其他人的说法或者想法。但是，前提条件是你要能够立于一个不败的立场。很多人之所以没有办法达到目标，不是因为缺乏勇气，而是用错了办法，靠一个人成就不了任何事，这个道理你该很清楚。”

走出医院，付志发觉天似乎是要下雨了。

“这个夏天雨似乎特别多……”感慨了这么一句，他看了一眼发红的天空，黑云之中有闪电隐隐透现。

“咱们大概来不及回去了，找个地方躲会儿吧。”

夏末的雨都下得比较怪，这边刚看见闪电那边就已经落点子了，他们今天没开车，估计回家要被淋透了。

医院这个点快熄灯了，也不好一直在庄一伟的病房待着。

何况，自从付志躺了那么久，辛健现在走进医院都有点想吐。

“后遗症这东西，我以前不当回事，现在才觉得真够受的。”辛健喃喃自语地嘟哝了一句，看见旁边付志疑问的表情只是随意地摆了摆手，“我记得这边附近有家影院？”

庄一伟住的医院跟付志之前住的不是一家，这边辛健还真不是太熟。

倒是付志有点印象，“我也记得有，找找吧。”

说完两个人并肩不紧不慢地走着，虽然这天色看着是真要下雨了，但是两个人竟然一点都不觉得急躁，付志微妙地看了他一眼，“你这时候竟然还有心情看电影真是奇怪，果然是内查组待久了脑子有点不正常。”

按照他以前的性格，虽说不至于吃不下去饭，但是起码这时候绝对不会干这种事。

后者倒是笑笑，“日子怎么着都是过，越是心情不好才越是得减压。”

辛健笑完了转头看了付志一眼，“搞得太辛苦，最后肯定得连累无辜的人。”

虽然他这句话没有指名道姓，但是明显是对着付志说的。

结果话音刚落，雷声伴着骤起的风就一起卷了过来，两个人往旁边避了一下。

雨落下来了。

其实，辛健自己也说不清楚这是怎么了。

确实换了平常，绝对不可能做出来这种事，但是大概是因为钱真和庄一伟的事给他的感觉太糟了，看着庄一伟躺在病床上昏迷不醒，他就想到了之前那几天他守在付志的床边。

意外每天都在发生，谁也不知道会发生什么。

特别是，本来他们的职业就很特殊，这个概率比一般人还要高些。

“付志，我会好好保重自己，但是你也是。我不想有一天我们兄弟也搞得像钱真他们一样……”

这番话，辛健不是随便说出来的。

其实他想了很长时间。

从付志苏醒到现在，其实他们之间并没有真正地去深谈什么，有些问题刻意地去回避，也是不想再把话题兜回去重蹈覆辙。但是，该说的话还是要说，现在不一定就是一个合适的时机，只是辛健想说出来了而已。

付志有些发怔，他一时没接话。

“这案子进行到这一步，已经没有退路可言了，但是……”辛健盯着他，像要看透他整个人一样，几乎是一字一顿地提出要求，“答应我，你绝对不会比我早一步放弃，无论面对任何的事。”

事业、生命，什么都好。

相信彼此，依靠彼此，任何时候都不要一个人做决定、一个人承担。

既然他们已经一起走到了这一步，就要有面对一切的准备。辛健几乎是带着几分压迫感地看着付志，直到确认对方了解到他态度里的认真，才很轻地皱了下眉，听见付志声音很低但是坚定地应了他一句，“好。”

纪兰被抓了这件事，影响不小。

辛健并没有参与纪兰这个案子。

他现在根本也没什么心思去顾及纪兰的问题，他的大部分心思都放在处长的案子上。

其实，处长被调查并不是因为辛健那件事，虽然算是一个切入点，但是真正作为他这次内部调查缘由的，是一份证明书。

庄一伟曾经就这件事跟辛健说过，关于他的那件事，第一，涉案的金额并不大，其次虽然查到了他们老处长身上，但其实并没有实质性的证据可以证明与他有关；第二，就是最后辛健的问题能够说清楚，还是老处长从中做了些工作。仅仅动机上，就欠缺一个合理的解释。

而证明书，其实是很久以前的旧案子了，只是这时候被翻了出来，处长没有否认，供词说得非常清楚，他涉嫌渎职。辛健看过处长的口供，确实没有什么疑点。

只是问题在于，为什么在这个时候，处长会被翻出这么一件陈年旧事。

尤其是在处长被调查不久，庄一伟就出了意外，而在此之前，调查的负责人都是庄一伟。

辛健和付志曾经一起研究过这个问题。

无论处长当年的事到底是出于什么理由，但是起码在辛健被“调查”的这件事上，处长并无恶意，甚至更多的是对他的保护——让他的行踪和个人的资金往来时刻暴露在监察局的眼皮子底下，是防止别人对他下手的最好方式。

“你去找老处长的时候，他到底说什么了没有？”

“没有。”

付志仔细回想了那天去找处长时的情况，除了大致谈了一下辛健的情况，他们两个其实并没有说太多。

把他调到省院确实是处长的意思，并且说得很明白，是为了让他提醒辛健小心一点。

他不是没怀疑过有没有必要这么做，但是当时他的状态也不太对，这个想法只是在脑子里闪过也就算了，没有真正去琢磨。

现在回过头来看，处长的每个安排似乎都有自己的用意。

唯一的问题是，这个用意的目的到底是什么。

付志看了辛健一眼，“处长还是什么都不肯说？”

“嗯。”

辛健靠着墙边点了下头，已经记不清楚这是第几次无功而返了。

见过人很多次，但是结果都差不多。

监察局显然也问不出什么东西，所以只能把处长扣着，辛健去见他们也不拦，只是处长什么都不说。

至于他讯问上的那些技巧，放在处长这样的人面前，根本毫无用武之地。

钱真那边还在继续查着，庄一伟出了事，动静是盖不住的。

上面很重视，涉及的部门都很配合。

侦查工作不是辛健和付志的专长，所以，现在这个阶段，也只能继续等进展。

就在辛健和付志还弄不清楚处长的打算的时候，辛健突然接到了通知。

处长的案子已经进入诉讼程序了，主诉人是他。

辛健接到通知的时候一愣。

后来才知道，他作为主诉，是处长的意思。

他当时被叫进检察长的办公室，检察长的态度很明确，“所有你需要的资源，其他的办公室都会全力配合你，有需要就明说，这个案件要怎么诉，不要跟任何人沟通，直接向我汇报。我知道你跟嫌疑人在一个检察院工作过，但是别忘了自己的身份和立场。”

辛健听到嫌疑人这三个字的时候，眉头下意识地一皱。

但是他什么都没说，只是接了卷宗，同时他要求省院把付志临时抽调过来跟他合办。

“涉案的几个人他都很熟悉，没有人比他更清楚案件的始末。”辛健给的理由也算是很充分，检察长当时考虑了一下，就同意了。

最主要的是，辛健现在信不过任何人。

似乎在看不见的地方，有眼睛盯着他们的一举一动，稍微一步踏错了，可能就是全军覆没。

这种臆测是没有什么理由的，纯粹是一种职业上的本能。

所以第二天，付志又被调到了省院。

还是在辛健的办公室，之前那个老检察官已经被调去外编的部门了，这次就剩下他们两个人。

付志打开电脑，调出共享文件里的资料开始看。

处长的案子他了解得不多。中间虽然辛健零散地跟他说了一些，但是到底有职业守则要求着，透露得也并不详细，包括纪兰的案子。

辛健在旁边看着付志没吭声，只是一想起接下处长的主诉，他眼底的神色一沉再沉。

付志从来没想过会在看守所这样的地方跟处长见面。

看着早就熟悉的人坐在栏杆后面，他浑身上下都跟针扎着一样难受。

处长抬起头看着他和辛健的时候只是点了点头，“来了。”

这话应该是对着付志说的。

坐在对面的两个人一时接不上话，只能沉默以对，倒是处长的态度还算自然，“付志的伤没事了？”

付志没吭声，倒是旁边的辛健说道：“已经没事了。”

老处长笑了一下，“没事就好。”

他的声音很低，大概是这些日子过得也很辛苦，脸上露着无法掩饰的憔悴和疲惫，本来每次喊起来都中气十足的嗓门现在只剩下有些无力的嘶哑。

处长看出了辛健和付志的心情，也没说什么，只是淡然地补了一句：“你们有什么话，问吧。”

辛健翻开口供卷，“关于你涉嫌渎职罪，你还有什么补充的吗？”

“我没有渎职。”

付志看着处长，开口道：“你在内查组面前，不是这样说的。”

那份证明书作为罪证，看起来十分可信。

处长对于他问出这个问题似乎并不奇怪，他看了看辛健，然后视线移向付志，“你们的思路还停留在最直接的方向。”

“说出你的理由。”辛健态度很沉稳。

他随手记下处长的每句话，态度公事公办得甚至没有语气上的起伏，“如果你没有渎职，那你不在内查组面前辩解的原因是什么？”

“那就从头讲起吧。几十年前，在我们那个时候，检察官的日子，远没有你们这么舒服。”

老处长轻轻咳嗽了一声，他看了一眼辛健，“记得吗？我告诉过你，一个人的力量，是改变不了世界的。”

说完这句话，处长长出了一口气，“几十年前，社会秩序远不如今日。你们办这个案子的时候遭遇的生命威胁，在我们那时候，只多不少。人是会怕的，就算不考虑自己，也要考虑家人，不是所有人都有一腔孤勇。所以，很多人放弃了，不干这一行了，比如纪兰。”

辛健在这个时候难得插了句嘴：“你以前跟我说过，虽不能逆势而为，但也不要随波逐流，如果是轻而易举的事，那就不需要我们做工作了。”

所谓的水到渠成毕竟是少数。

处长赞许地点了点头，“理是这么个理。”他看了一眼付志，“但是你们现在能这么做，是因为现在的环境允许。还是那句话，你不可能去凭着几个人改变一个整体的局面。”

很多时候，事情都是息息相关的。

有一就必然有二，迈出了一步，就肯定会走得更远。

这不是个人的意愿，而是形势所逼。

处长的表情有些无奈，“你们还记得你们刚来院里的时候，我都问过你们，做这样的职业，有没有自己的抱负和尊严，你们都回答我，有。”

那时候，可以说都回答得毫不犹豫、斩钉截铁。

说到这里处长稍微顿了顿，大概是想起了那时候的付志和辛健，感慨万千。

过了一会儿，他抬起头认真地打量着眼前这两个已经成熟太多的青年，审视着两人眼底的坚持和自然，然后很缓慢地开口道：“现在你们也都经历了这么多，如果我再问一遍的话，你们的答案还是一样吗？”

房间里没有人回答。

辛健和付志只是看着处长，觉得有些话根本不需要说出来。

处长笑了，语气一下轻松了很多，“辛健，付志，我现在要跟你们说一个案子，你敢不敢诉？”

提讯室里很安静。

光线充足的情况下，依然泛着一股压抑的森冷。

辛健和付志觉得各自身上都陡然多出了一份沉重的压力，过了一会儿辛健才开口，一如既往地坚定：“敢。”

一个字，干脆利索。

处长满意地点点头，这大概是他这么多天来，唯一有了发自内心的笑意。

记忆在这个瞬间回到了很多年前，他跟一个人并肩站在阳台上，手里捏着一沓卷宗。有人笑着跟他说过“你现在做不了的事，将来一定有人能够做”。

这么多年来那块压在心头的重石终于卸下了，处长笑了很久，一直到眼睛发涩，鼻子发酸才终于用手捂住脸。

半天不发一语。

处长的故事，并不是一个好听的故事。付志和辛健两人沉默地看着眼前有些陌生的老处长，听到耳边的那些话，转化成为现实的瞬间，有那么点不甘心。

“想想，已经快十年了……当时送到我手上的案子是起再审，嫌疑人是名工人，没有过案底，没有过违纪的行为，因为涉嫌杀害同工厂的郭淮所以被逮捕。卷宗移交到我手上的时候，资料非常齐全。”

仅仅这么一句，辛健和付志两个人脸色一沉。

这是唐大庆那个案子。

处长皱着眉，“这个案子乍一看是没有什么问题的，嫌疑人有供词，证人的证词也很完全，鉴定书的所有手续一应俱全，最初没有什么可以怀疑的地方。但是判决下了之后，作为嫌疑人的唐大庆却一直说他是被冤枉的，他根本就没有杀人。”

“口供里，他清清楚楚地承认了罪行，突然翻供上诉，当然就会引起注意。我后来跟同事一起把这个案子重新梳理了一次，发现关于被害人的鉴定书有些问题，对比鉴定的样品是被害人家属提供的，并不是法证直接采集的，我因为这件事对鉴定的结果提出过质疑，但是上面认为这种情况并不违反案件程序。后来，这案子很快就结案了，维持原判无期。”

这时候付志问道：“一审的主诉是……”

一审的主诉，应该是他们所想的那个人。

“嗯。”像是知道了他们所想的，处长点点头，“这案子过了也就过了，那时候类似的案件太多，根本就顾及不过来。一直到几年前，另外一个送到院里的案子跟当年的案子联系到了一起。”

不知道这算不算是冥冥之中的注定。处长做了这么多年的检控，那次大概是最深刻地认识到“真相永远不会被掩盖”这句话，有时候，很多结果都是不可逃避的。

“一份奸杀案的鉴定书，DNA 的鉴定结果跟鉴定库的另外一个鉴定书样本重叠了，鉴定所报给我们的时候特地做了标识。而那个相互重叠的 DNA，竟然是属于十年前唐大庆那个案子的被害人郭淮的。”

一个已经死了的人，怎么还能去奸杀一个女大学生？

辛健在这一刻终于把所有的事串联到了一起。

他跟付志彼此对视了一眼，一直闷在心头的疑团被一个个解开，处长叹了口气，“我认为这案子应该重审。但当年唐大庆案的主诉人已经离职了，而唯一有价值的那份郭淮的鉴定书，竟意外遗失了。”

付志很意外。

虽然巫世国的案子有内情是一早就确定的事，但是他们绝对没想到这件案子原来追溯起来会跟唐大庆的案子联系在一起。

付志皱了皱眉，“那当年死的人到底是谁？”

“问得好。”处长笑着点了下头，“这几年，我一直在查唐大庆的案子，当年死的人不是郭淮，为什么最后会变成鉴定书指向了郭淮？一个人好端端的干吗要让其他人都觉得他死了？”

当时证明郭淮和唐大庆冲突的人，有郭淮的亲属，有一些相关或者不相关的人，但是几乎是一开始，案子就被直接引向了唐大庆因私怨杀人。

“郭淮的家庭属性非常复杂，他老婆和自己的妈妈家里都是做生意的，但是他父亲却一直跟一些社会人事有所来往。郭淮这个人平时就属于无所事事的混混，好几起寻衅滋事都与他有牵扯，但最后都被保释了。如果当年死的人不是他，那只可能是跟他有关联的人，所以我找人去翻查当年工厂里的花名册，核对当年附近的工队群众，想翻出来当年除了唐大庆的案子，还有没有过失踪或者意外事件，可一直找不到线索。”

毕竟，已经过去那么多年了。

无论是人为的还是自然失效的，时隔多年的案子想要再找到线索，不是一件容易的事情。特别是这事还不能大张旗鼓地去找，只能私下调查，难度显然高出正常案件许多倍。

处长说到这里，付志突然想到一件事，“所以你才找到了庄一伟？”

“是庄一伟找的我。”

处长很沉重地长出了一口气，“他当时是巫世国案子的办案人，证据出现问题他当然会知道，但是当他发觉到案件的进展受到阻碍之后，他就找到了我。”

当时，那个青年是言之凿凿地声称要追查到底的。

处长几乎忘不了那时候庄一伟跑到他办公室斩钉截铁地表示他不会就这么算了的决心，一脸不顾一切的执拗。

然而，现在也是躺在医院里。

气氛变得很压抑，处长半天都不说话，而辛健和付志是想到了一直以来的很多事，有些吃惊。

庄一伟参与的时间竟然比他们最初想象的还要长，而且显然他走得要比所有人都深多了。

所以才会出意外吗……

辛健眼底的神色沉了沉，“巫世国的案子最初陈锐找到我，就是安排好的？”

他当初不是没想过这个问题，但是绝对没有想到会如此复杂。

处长点点头，“陈锐为了抗诉这件事提前退休，直接把案子交回给了我，在商量人选的时候，我第一个想到的就是你。”

“那我后来调到省院也是为了这个？”

“只是算个机会而已，你本来也不该就这么留在院里，过去省院，你比较容易接触到一些时间较久的案子。”

但是唐大庆的案子会到辛健手上，肯定不是意外。

很多人不了解内情，大概感觉不到，对于辛健这种从头到尾亲身经历过的人来说，这一步步下来，显然棋盘已经走了一大半了。

“事情发展到这一步，你想到了有人大概会对我不利，干脆想了个办法举报我，让我一直处在监察局的视线里，这会让我的处境安全一些。”这层关系就不需要处长说了，辛健自己也想得明白。

付志在旁边没吭声，他回想着当初去找处长时候对方的脸色，却没有回忆出太多的端倪。

“这两个案子背后的人，到底是谁？”

到最后，还是辛健问出了这句话。

付志记录的动作顿了一下，没有抬头。

讯问室里很安静，几乎一点声音都没有，处长深吸一口气，然后说：“白常民。剩下的，要你们自己去查。”

付志实在受不了了，把眼镜摘下使劲揉了揉眉间，即便重新抬起头，眉头也没有松开。

他开始明白为什么有人会冒险在风口浪尖杀了杨顺国，会有人光天化日造成庄一伟的意外，会有人要辛健收敛。

你永远想象不出，有些人为了自身的利益，能丧心病狂到什么份上。这些既得利益者就算纯粹为了自保，能做的事都太多了。

处长似乎是看出了付志的顾忌，定定地盯着辛健，“你要有心理准备。”

后者没有什么表情变化，心里却如暴风巨浪一样根本平静不下来。

他第一次知道白常民涉及其中，远在处长告诉他之前。只是，任他最初心里就已经有了底，也没想到这件事情横跨了那么长的时间，以至于现在想要追溯，也很难找到突破口了。

“这是一张网。”辛健难掩烦躁地深吸了一口气，“想要撕开这个网，太难了。”

这么长的时间下来，该消失的证据早已消失，而涉事的人为了自己，必然会沆瀣一气。

像纪兰，像白常民。

“当年的案子，证据都已经毁得差不多了，就算庄一伟手上有郭淮的鉴定书，也不可能靠着那个将人定罪。”

现在的情况，想要翻案，除非省院出面抗诉。但是这样势必就得有确凿的证据，一份鉴定书只能证明巫世国那个案件当中的 DNA 鉴定与唐大庆的案件有关联，不能算作决定性证据。

付志看着处长，想要从对方的眼底看出丝毫的打算。

处长点点头，“想要翻唐大庆和巫世国的案子，切入点不在这两个案件上，而是在于当年那具被用来顶替郭淮的尸体。”

有尸体，就肯定是有案件的。

郭淮不会无缘无故诈死，那具尸体很可能是一个被害人，而这个被害人，与郭淮一定有关系。

这层关系付志和辛健明白。

只是明白归明白，想要去查一桩已经这么多年的案子，又谈何容易。

何况，侦查并不是他们的主要职权范围。

“我知道，这件事对你们两个来说，会是一个很大的压力。”

处长的表情有些感慨，“但是已经有太多人为此付出代价了，庄一伟、陈锐、杨顺国，包括你们两个。不去面对，只会成为一个大窟窿，然后我们所做的一切努力，就会因此而变成一个笑话！郭淮没死的这个真相，就像天网恢恢，我从拿到鉴定书的那天起，就想着有一天把这块遮羞布扯下来。”

十年前他无能为力。但是现在跟那时候不一样，已经铺垫好了改变的契机。这时候，只是需要有人站出来撕出一个口子。

处长说到后面有些激动，微微站了起来，“辛健，你们可以的。”

处长这句话，凝聚了太多的期盼。

付志突然想起了之前他去找陈锐的时候，对方所跟他说的两句话——有时候，问题之所以没有答案，不是因为方向不对，而是考虑得还不够。

那天晚上陈锐的表情还很清晰地映在他脑海里，包括那句带着几分遗憾的“当初把巫世国的案子交给你们，是我高估了。”

陈锐也好，处长也好，从一开始想要的结果就不仅仅是破一个案子。

他们要做的，远比看见的多得多。

大概，这是一口已经憋了十几年的怨气。

没有人愿意违背自己的原则和良知去做事情。就像阴暗其实是相对于光明存在的，谁都逃避不了，但是真正面对的时候，才会知道那有多痛苦。

就像当初他去找那个检察官要求抗诉一样。

不去做，心里会如同有一根绳子紧紧勒着，让人坐立难安。

然后他们终于等到了今天，用这种接近玉石俱焚的办法，把这张网撕破。

只不过，这条路会很艰难。

付志看了旁边的辛健一眼，对方一动不动地看着处长，一如之前无数次他面对压力时的坚定，“我宣誓，忠于国家，忠于人民，忠于宪法和法律，忠实履行法律监督职责，恪守检察职业道德，维护公平正义，维护法制统一。”

这是一段已经烂熟于心的誓言，辛健说得很慢。

每一个字，似乎都是经过了一番深思熟虑才会说出口，每句话，都透着他有些决绝的气势。

老处长听着听着，一直忍在眼底的泪水就这么滑了出来，一边有些哆嗦地握了握拳，一边点着头不断重复道：“好……好……”

一直到被法警带走，他没有再回头。

不是每个人都有勇气面对过去，也不是每个人都有勇气面对未来。

付志和辛健目送着处长被带出讯问室，一直到再也看不见。

出了看守所的时候，下着小雨。

这次没有前几天的大，只是淅淅沥沥的，阴霾着天，地面刚刚被打湿。

处长所说的这一切到底算是一个转机，还是又一轮的开始，现在付志跟辛健谁心里都没有底。

只是想到了病床上的庄一伟，想到了刚才处长的泪水，付志觉得肩膀上的责任很重。

重得，几乎要把人压垮。

第八章

审判

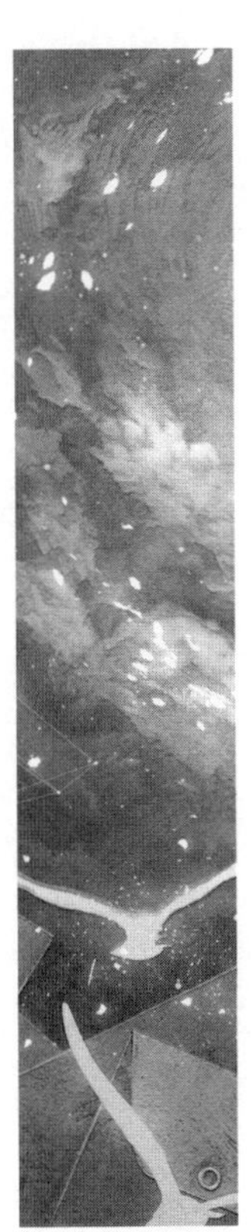

辛健第一次在杨顺国那里听到巫世国的案子就知道水太深，这次由处长说出来，只是让这股预感更强烈了一些。

其实，事出肯定有因。

辛健和付志听到白常民涉及其中，并不觉得奇怪。

这个人是享有盛名的法律学者、商人，在当地的威望颇高，经常以顾问的身份参与各类案件。据说现今很多法条的成型，都与白常民的父辈有关，所以直到他这一代，与司法系统内的人还保持着较好的关系。但白常民与其父辈不同，他不安于室，有自己的野心，这些年来，在他的商业帝国逐渐庞大之时，也有多起社会关注度比较高的案子与他有所牵连，甚至也有告他的，但往往都因为各种情况不了了之。

乍一看，只觉得此人手段高明，背景干净，但细思之下，再联想纪兰，这里边怕是有很多问题。

那天辛健和付志从看守所出来，晚上给钱真打了一通电话，把对方直接叫到了辛健家。

辛健看着钱真，语气变得严肃了一些，“我们之前去见了处长。”

他对面的人没说话，在等他的下文。

“处长把始末跟我们讲明了，我已经申请了成立专案组，想问问看你的意见。”

“意见？”钱真扬眉，“什么意思？”

“我没有把握这案子最后会是一个什么结果，所以，想让你考虑清楚。”

不是辛健对钱真没有信心，只是庄一伟现在这样，每个人都得有一个觉悟。

然后钱真只是笑了一下，“你们这是在警告我？”

辛健摇了摇头。

他的表情很认真，甚至显得很压抑。

大概是受到了他这种态度的感染，钱真也慢慢地敛起了眉，“从穿上这身衣服，危险也好，憋屈也好，我都已经当成家常便饭了，就没想过要舒舒服服地过日子。为了这个案子，庄一伟现在躺在医院里，我既然是他搭档，就会替他查到底。就算犯罪分子再有钱有势，再凶恶，我都会想尽办法地查下去。哪怕是最后落个殉职，这笔账，我也要算清楚！”

最后两句话，他说得几乎是咬牙切齿。

钱真的眼眶发红，右手用力地攥着。

没人能体会他这几天是怎么过来的，晚上不能闭眼，白天不能停下来休息，以前的很多事翻江倒海地往脑子里涌，止都止不住。庄一伟这种表面上看起来不显山不露水的脾气让他恨得牙都要咬碎了，奈何罪魁祸首躺在那里一动都不动，他纵然有一肚子的火气也发不出来。

辛健看着钱真这样，突然明白了什么，他皱了下眉，然后点头，“好，那我把现在掌握的情况都告诉你。”

付志在旁边一直就是沉默地听，偶尔钱真和辛健针对某些细节问题研究起来，他也是靠在旁边不接话。

一直到说得差不多了，钱真才站起来，“行，那关于郭淮那边的事我去查，其他的我会想办法。”

“我明天会跟院里正式报告这个案子，可能的话，这段时间把你直接安排在专案组里。”辛健站起来要送他。

付志一直到俩人走到门口了，才开口叫住钱真，等到对方回头，他笑笑，“你自己多注意安全。”

毕竟这案子现在是如履薄冰，没人能预料还会发生什么。

钱真点头，“你们也是。”

然后转身就下楼了。

第二天到院里，辛健第一时间去做了汇报。

因为案件是由他直接负责的，他去提讯处长的事情所有人都知道，按规矩他必须随时跟检察长汇报进度。

昨天晚上他花了一夜的时间把所有的资料整合了一下，足足四个卷宗，哪怕是一些没有实质证据的疑点，也一并做了整合。

但是他提交的卷宗并没有正本。

检察长看到的时候皱了一下眉，“全是复印件？”

“因为之前丢失过几次原件，所以这次在呈交法院之前，我都会一直用复印件。”

辛健的态度很坚决，检察长合上卷宗看了他一眼，“这案子你准备怎么往下走？”

“先从纪兰入手。”

现在这个阶段，辛健不想说太多。

而他有所保留的回答显然让检察长的脸色有些难看，他上下审视了辛健半天，然后带着几分严肃地交代道：“辛健，这个案子既然我交给你了，就是让你放手去查。但是你一定要清楚自己到底在做什么，我相信很多事情你们处长已经跟你说过了，你心里要有数。”

虽然立案是已经立了，但是能查得多深，谁也不知道。

这种类型的案子会引起上面的关注是必然的，现在之所以没有人出面，可能是时候还没有到，真到了各方面压力都下来的时候，辛健的日子会很难熬。

检察长看着辛健一脸不为所动的表情，最后说道：“你是你们处长死谏给我的，不要让我们失望。”

一句死谏，让站在他对面的辛健脸色一变。

然后，他拿过被签了字的卷宗，郑重其事地点点头，“我会竭尽全力。”

出了检察长的办公室，他看着上面的签名，心情有些复杂。

其实，这个名字，不是人人都有胆量签的。

处长和陈锐无疑是站在台面上充当揭发一切的人，但其实在后面，依然有很多人为此做了很多努力。

从他被调到省院，到接到唐大庆的案子，这一路下来，检察长肯定做了不少的工作。

这点，他心知肚明。

他抬头看一眼走廊窗户外的炽阳高照，微微眯起眼睛深吸了一口气。

总有人说，尽人事听天命，不求结果但求问心无愧。

但是现在摆在他面前的，无疑不只是一个良心所安的过程，他要的，是一个结果，一个对所有人有所交代的结果。

辛健拿着卷宗的手稍微用了几分力，朝自己的办公室走去。

他这个汇报，进行了差不多一上午。

早上9点开始的，回到办公室时已经是11点多了。

辛健一推开门发觉付志不在，他的办公桌上放着已经打好的午饭。

他放下卷宗打开饭盒，菜差不多都是他习惯吃的，旁边还温了一碗汤。

刹那间，他觉得刚才在检察长办公室所积累的那份压力慢慢地卸了下去。

提讯纪兰之前，辛健和付志做了很多的准备工作。但遗憾的是，并没有什么实质性的突破。

唐大庆案子中涉及的证据，明显是在警方介入前就被人捏造、替换过的，因为设计得过于精巧，最初并没有人看出疑点。但十几年过去了，类似的案子越来越多，很难不让人发现问题。而这一切的突破口，就是巫世国案。

如今，所有的证据都指向纪兰和她所谓的“咨询公司”，但纪兰表现得对此毫不知情。

她一定是仗着自己有足够强硬的靠山，而这个靠山，很可能是白常民。

付志他们两个完成签字之后，刚走出看守所，就被人叫住了。

叫住他们的是个穿西装的男人。

辛健看着有几分眼熟，还没等仔细想，对方先开口说道：“两位检察官等一等，有些话想跟你们聊聊。”

他们进了会议室，里面还坐着一个人。

这人付志和辛健全都认识——白常民。

早晚要碰到的人，辛健和付志其实心里是有准备的，但是显然没想到对方会这么大张旗鼓地找上门，其实力确实不容小觑。

白常民看见俩人进来也没站起来，就是笑了一下指了指座位，“坐吧。”

付志看了辛健一眼，不动声色地坐下。

刚才叫他们的那个男人在他们坐下的同时就出去了，走的时候还带上了门。

突然变成三个人面对面坐在会议桌旁边，这种气氛让人觉得很不舒服。

辛健是第一次这么近地见到白常民。

从感觉上，他并不像一个如此成功的商人，甚至穿着打扮都很平常。只是脸上似笑非笑的表情有些不怀好意，打量着他的视线相当不客气。

对方不开口，付志他们也不吭声，就这么彼此审视着，等着时间一点点过去。

辛健不急。

先沉不住气的肯定不是他。

过了一会儿，白常民才轻哼了一声，然后敲了一下桌面，“辛健和付志？”他笑了一下，“真是久仰大名。”

辛健没说话，倒是付志没什么笑意地扬了扬眉，“比起白总，我们真是不足挂齿了。”

不难从他的语气里听出讽刺的意味，白常民先是看了付志一眼，然后才若有所思地摇了摇头，“纪兰的案子，是你们负责的？”

这次是辛健点了点头。

“对这案子有什么看法？”

“现阶段不方便透露太多。”

辛健的语气很公事公办，白常民点了下头，竟然也没往下追问。

白常民叹了口气，“我最欣赏的检察官就是老袁，偏偏出了事。”

他提到的老袁，让付志皱了皱眉。

就算不点名，他也知道白常民说的是处长。

果然，下一刻白常民自己就补上了一句：“哦，老袁就是你们处长。”

应该说，付志和辛健都料到了这个局面，却还是在听到白常民提到处长的时候，心里不由自主地沉了一下，然后自心底掀出一股怒火。他们明知道处长如今陷入这样的情境都是因为眼前的人，现在却偏偏拿对方无可奈何。

像处长这样的人，人生中不该有这样的污点。

“他干了一辈子的检控，也算是一世清明，你们好像都是他带出来的吧？很多事，你们应该清楚。”

白常民这话说得很耐人寻味，辛健笑了一下，看似不解地问道：“您的意思不是很明白，处长的事情不是已经定性了吗？”

立案都立了，还有什么可说的。

“我在院内也有些老关系，我听说老袁的事本来就是个内部调查，其实不应该做得太过，之所以会搞到立案，是为了严肃纪律。没有什么定性不定性的，他为了检察院累了几十年，总不好最后落得身败名裂的下场。”

“白总的意思是？”

付志问完，辛健看了他一眼，似乎是想到了对方的意图。

白常民很浅地笑了一下，“我没什么意思，就是想跟你们说，查案子要用心，纪兰也好，你们处长也好，都是一样的，要考虑之前所做的贡献，当然，也要严肃地对待他们自身的错误。你们接了这个案子，做任何事都要小心，因为很多人都在注意，我也会一直关注的。”

他一边说一边站了起来，“有事你们大可以来找我，需要帮忙的话我也算是说得上话的。”

白常民这几句话刚说完，时间卡得刚好，刚才出去的男人正好进来，通知他接下来还有一个会。

“行了，我也还有事，就不跟你们多聊了，好好想想我今天说的话。”

白常民留下这么一句，扬长而去。

付志看着他的背影哼了一声，面色不善地坐下。

“怎么了？”辛健难得看见他这种态度，觉得有些玩味。

旁边的人皱了皱眉，“白常民说了这么多，一句重点都没有。”

说了半天，意思没明确地说，却让你浑身上下没有一个地方是舒服的。纪兰的事跟他肯定脱不了关系，但是刚才这些话，他撇清的同时还不忘给付志和辛健施加压力，暗示自己一手遮天，是自己把他们处长送进去的，这根本是司马昭之心。但是偏偏说的话让人找不到任何的问题。

辛健拍了拍他的肩膀，“像白常民这种人，当然不会轻易给你漏口风的。”

不要说白常民，就是纪兰，又是好对付的吗？

付志叹了口气，最后很轻地摇了摇头，“都是不见棺材不掉泪的人，不拿到证据，他们绝对不会放弃挣扎。”

“所以，我们一定要打到他们的七寸。”

辛健下了这么一句结论，眼色沉了沉。

往后的几天，辛健和付志明显感觉到了压力。

这种来源是各方面的。

先不说钱真那边一直就没有什么好的消息传来，就是他们在案件的调查过程中，也一直遇到各种各样的问题，而隔个两三天，白常民就会打电话来询问进展。

也不说什么重话，但是让人觉得很头疼。

大部分这种应付的事情都是辛健去做的，付志更多时候是扎在档案室里翻查资料。

都是陈年旧案，很多证据都需要自己去找。

所以，付志最初并不知道辛健被频繁叫去开会的事。告诉他的反而是赵鹏志，还是有天中午吃饭的时候，因为他没找到辛健，不知道还要不要给他打饭，然后刚巧赵鹏志在他旁边，才跟他说这几天辛健几乎就没在检察院里待多久。

“成天在外面开会，我昨天就是在分院看见的他。”

付志当时愣了一下，“开会？”

他因为连着几天都在档案室里，倒是真不知道辛健在忙什么。

这家伙也什么都不说。

“好像是代表会吧，我看他挺忙的。”

辛健基本上每天早会结束没多久就要出去，差不多下午了才能回来。

这么下去，别说案子，连吃饭的时间都快不够了。

付志当时没吭声，回到办公室才给辛健发了一条短信，问他在什么地方。

但是对方没有回复。

大概在晚上快要下班的时候，辛健才疲惫地推开办公室的门，第一件事是把外套给脱了，然后有点无力地瘫在沙发上，“这群家伙！”

他扯开领带，烦躁地闭上眼睛。

付志给他倒了杯水，递过去，“你今天去哪儿了？手机一直没开机。”

“开会。”

辛健睁开眼睛看了付志一眼，喝了两口水然后坐起来，“来来回回就这么几个手段，也用不腻。”

但就算是这么让人腻歪的手段，他们开会商量来商量去，也得不出一个好的对策。

付志有点无奈地叹了口气，“招数不在老还是新，主要是管用。”

在连着开了近一个星期的会之后，辛健终于进了医院。

急性阑尾炎。

他是半夜被送进去的，然后付志第二天跟省院请假，理由是要照顾辛健。

那之后，所有找辛健和付志的电话、会面，全被卡在了省院，因为两个人全在医院里。

医院证明是司徒茁找人开的。

写的病情不太像急性阑尾炎，倒是像得了什么不治之症似的。

辛健在医院里躺了两个小时就连夜出院了，到家的时候，付志先给他下了碗面，看着对方吃得很夸张不禁摇了摇头，“我去请假的时候，旁边几个检察长的表情真精彩。”

忙着吃面的人只是很浅地笑了一下，然后一鼓作气把一碗都吃完了才喝了两口汤。

他差不多一天没吃东西，熬到现在已经是极限了。

付志把菜往他面前推了一下示意他吃点菜，然后去帮他再弄点汤。

辛健在他后面满足地咂了咂嘴，“这招我还是跟处长学的。”

以前也有过因为案件的压力太大，处长干脆对任何人避而不见的情况，只不过处长可以找个借口跑去外地，他没有那种天时地利，也只能自己人为地制造机会了。

这几天，辛健一直累得像死狗一样。

白天几乎都耗在各种各样匪夷所思的活动和会场，晚上还要熬夜研究卷宗，甚至要大半夜跑去钱真那里商量案情上的东西。

说不担心，那是不可能的。付志不是不担心辛健还会再遇到一次之前那些恶心人的事。

但是很怪，这次付志虽然也担心，也上火，却没有那么焦躁。

大概是早有觉悟，这次两个人共进退，即便是知道辛健在外面的日子不太好过，付志依然还能在档案室里坐得住，坚持把之前的所有旧档案都翻了一个遍。

辛健说：“我听说庄一伟的情况有点好转了。”

之前跟钱真打电话的时候对方提了一句，激动的心情溢于言表。

付志精神不是太集中，“醒了？”

“暂时还没有，不过似乎有苏醒的迹象，医生说他意志力很强。”换了一般人，连手术都挺不过来，庄一伟一直没有放弃过。

大概人一旦有了非做不可的事，就会形成一种执念吧。

他们这群人，似乎都被逼到了一个绝境，不豁出一切，最后都觉得对不起自己。

付志顿了一下，“他没问题的。”

他一直不相信庄一伟会是那种甘于躺在病床上做植物人的人，即便医学的东西是接近于残忍的现实，但是“希望”这东西，本来也不是你想要它消失它就会消亡殆尽的。

包括钱真，也是一直认为庄一伟会醒的吧。

说到庄一伟，付志想到了另一件事，“对了，巫世国的那个案子，我觉得可能有潜在的目击证人。”

“哦？”

辛健手顿了一下，“为什么这么说？”

“我这几天查资料的时候翻到当时案发地点附近的学校有好几起丢车的案件，嫌疑人后来被抓到了。虽然我还没有准确地查证时间，但是从阶段时间来看，这两个案子的案发时间是刚好重叠的。”

这几天付志不只是把当年所有案件相关的档案都重新审阅了，就连同时期的其他案件也挨个翻查了一遍。毕竟当时程序上存在各种的漏洞和错误，也架不住会有一些遗漏的线索。

也亏了是他这么查，才会发现那几起盗窃案。

辛健听完他的话眼睛一亮，“这是条线索。”

“嗯，我已经跟监狱那边申请了，安排一次提讯。”

“好。”

第二天，付志去提讯那几个犯了盗窃罪的罪犯，辛健则是去调查纪兰与白常民的关系。

好消息是，付志的判断是对的。

这几个小偷在作案之前，几次去学校附近踩点，其中的时间点和巫世国那起案件的案发时间确实很相近。

虽然没能在第一时间回忆起一些有价值的线索，但是由于可以换取减刑，这几个人都非常合作。

付志离开监狱的时候，给辛健打了一通电话想告诉他情况，只是对方的电话依然是打不通。

最后付志留了信息。

他的这次讯问是通过检察长直接安排的。在提讯的登记表上并没有他的名字，更没开院里的车。

因为在外面的人看来，他现在应该是在医院里才对。

辛健以生病的名目避开风头，是为了调查能够顺利进行，也是为了保证自己和付志的安全。

知道他们目前行踪的人一共不超过五个。

所以，当付志被人当街拦住的时候，他非常意外。

好在这个阵仗他不是没见过。

一辆车直接挡在他面前，按下车窗后，里面的男人笑着跟他说："付志对吧？有点事想跟你聊聊。"

当时的情况付志没得选。

他上了车，对方点点头，"胆量果然不错。"

他一边说，一边示意司机开车，然后掏出一叠东西递给付志。

付志接过那个文档，仅仅扫了一眼就把眉头拧在了一起。

那里面是一堆文件，内容非常全面，指向的问题只有一个，说他涉及一企经济案件，他曾经在一起案件当中伪造证据。

当然，案件是子虚乌有的，但证据是齐全的。

他抬头看着对方，"这什么意思？"

"我想你明白这是什么意思。"男人笑了笑，"这些东西你们应该见过很多次了。"

付志不动声色地把文件放下，"威胁我？"

"别把话说得那么难听。"

车依然很缓慢地在街道中穿行，付志粗粗地评估了一下附近的环境，掂量着有什么机会可以留下一些证据。

但是，男人似乎是看穿了他的态度，伸手把他兜里的手机拿了出来，关了机。

"其实你也别误会我的意思，我之所以给你看这个，是想告诉你，这种证据真想要安排的话，多少份都有，只是改一个名字，或者是你，或者是辛健，或者是纪兰，或者是其他人。虽然不足以真正给人定罪，但让一个检察官缺席一次庭审、退出一个案子，或者永远地离开一线，是绰绰有余的。"

男人把文件拿过来，然后直接当着付志的面撕了，"唐大庆虽然坐了冤狱，但是毕竟已经翻案了，还有其他几个案子，这几起案子之间虽然有关联，但是其实已经都得到了一个满意的结果。检察官要维护法律的尊严，从这个角度来说，你们不是已经做到了？"

付志笑了一下，"你的意思是，现在已经皆大欢喜了？"

“如果你们处长因为证据不足无法被起诉的话，就算是皆大欢喜了吧？”

这句话，让付志脸色一沉，“你什么意思？”

“我想我的意思你明白。”

男人把所有的文件撕完了放在档案袋里，“按现有的证据，你们处长的案子到现在为止，最严重的结果也不过就是一个处分，立案并没有充分的理由，并非不可能解决。但是如果你们继续往下挖，可就说不好了……”

说完这段话，他拍了拍付志的肩膀，“年轻人，有理想是好事，但是不要莽撞。你们的起诉依据并不是那么充分的，如果把你们处长扯进去，你忍心他已经临到退休了，再被送进监狱？”

“你凭什么说处长的事可以解决？”付志挑了下眉，用审视的目光把对方从头到脚打量了一遍，这个男人对他来说是完全陌生的，一次都没有见过。

对方淡淡一笑，“我既然敢这么跟你说，自然是有把握能做到，只要你愿意要这个机会。”

付志轻哼，“如果我不要呢？”

“那只能说遗憾了。”男人也没动怒，只是推了一下鼻梁上的银丝眼镜，“我觉得你跟辛健都是聪明人，如果继续查，倒霉的都是你们两个。检察官做不了还是小事，如果最后弄得一身骂名，不是有点无辜？凡事要适可而止，拿捏好分寸，才是理智的做法。”

男人的这段话，说得不紧不慢。

甚至有些太过轻描淡写。

但这是付志所接触过的，最明目张胆的威胁。

他看着对方依然很冷静的态度，视线敛了一下，再抬头看向对方的时候，态度不卑不亢，“我觉得，人都要为自己做的事情承担责任，我现在做的事，我敢去承担后果，无论是什么，现在的问题就是，其他那些做了事的人，敢不敢承担自己的后果。”

说完，付志拉了一下车门，“停车。”

本以为不会很容易逃脱，但是对方竟然什么都没说，直接让司机停下了车。

付志下车时，男人也没有再说话，只是很有深意地看了他一眼，然后扬长而去。

所谓敬酒不吃吃罚酒。

付志有预感，以后的日子，他跟辛健的处境只会越来越艰难。

因为手机被对方拿走了，付志只能在路边找了个报亭借电话打给了李磊，让他通知辛健，自己的手机不在身边，但是人没事，让他工作结束了就直接回家。

到了晚上8点左右辛健才匆匆赶回去，一开门就喊了一句付志的名字。

看到厨房里付志侧出身看了他一眼，才算是放下心。

“手机怎么了？”

辛健把外套脱了放在衣架上，走进厨房，“李磊电话里说得不清不楚的。”

付志刚好做完饭，顺手把碗递给辛健，“我今天去监狱提讯，出来的时候遇到几个人把我拦住了，拿了我的手机没还我。”

“把你拦住了？”

辛健脸色不善，“什么人？”

“不认识。”付志的态度倒是没什么压力，他一边吃一边说，“具体的话复述不下来了，无非就是威胁那套，想用处长的事让我们停手。”

突然扯到处长，辛健一顿，“什么意思？”

“就是说，如果我们不继续查下去，他们那边会收手，处长应该是会因为证据不足被免予起诉。如果继续查，很可能我们所有人都要倒霉。”

无论今天那个男人到底是什么身份，别的不说，光是那些所谓的证明文件确实伪造得天衣无缝，真要拿出来，他们会很麻烦。

辛健皱了下眉，“我就知道处长的事，这些人是不会放过的。”

所谓杀鸡儆猴。

只是为了让他们投鼠忌器，敲个警钟罢了。

而处长可能早料到了会有这么一天，从一开始把巫世国的案子交给他的时候，就做好了心理准备。

想到这里，辛健放下筷子叹了口气，觉得这股压力憋得人头疼。

这些人，不知道还会用上什么手段。

付志在他对面看到他的表情不禁也皱起眉，然后用筷子很轻地敲了一下他的碗，“别叹气了，先吃饭。这种事情我早就料到了，也没什么奇怪的。”

“嗯。”

辛健很低地应了一声，然后抬头看着他，“你自己出入还是小心点，这些人指不定要搞出多大动静。”

付志点点头，“你也是。”

他今天真正意外的其实是对方对他的行踪竟然是了如指掌的，按说他和辛健请假，没几个人知道他们实际上在做什么。他有些担心，看着辛健，“我估计我们是被人监视了。”

“监视？”辛健扬高了一点语调，然后冷冷一笑，“这还不好办吗。”

他一边说，一边掏出手机打了个电话。

“喂，我要报警，我们被恐吓了……”

辛健挂了电话，看着付志有些诧异的表情，笑意重了些，“这些人竟然明目张胆地搞这些，我也不怕闹大，我倒看看他们有多大的本事。”

报完了警，辛健的心情终于有了点好转，他重新端起碗，对面的付志对此只能摇头一笑。

早该知道，比玩邪的，这群人实在连辛健的头发丝都比不上。

辛健报警之后，警局方面就立案了。

虽然证据并不算充分，但是因为在这之前就已经出过事，加上庄一伟跟两个人的关系以及他们现在正在办的案子，所以没人怀疑他们会被人恐吓威胁的可能性。

不过也许是因为他这个举动真起到了一点作用，那之后，付志和辛健都没有再受到明显的骚扰。

倒是在查案的过程中，开始越发地感觉到艰难。

付志那边还好说，辛健几乎是每条路都走不通，所有人似乎都被安排好了，相关的、不相关的人员都不肯透露半个字。他查证了很多地方，试图把纪兰和白常民联系起来，但始终不能如愿。

不过，最糟糕的还是钱真那边。

他调查当年唐大庆那个案子和郭淮的家庭背景，处处碰壁，几次都差点中了别人的套。

而也就是在这个时候，省院那边通知辛健，因为一直无法找到确凿的证据证明两个案件之间存在关联，本来与纪兰案合案办理的一个案子，要突然与纪兰案拆开诉，并且要立刻排庭。

这件事让辛健很愤怒。

他甚至大晚上跑到检察长家里理论了半天质疑这个决定，但最终依然是无力回天。

“已经决定的事，你们谁也改变不了，现在只能是你们抓紧时间，不然最后就是功亏一篑。”这是检察长后来跟他说的话。

辛健发了一通脾气，皱着眉在屋里来回绕了半天，最后拎起外套，“不行！这案子这么走是不负责任的，他们不能这么搞。”

付志站起来拉住他，“你想干吗？”

“我去找人，常威这件案子这么走是严重违反程序的，他们不能这么搞。”

“你要找谁？”

付志皱着眉，“做到这种地步，对方显然已经尽力了。你以为谁会在这种局面下出面掺和进来？”这种吃力不讨好的案子，如果不是自己的职权范畴，很少有人会选择插手。

“难道就这么任他们为所欲为？”

“不然呢？”

付志的语气也重了，“辛健，你现在想要阻止这个案子已经来不及了，检察长那边肯定有他的道理。与其纠结这个，还不如想想有没有其他的办法。”

到现在，反而是付志的态度比辛健要冷静一点，他把对方扯回来然后关上门，“杨顺国、庄一伟、处长，这些人还有什么是做不出来的？辛健，已经输了的局你扳不回来了，冷静点。”

辛健将外套甩回沙发上，一拳砸在门上。

这对付志和辛健来说，只是一个开始。

鉴于事情出得太突然，两个人商量了一下觉得继续避着也不是办法了，于是二人都销假回到了检察院，辛健很高调地开始频繁提讯纪兰。

虽然对方一直没有松口。

但是他这么积极地投入进去，还是在省院里引起了一些小骚动，甚至引起了一些社会媒体的关注。

不过辛健无所谓。

他本来就是做给人看的，注意的人越多他越满意。一直到后来连陈锐都找到他，提醒他注意一点，不要逼得太紧。

“我就是要逼他们。”辛健回答陈锐时的表情很坚决，“我就等着他们被逼急了再做点什么事出来，他们做得越多，就错得越多。”

这时候，不过就是比谁能先抓到对方的把柄。既然局面已经摊开了，谁也别想撇开关系。

付志还在跟进那几个偷车贼的线索，虽然进展并不大，但他一直没放弃。

纪兰案的相关案件开庭的那天，辛健和付志都去了。

该案的嫌疑人被判了五年有期，辛健提交的讯问申请直接被打了回来。答复是嫌疑人感染上了传染性疾病，要被隔离。

不过事已至此，也没有其他办法。

为了追查纪兰那边的线索，钱真和付志都是连着熬了好几夜，因为感觉得到白常民这些人已经有些急了，时间多拖一天难度就大一些，他们只是希望能尽快找到确凿的证据。

其实，他们还有一张底牌，是庄一伟。

他被人袭击，必然是查到了什么能够威胁到对方的证据，虽然他现在昏迷不醒，但是只要他能醒过来，一定还有翻盘的余地。

这一点没有人明确说，但是辛健和付志都有这个心思。

钱真一直表示医生说庄一伟的情况越来越好了，可能再过一段时间真的能醒过来。

而关于当年郭淮的那个案子，似乎也有了点眉目。

“详细的情况等过两天我跟你们见面的时候细谈，现在电话里说也不方便，总之，是有谱了。”

他大半夜给辛健打了这么一通电话，搞得付志和辛健俩人后半夜都没睡。

时间过一天就紧迫一点。

辛健甚至觉得他现在的生活中已经快没了白天黑夜的概念。

睁眼闭眼全都是这个案子。

比起他，付志就要稍显冷静一些，虽然也是忙得没日没夜，但是每天都会给辛健打电话问问情况，感觉对方的情绪有问题，还会说些无聊的废话来缓解彼此的压力。

然后，有一天中午，辛健突然接到了一通电话。

竟然是李磊打的。

对方说付志的手机打不通，大概是又窝在档案室了，所以才会打给他，电话里的语气不乏兴奋，“我跟你说，之前那个纪兰案的相关案件被抗诉了！”

辛健愣了一下，“抗诉？”

这时候，谁敢冒着这么大的风头去抗诉这个案子？

他皱了下眉，“你怎么知道的？”

“已经传遍了，我今天早上到了院里几乎所有人都在议论这件事。”

“是谁提的抗诉书？”

辛健问完这个问题，李磊在那边笑了一下。

他故意沉默了一会儿，然后报出了对方的名字：“曹峰。”李磊说完很大声地笑了半天，“我服了这小子，据说是在大检察官会的时候直接跑到了会场提交的抗诉书，当时直播的连线还接着，他当着所有人的面这么一捅，上面不接也得接。”

辛健后知后觉地想起来这个案子最后是曹峰的分院诉的，当时因为情况变化得太快，他倒是一时没想起来。

心里突然觉得轻松了一点，他长出一口气，“这个案子如果是曹峰接手，就太好了。”

虽然他看那位小学弟是怎么看都有点不顺眼，但是不得不承认从能力上来说，绝对是没问题的。不然最初他被外派学习的时候，处长也不会找到曹峰让他来接。

李磊在电话那边点点头，“他这次搞的动静不小。”

从做事风格上来说，曹峰跟辛健还真有点像。

都是为达到目的，什么都不顾。

曹峰抗诉这件事，让整个案件的关注度又高了不少，辛健把这个消息告诉给了处长，当时老处长欣慰地感慨自己当初没看错人。

同时，贾沛也申请要调入专案组，倒是帮辛健分担了一定的压力。

这本来是件好事。

在这个时候，无论是谁，还敢跟辛健他们扯在一起都是需要一定承受力的，不说本来就是风口浪尖，就是上面的关注度，弄个不好就会跟着被牵连。只是不管是曹峰，还是司徒茁、钱真，这些人用自己的办法帮忙，是因为目的跟辛健是一样的。至于贾沛，不是说她的目的不单纯，只是或许还有一些私心。

这种私心，没有多长的时间，所有人就都看出来了。

毕竟，她并不怎么掩饰。

无论是工作中还是工作外，各种各样的理由邀约，跟辛健在一起的时候，话题总是往生活那一层带。虽然之前合作的时候辛健多少就有了点感觉，但是对方现在如此的明显，他也不好再装糊涂了。

所以他只能特地找了个机会约贾沛吃饭，顺便把话说清楚。

晚上辛健回家的时候，付志正在看新闻，看见推开门的男人一脸的无奈，不禁笑了一下，“怎么样？虚荣心得到极大满足了？”

辛健翻了个白眼，“你竟然还有心思开我玩笑。”

付志耸了耸肩，“贾沛追得还算是比较含蓄了。”

至少，没有表现出任何失礼或者攻击别人的迹象。

辛健把外套脱了走到沙发旁边，顺势坐在付志旁边，不爽地哼了一声，“你这时候不应该表现一下对我的羡慕或嫉妒吗？这样才比较能满足我的虚荣心。”

付志听完这句话，转身把辛健抽了一顿。

那个瞬间，辛健突然发现挑衅付志是一件很愚蠢的事。

不过，已经无法挽回了。

那天付志跟那个男人见面的时候，对方明确表示了如果他跟辛健不配合的话，后面还会有麻烦。

所以，这段时间付志都很留意一些细节上的事。

辛健报警之后，虽然没有再发生过类似跟踪恐吓的情况，他心里却一直惴惴不安。

尤其是在曹峰抗诉这件事之后，心里就越发地感觉会出什么事。

毒杀杨顺国的凶手被捉到了，招认了一切，说是因为认为杨顺国在以前处理某些案件的时候让他遭受了不公平的待遇，知道杨顺国是在他现在工作的医院里住院，所以才起心报复。

但是他放毒的剂量并不是致死的。

只是没想到杨顺国的身体情况差到了那么个地步，本来只是让他痛苦一些时间的毒剂直接要了他的命。

这番说辞是没什么明显漏洞的。

偏偏辛健不信。

他后来查过这个所谓凶手的口供，觉得无论是下毒的时间地点还是他的毒药来源都交代得很不清楚，但是因为案件不是他负责的，他也没办法进行提讯，只能把自己的怀疑告诉了负责杨顺国那个案子的检察官，希望他继续往下查一查。

不过，这时候其实他也没什么心力去管这些事。

因为付志之前的担心，很快就应验了。

事情爆发得很莫名其妙。

最初他们是没什么感觉的，只是很突然地接到了很多家媒体的电话，说是要采访辛健。

辛健花了一些时间才搞明白是为了之前高松那个案子。

本来当时在媒体方面就闹得很大，但是案子已经结案一段时间了，突然被翻出来，他感到有些意外。

更意外的在后面。

这件事不知道为什么被渲染得越来越大，辛健经手的许多案件都被重新翻了出来，甚至不少的新闻报纸都对这件事做了一个社评，不少人质疑辛健在办案的过程中故意加重了量刑，因为一些说不出口的理由。

而他与赵卿的关系，也被扯上了台面。

一时间，本来已经过去的案子被闹得满城风雨。

高松本来在舆论上就是占据了一定的优势的，现在一被刻意地煽动，更是各种谣言猜测都有。辛健的手机每天快要被打爆了，有媒体甚至干脆堵在省院门口。

当然，他被调到省院的事也成了谣言中的桥段之一。

辛健最初没有在意。

虽然不清楚事情怎么会闹成这样，但是对于高松的案子他是问心无愧的，也不觉得有必要去跟任何人做解释。赵卿给他打电话询问过他的情况，他当时的回复是“无所谓”。

这种情况持续到了有一天他下班刚出检察院的时候，被疾冲到他面前的一个男人用铁棍打了一棍子。

付志在他旁边吓了一跳。

“你们这些昧着良心、天打雷劈的浑蛋！拿着钱收买人命你们花得安心吗？你们以为你们做的事就没有人知道了？我告诉你们，老天爷是有眼睛的，你们这种人，我诅咒你们祖宗十八代，你们一定不得好死，一定不得好死！”

被压在地上的时候，那个男人还是一直冲着辛健嘶嚷。

付志心底一股怒火直接烧上了头顶，他压着那个男人的手劲又大了一些，直接吼回去：“你闭嘴！”

“我就不闭嘴！”男人依然在拼命地挣扎，“我就是要把你们这种人的嘴脸撕下来，丧尽天良！就知道坑害老百姓，我告诉你们，你们一定会被天打雷劈的，一定会！”

省院门口出现这种骚动，很快就引起了其他人的注意。

特别是这段时间本来辛健就是媒体追逐的目标，不知道从什么地方钻出来两个拿着相机的人就开始对着辛健狂拍。

付志冲门外使了个眼色，“挡住他们！”

但是这种时候，挡是挡不住的。

报警之后，男人被派出所来的人带走了，辛健因为胳膊受伤被付志扯去了医院，派出所的人让他们有时间过去做个笔录就行。

在医院等着辛健检查的时候，付志心里不太舒服地长叹了口气。看着辛健架着胳膊走出来，他沉默地过去把买好的水递过去。一直到坐上车，他才看了一眼难得坐在副驾驶上的辛健，“你怎么样？”

“没事，又没断。”

只是打得狠了点，肿了一大片。好在没伤到骨头。

付志听完了点点头，没有再说话。

辛健看出他有心事，用好的那个胳膊捅了他一下，“你怎么了？”

“没事。”付志摇头。

他只是想起了最初刚进检察院的时候，有一次去取证，因为是个比较偏僻的小村子，里面的民众根本就不理解他们所做的事，嫌疑人是村主任的儿子，一群人拿着棍子把他们的车堵在半路，威胁要砸车打人，满口嚷嚷着他们是助纣为虐。

跟犯罪分子可以义正词严地强调是非，可以大声表示自己问心无愧，但是面对这些不理解的普通民众，却是百口莫辩。

甚至，没有多少人理解这份职业背后承担的那些压力。

成日成夜地整理审查报告，为了定罪查遍了所有的法文，甚至要顶着法院、公安局的各种压力只为了真正做到一个准确的判断。

其实，没有什么人是轻松的。

付志皱眉扶着方向盘不说话，想到刚才那个男人指着辛健鼻子大骂的样子，不免有些心寒。

“别想太多，这种人只是把自己的不顺发泄到了别人身上，跟我们没关系。”

辛健笑了一下，“从概率上来算，怎么都是低的。”

他的话说起来是没错，听在付志耳里却没什么说服力，他只能苦笑，“希望明天早上你不会成为各大法制报纸的头条。”

检察官在省院门口被人当众殴打，没事也得被写出点事。

辛健一挑眉，“你看不出来这事本来就是被安排好的？”他说完带着点冷意地扬起嘴角，“哪有那么巧就碰上那么多不知道是什么来路的记者，而且那个男人我根本没见过。”

从高松的事被扩大开始，他就感觉到了现在这些必然是有心人在后面搞的事。

只能说，他是真没想到对方的手段竟然会用到这里吧……

煽动舆论施压，倒也真想得出来。

付志闻言摇了摇头，“希望不会哪天我们早上起来的时候，发现房子被人拆了，车被砸了。”

这种无辜成为民怨发泄口的感觉很差，实在让人心里憋火。

辛健对此只是笑笑，没接话。

辛健被打这件事，很快被渲染成了一则丑闻。

网络上和舆论上铺天盖地的各种评论都有，本该受到控制的一件事被无限度地扩散。到最后省院迫于无奈，只能暂时停了辛健的职务。

美其名曰让他放假几天，手上的工作先停一停。

赵卿甚至接受了一家媒体的采访，把高松的案件非常系统地分析了一遍，从而也澄清了关于辛健的一些不实传闻。但是这并没有停止外界的各种臆测。

一时间整个检察系统内部都被搞得有点神经兮兮的，相关的或者不相关的都被挨个叫到检察长办公室谈话。

不管正面还是负面的，所有人不再对此事进行任何评价。

但是辛健被停职，直接的影响是纪兰这个案子的进展。

颠倒黑白，不外如是。

这几天，辛健一直没有出门。

付志跟贾沛还是没放弃，一直在努力寻找能够让纪兰认罪的证据。纪兰的关系网他们差不多摸清楚了，初步估计，涉及其中的人员大概有六至八名。但是这仅仅是明面上的人，还有暗地里的没有能够查清楚。

那天威胁付志的男人说得没错，这案子越查下去，越让人心惊。

你没办法想象这样的一个网络一旦被整体撕开，造成的影响是会有多恶劣，后果是有多严重。

不过辛健既然被停职，案件当然还是需要一个主办人的，最后起诉的是谁现在还不好说，现在起码从负责人上看，付志是担不起来的，他毕竟只是个书记员的身份。

而贾沛还不够资格。

针对这件事，付志去找过检察长，得到的回复是会尽快安排。

曹峰还因此特地到省院找了付志一趟。

“如果有什么需要帮忙的地方，直接说。”

他看着付志满脸憔悴疲惫的样子，不禁皱眉。

还在查阅文件的男人只是抬头看了他一眼，简略地表达了谢意，“你现在之前那个抗诉的的案子也不会太轻松，自己也注意。”

被扯上关系，谁都不会好过。就算曹峰什么都不说，他也知道这种案子想抗诉，背后要做的事情太多太多了。只怕日子不会比辛健好过多少。

坐在他对面的检察官摆摆手，“总是比辛健强点的。”提到辛健，曹峰皱了下眉，“这招借刀杀人用得还真是够无耻的。”

就算没见到辛健本人，他也猜得到这件事对他的刺激不会小。

任是谁遇到这种情况都会受不了。

付志没有立刻接话，只是盯着手上的文件，过了很长时间轻轻叹出一口气，“辛健现在情况其实还好，只是现在案子进入一个死胡同了。之前的关联案件被迫结案，杨顺国的案子马上也要上庭了，纪兰到现在依然是不肯交代任何的犯罪事实。这么下去，恐怕连纪兰我们都诉不了。”

明明有这么多的线索，却没有一条路是通的。

这才是这几天来让辛健和付志烦躁的主要原因。

时间不等人。

他们现在已经是进退不得了。

曹峰能理解他现在的心情，过去拍了拍他的肩膀，“现在只能希望庄一伟能醒过来，一切说不定还有转机。”

付志摇摇头，没吭声。

中午曹峰干脆就在省院吃午饭了，他本来今天过来也是为了之前的案子，需要拿几个审批的手续。

食堂人太多，他们俩打了饭回办公室吃。辛健打了通电话给付志，知道曹峰在，让付志代为问好。

曹峰闻言笑了笑，“辛健跟我问好真是有种没安好心的感觉。”

本来一直不对付的两个人，现在这样反倒不适应。

在吃饭的时候，付志把纪兰、处长包括白常民等人的事，全部跟曹峰说了。

毕竟他要是接了那个纪兰案的相关案件，有些事就是他必须知道的。

这些人之间的问题息息相关。

曹峰听完了，心里却是五味杂陈。

他看着付志，“你们是要靠这么几个人，去掀动白常民这棵大树？”

换了其他人来看，这是异想天开吧。

说难听了，根本是螳臂当车，自不量力！

付志闻言笑了笑，“这不还有你呢。”他说完拍了拍曹峰的肩膀，“当时知道你抗诉，还是挺佩服的。”

被他佩服的人只能自嘲地摇摇头，半天不知道说什么。

过了好一会儿，他才突然想到一个问题，“按照你们的说法，事情的根源其实在郭淮身上，但是现在这个人依然音讯全无？”

“嗯。”付志点头，大概猜到曹峰想说什么了。

“以前对于白常民他们来说，郭淮是他们要保的对象，因为郭淮出了问题，他们必然是会被抖出来的。但是既然已经对庄一伟和你下过手了，现在又轮到辛健，按照白常民那些人的风格，会放过郭淮？”

这是个多大的“罪证”。

曹峰脸色有些凝重，“郭淮本来就是个‘死人’，就算再死一次，恐怕也没人会去查。”

至少，如果这些人真是为了销毁证据可以不择手段，那郭淮绝对是凶多吉少。

这句话，其实压在付志心头很久了。

他皱眉摇头，“但是现在我们没有办法确定任何事，只能希望郭淮不蠢，他应该能想到白常民不会轻易放过他，这个时候，他如果肯出来跟我们合作的话，大概还有一线生机。”

但是反过来，如果连郭淮都被灭口，那想要把白常民这些人扳倒，就真的只能寄希望于庄一伟能够醒过来了……

都说植物人能醒过来是个奇迹。

之所以说是奇迹，就是因为概率太低。

付志和辛健有过这样的想法，却从来没有想过依靠这种希望。

因为所有希望都很容易变成失望，而做他们这行的，是不存在侥幸和凑巧的。不是证据确凿，任何事都不会巧合成一个完满的结局。

付志当时跟曹峰说这番话的时候，自己也没想过最后会是郭淮先被找到。

一夜之间，天翻地覆。

只是这个结果是有代价的，并且非常沉重。

郭淮被找到了，钱真死了。

接到消息的时候，付志正在倒水。

他听见电话响，拿过来看上面显示的号码是司徒茁。

“怎么？”

他手上还拿着半杯水。

司徒在那边的声音很清晰，只是有些空洞：“钱真死了。”

下一刻，付志手上的杯子摔得粉碎。

付志赶到医院时，在门口遇到了一起跑来的李磊。

走廊里几个穿着警服的男人或靠或坐地沉默不语，有一个干脆哭得声泪俱下。

这是庄一伟在的那家医院。

只不过这一次他没有再去病房，而是直接去了一个不怎么有人走动的楼层。

司徒看见付志就迎了上来，他已经换了一身白大褂，应该是刚从停尸间出来。他看付志要进去，直接一把拦住，“别进去看了。”

他平静了一下，深吸一口气，“钱真是从悬崖上摔下来的……你们还是别看了……”

这句话的意思，付志半天才反应过来。

因为事发实在太突然了，他根本接受不了，视线下意识地找到了旁边站着的辛健，后者闭目靠着墙，过了很久才睁开眼，满目的猩红。

付志皱了皱眉，有些不知所措地摘掉眼镜。

李磊一拳捶在楼道的墙上。

几个人里，大概曹峰算是最冷静的，他只是站着不说话，连日来被折腾得十分疲惫的精神状态又更差了一些。

司徒茁伸手递给付志一个东西。

“这是他身上唯一带着的，你先收着吧。”

那是一张照片。

大概是因为挤压，已经变得很褶皱了，上面还浸着血迹，挡在照片上两个人的上半身，一身警服的钱真勾着旁边的庄一伟，笑得灿若朝阳。

付志忍无可忍地攥着拳，一直微微发红的眼眶还是没忍住眼泪。

李磊在旁边追问道：“到底发生什么事了，钱真是因为什么……”

实在不想重复一遍那个字，最后他也没能说出口。司徒茁半低着头，掩去了满眼的悲伤，“是保护郭淮的时候被车撞下悬崖的，郭淮死里逃生跑到警局自首，钱真摔落的地方是他领的路。”

司徒茁是临时接到电话让他出现场，到了地方看见证件才确认是钱真。

整个走廊被笼罩在一股悲戚死寂的气氛里，付志捏着手上的那张照片，沉默地靠在墙边，一句话也不肯再说了。

后来钱真的家人来医院认领了尸体，他妈妈哭得肝肠寸断，凄厉的悲鸣让所有人心里都是一紧。前几天还在给他们打电话的人，突然就这么走了。

辛健有点恍惚地坐着，感觉身边的人来来去去，却都进不了他的脑子。

他现在很想愤怒地大吼，但是偏偏叫不出声音。

一直到钱真的家人后来被劝回去了，司徒要回鉴定所做尸检，李磊和曹峰也都各自回去院里，付志才跟辛健一起到了旁边的病房楼。两个人在庄一伟的病房外面站了几分钟，推开门，病床上的人依然躺着，无知无觉。

旁边还放着一本书，上面折好了页码，可能是钱真平时过来给他念的。洗好的水果、晾好的水都摆在床头，钱真一直认为庄一伟会醒来，怕他口渴所以什么东西都准备好。

心底涌上的悲恸让付志有想要逃离的冲动，他使劲闭上眼睛平静了半天，最后才步履艰难地走到庄一伟旁边，把那张染了血的照片放进庄一伟的手里。

回忆毫无预警地从最初的相遇一直延展到那天他们在辛健家里见到的最后一面，因为失去朋友所泛滥的悲伤在时间的推移中越来越浓烈。

之后，两个人在庄一伟的病房坐了很长时间。

连日来身上所积压的压力，突然在一个瞬间爆发出来，这个时刻，他们谁都不想动了。

死亡变得这么近的时候，再多的心理准备都一样没有意义。

付志坐在庄一伟旁边的椅子上，看着那张在庄一伟手里的照片。

上面的血迹已经干了，染在照片的四处，显得格外触目惊心。

就连上面钱真的笑容，竟也泛着一种悲壮的离别之情。

这两个人，甚至连一句道别都没说上。

庄一伟出意外的时候，钱真一无所知，如今钱真殉职，庄一伟一样是什么都不知道。

付志满脑子都是不久之前这两个人一起在法院外面抓了大飞时默契无间的样子，他抬眼看着窗外，那日与今天一样是朗朗白日，他却觉得通体生寒。

为了这个案子所付出的代价未免太沉重了。

庄一伟、处长、杨顺国、陈锐、辛健，现在是钱真……

而那些真正该为这一切负责的人，还在琢磨着怎么毁灭证据，怎么掩盖事实，怎么将这些伤天害理的事做得更加丧心病狂！

悲伤之后所燃起的愤怒越来越猛烈，最后达到了一个几乎无法控制的地步，付志觉得有那么一瞬间，他几乎要失去理智了。

辛健感觉到付志一直在发抖，站在他身后，稳稳地按着他的肩膀，没有语言，但是无声地传递着自己的力量。

这个时候，他们能够为彼此做的，也就只有这么默默地支持了。付志抬手覆在辛健的手上，两个人都用了几分力，对方心底的那份伤痛、悲愤彼此都感同身受。

人生最残忍的分离，无外乎死别。

此刻，在辛健和付志心中想的是一样的事。钱真、庄一伟、处长、陈锐，这些人既然已经付出了这么多，那么无论前面的路有多难走，对手有多难缠，他们都会拼尽全力坚持到底。

你们来不及做完的事，我们一定会做到！

辛健微微地眯起双眼，满腔的怒火。

那些该为此承担后果的人，一个都逃不掉！

因为考虑到情况比较特殊，郭淮一直被安排在刑侦队的审讯室里，有人负责一直看着他。司徒茁第一时间提取了他的 DNA 样本做鉴定，在用庄一伟所保留的鉴定文书进行核实比对之后，确认了郭淮就是巫世国那件案子当中所隐藏的第三个涉案人。当即，辛健和赵鹏志联名向省院提出了抗诉的申请。

当年那具号称是郭淮的尸体果然是另外一个被害者。

是郭淮在与人聚赌的时候因为喝酒闹事，与对方互相殴斗时失手将对方杀死，随后因为害怕被警方调查，干脆将错就错，诈死企图逃避责任，在纪兰等人的帮助下，竟然就换了个名字在这个城市里继续逍遥度日。

钱真能追查到他，还是因为之前辛健被恐吓的时候，曾经查到过一个叫黄佟的人，这个人与辛健毫无瓜葛，甚至可以说是一点关系都没有，为什么会屡次打电话恐吓威胁辛健？

顺着这条看似有点远的线索，钱真最后摸到了郭淮改名后的所用化名的这个人。

而庄一伟也是因为查到了这一层，所以才会被郭淮一不做二不休地撞成重伤。

这一次，钱真再找到郭淮，对方甚至都没有怎么反抗就甘心被捕了，因为白常民他们也正在找他，甚至连冯玉莲都受到了威胁和各种经济上的控制。

他其实已经到了穷途末路。

若不是钱真，可能悬崖下面死的人就是他了。

所以，抱着自首的想法，郭淮跑到了派出所，就算被抓，也强过死得不明不白。

而在刑侦队，他自己主动供认了当日与巫世国等人合谋杀害那名女大学生的经过，也坦诚地供述了他与冯玉莲等人几次向纪兰等人“求助”的过程。

涉案金额总数近两百万，郭淮甚至提供了当初向这些人转账的账号。而纪兰等人为达目的所使用的手段，桩桩件件摆出来，更是令人发指。

但是，即便目前的证据已经很充分了，针对这次抗诉的申请，院里还是开了一次会。

辛健第一次拿着抗诉书去找检察长的时候，检察长看了抗诉书很久。

“你知道不知道这个案子之前就已经是抗诉案了？”

“知道。”

检察长点了下头，“既然知道，你就回去吧。”

“但是这案子必须重审。”辛健的态度很坚持，“那次的抗诉再审，只是在掩盖的基础上取了个平衡，不是真正意义上的公平审判。”

“平衡？”检察长看着辛健，审视的目光带着一股压力，“你应该明白，任何的案件都有程序，不遵守这个程序，哪怕你拿出的证据再有说服力，也是没用的。”

“你以为抗诉到底是一件多容易的事情？”检察长紧接着补的这一句，说得辛健脸色很难看。他知道巫世国的案子再开抗诉，就要到最高检，那将引起全国轰动，省院面临的压力也将空前巨大。

这些他都知道。

但是就算如此，他也必须促成这次抗诉！不然钱真就白牺牲了，庄一伟躺在医院里，处长在看守所，付志、曹峰、贾沛熬了那么多天，都是白费力气。

他有点急切地看着检察长，“检察长，我相信你也知道钱真殉职的事，为了这个案子，已经太多人牺牲了，如果最后这点压力我们顶不住，很多人会死不瞑目！”

检察长脸色一沉，“辛健！”

“检察长，我已经不记得我到底多久没有真正睡过觉了，因为我根本睡不着。一旦闭上眼睛，我就想到杨顺国，想到那个到现在真凶还没有被抓到的案子里死去的大学生，想到被郭淮误杀了却顶替了他的被害人，想到庄一伟，想到钱真，想到处长，我真的睡不着，我觉得心里就跟压了千斤的石头一样，沉得我心慌。我们做检控的，所求的无非就是还给所有人一个公平公正的审判，既然有人犯了罪，就必须付出代价，这是法律的尊严，也是我们职责所在。”

辛健说这番话的时候，是微微攥着拳的，“扛着再大的压力我都不怕，上面的压力也好，舆论也罢，给我再多的压力我都承受得了。既然已经走到了现在，我就一步都不会退让妥协！”

他身上压着的，是太多人的希望。

哪怕再艰难，他也要撑下去。

检察长当时很久没有说话，只是靠在办公椅上很沉重地长出了一口气，半天才看向辛健，“我会开一次会来决定这个案子，能不能说服别人，就看你自己了。”

最后是采用了投票的方式。

在会议上，辛健把所有的证据呈给了当时参会的大检察官们，结果是全票通过了抗诉申请。

但是辛健并不能作为主诉。

因为他身上实在集中了太多人的注意，外面的媒体也没那么容易放过他。

现在他们需要解决的问题是，缺一个诉讼人。

赵鹏志不做公诉已经有一段时间了，因为省院的工作性质，他更多是在进行一些调查以及案件的审理工作，这种案件的公诉人，必须找一个经验老到的人选。因为想也知道，这种案件的审理过程，不会太顺利。

在白常民的干涉下，无论是对于法院还是对于律师这方面，都会有不小的压力。

最后检察长找到的人，是一直跟付志在一个办公室的王姐。

在省院看见她的时候，付志很意外。

“王姐，主诉是你？”

“怎么，觉得我诉不了？”

王红笑了笑，她拍拍付志的肩膀，“放心吧，所有人都看着呢。”

实际上后来付志和辛健才知道，是王姐主动跟检察长要求做这次主诉的。系统内，确实再找不出几个像她这样有几十年庭诉经验的老检察官，而对于辛健和付志的关心，她只是无所谓地笑笑，“反正我马上也要退休了，你们小年轻都不怕，我都干到头了，我怕什么。”

付志当时听到这句话的时候，突然想起了之前辛健说过的另外一句话——有时候，当你以为是自己在对抗全世界的时候，其实是整个世界站在你这边。

因为郭淮的归案，纪兰终于没有再继续坚持一口咬定案件与自己无关。

辛健再去提讯她的时候，她配合了很多。

只是表情十分灰败，似乎是已经认清了目前的局面和自己所要面临的最终结果。

她第一次接受冯玉莲所给的“项目款”是二十万。

付志当时问得咬牙切齿：“二十万，就足够让你们收买人命？”

纪兰很惨淡地笑了一下，“那个时候，根本不是钱的问题，而是如果你不做，自然会有其他人做，那不这么做，就是你的问题。”

她深吸了一口气，“当时就是这么想的，觉得我不做肯定有人做。”

“你一共涉及几起案件的证据造假？”

“其实没有多少。”纪兰疲惫地叹口气，“这种事做得多还是会害怕的，我也害怕。从第一次帮人伪造证据，我就隐隐料到了会有这么一天。”

纪兰知道自己是罪有应得，自己这次是逃不掉了。

听纪兰供述这段过往的时候，即便纪兰的语气很唏嘘，但听完了她说的种种，付志只觉得愤怒。

一直到回到检察院，他的眉头就没松开过。

王姐在旁边笑了一下，“以前都没发觉，你还挺情绪化的。”

合作了这么长时间，印象里这个年轻人总是漫不经心、慵懒无谓的样子，做事仔细但是从没见过投入多少精神。

也只有最初刚见到他进检察院的时候，才似乎有过那么一阵不太一样的状态。

付志有点尴尬，他推了推眼镜，“王姐别笑话我了。”

“这不是笑话。”

王红摇头，“做检察的，没有这点情绪化是做不好的。不是你永远理智才说明你能够看清楚问题，谁在遇到这种案件的时候，都没办法做到泰然处之。这是个人三观的问题吧，我之所以喜欢做检察官，也是因为每次这种感情上的共鸣，都让我觉得我自己所做的，是一件代表了很多人在说话的工作，我是在为那些没办法将这些说出口的人在说话。”

她感慨地敛下视线，然后微笑地抬起头看着付志，“付志，你会是一个好检察官的。”

站在她对面的付志也笑了，“嗯。”

当然，案件的审理过程很艰难。

推进的速度很慢。

纪兰认罪了，白常民却不是一定会被逮捕。

鉴于这种局面，辛健找来几个记者，进行了几次专访。

访问的对象不是他自己，而是纪兰、曹峰还有王红。

最初媒体是不肯刊登这样的专访内容的，至少，在了解涉及的人员有白常民这样的人时，拒绝了辛健。

最后帮上忙的是李磊。

第一家将巫世国的案子放在头版的，是检察系统的报社。

负责人就是李磊的父亲。

在检察报出了这样的采访之后，相关的法制传媒也陆陆续续有几家愿意配合了。

没有之前辛健那件事扩展得快速，但是一点点地，能感觉到有所进展。

甚至后来惊动了相关的系统部门来了解情况。

之前对白常民有所怀疑的涉嫌案件都如同多米诺骨牌一样，接二连三地爆出来，努力了半个多月，终于省院签下了白常民的逮捕令。

去抓人的那天，辛健和付志都去了。

负责逮捕的是庄一伟和钱真所在的刑侦队，在现场宣读逮捕令文书的时候，旁边甚至有人在低声咒骂。

那一刻，付志和辛健才算是真正松了一口气。

他们在之后去了医院。

在庄一伟的病房，将这个案子的所有细节以及白常民被逮捕时的反应，都详详细细地告诉了庄一伟。

当时付志总觉得庄一伟的手动了一下，不过没有什么理论依据。

至少在他们离开的时候，病床上的人依然没有什么起色。

吃完晚饭，两人又去了趟看守所。

他们是去见处长的。

对方显然是已经得到消息了，看见他们的时候，只是不住地点头，“我没有看错人……很好……很好！”

处长笑得很欣慰。

他甚至不在乎自己什么时候能出去，只觉得轻松了很多。

那天晚上，付志和辛健在看守所陪着处长聊到了大半夜。

看守所因为知道两个人的身份，所以通融了一下。

听着处长感慨当年的种种，还有最初付志和辛健刚进检察院时候的一些表现、错漏，三个人不禁都笑了。

说到白常民曾经试图用处长威胁付志他们那段，处长愣了一下，随即有些气愤地皱起眉，“还好你小子识相，没有答应。用得着他们吗？身正不怕影子斜，事情查清楚了，我自然能出去。”

他这话是对着付志说的，还是一贯的语气。

辛健突然就笑开了，哪怕是在看守所这样的地方，竟然觉得前所未有的自然。

临分别的时候，处长说："别担心我这边的问题，我顺着他们的意进来，就是为了让他们放松警惕，出去也是迟早的事。"

他笑着跟辛健和付志挥了挥手，"你们两个给我好好干，不准丢我的脸！我也快退休了，一生没有什么建树，每次看见检徽的时候，都觉得很汗颜，但是我总能跟人说，我调教出两个很好的检察官。你们要继续努力听到没有，别因为这次的事就给我嘚瑟开了，要学的东西还多着呢！"

处长后面的声音是哽住的。

付志眼底一个劲地泛酸，忍了半天才长出口气点点头，"我们知道。"

但他也知道，这次之后，处长就算出来，也不可能回到原来的位置上了。

"嗯。"

处长一直到被带出会见室，还是笑着的。浑身都笼罩着一股放松的满足中。

在他已经快要踏出门口的时候，辛健在后面突然扬声说："处长，无论如何，你都是我们最尊敬的人。"

这句话没能让处长回头。

他只是僵直着背影摇了摇头，然后就走了。

辛健和付志站着目送他离开之后，依然停留了很久。

不为什么原因，只是觉得有必要这么做。

司法考试查分的时间跟纪兰相关案件的开庭是同一天。

所以辛健在听完了曹峰的庭上陈词之后就拉着付志走了。

他非要付志查分。

"你打个电话不就行了，干吗非要回家查？"付志一路被拖着的时候还很不满意，他很想把庭审听完。

辛健倒是无所谓的态度，"曹峰要是都这样了还不能把这案子完结得漂漂亮亮的，就是废物。"

他一边说，一边打着方向盘倒车出停车场，"这才哪儿跟哪儿。"

付志忍无可忍地翻了个白眼，"幸亏曹峰不在这儿。"

辛健永远是以打击曹峰为乐的，算是种恶趣味，而且永远是变本加厉。

正说着，李磊的电话打了进来。

"你俩又跑哪儿去？我上次跟你俩提的访问的事你们考虑好没有？"

电话里那边的声音还是一贯的吊儿郎当，付志扬了扬眉，看向旁边的辛健，“李磊问访问的事。”

辛健连半秒犹豫都没有，“不去。”

倒是干脆。

没办法，付志只能原话重复了一遍，立刻，李磊在那边就炸开了，“不是吧！你们就这么过河拆桥的？当初用得着的时候就差没催死我了，现在我老爹亲自开口要求的你们竟然敢拒了我？”

连辛健都听到了李磊的叫嚣，没什么压力地拿过付志的手机放在耳边，“此一时彼一时，何况采访的内容也不一样，我对这种专访没兴趣。”

“谁管你有没有兴趣！我告诉你，这几个采访你做也得做，不做也得做，不然大家连兄弟都做不成，你别以为……”

那边李磊还在絮絮叨叨地嚷嚷，这边辛健直接把电话挂了。

然后扔还给付志，“关机吧。”

“你不怕李磊跑到你家追杀你？”

辛健咧嘴一笑，“咱们两个对他一个还怕打不过他？”

旁边付志扬眉，“你不要老逼着我做助纣为虐的事，会有报应的。”

“你说错了，这叫同仇敌忾。”辛健的心情很好，顺手打开了音响，路上又下起了小雨，淅淅沥沥的，有些滴落在车窗上，蒙了视线。

付志想起白常民和纪兰的庭期不禁感慨道：“总算是把白常民送上法庭了。”

上次他看了一眼好像是下个星期。王姐这几天都忙死了，约吃饭都挤不出空当。

“交给王姐和赵哥没问题的。”辛健笑了一下，双手跟着音乐很小幅度地打着拍子，“这次白常民就算有通天的本事，也难逃制裁。”

处长的案子已经结了，无罪释放，但他选择了提前退休。

他们两个有空的时候就会去看看他，老人家精神不错。处长的妻子看起来也还可以，对于处长做的事，她看得很开，也很理解。

“既然是他自己做的决定，我不会多问什么。”处长的妻子当时很平静地跟付志这么说。

任何时候，有家人的支持，总归是一件好事。付志和辛健当时看着处长和家人见面的样子，都觉得也算是这件事最后的一些安慰。

雨还是慢慢变大了，比刚才密集了很多，辛健打开了雨刷。

眼前的雨刷一下一下地晃过，付志靠在旁边看着前方被雨痕扭曲化了的道路，听着耳边的音乐又开始犯困。

没等辛健察觉，他直接睡了过去。

他没有辛健那么担心成绩，毕竟考试是他自己去考的，到底是什么样，他心里有数。

检察长在后来他离开省院的时候，找他谈过一次话。

了解到他今年的司考把握还算大，当即就问他愿意不愿意调到省院。

“但是我就算通过了司考，也还不能立刻做检察官。”付志永远是比较理智的那派人，很清楚眼前的局势和自己所处的立场。

检察长当时笑了一下，“省院也是需要助检的。”

“让我考虑考虑吧。”

“好，等你成绩下来的时候，给我答复。”

那次的谈话，付志并没有告诉辛健。

他之所以在是否去省院工作这件事上犹豫，主要也是考虑到他跟辛健两个人这种特调所会引起的注意。

既然已经决定做一个检察官，他也有自己做事的原则和方法。

一直在分院这边也没什么不好的。

至少可以一直参与到庭诉的过程当中，对他来说要好过成天埋首在办公室做案件审查。

辛健开了一会儿车才发现付志又睡着了，叫了两声叫不醒他，只能无奈地摇摇头，把车里的空调给关了。

前面是红灯，他停下车，视线往旁边飘的时候，意外地看到了一条挺熟悉的街道。

就是之前他跟付志很喜欢散步的那条。

有家影院，永远上映着稍微过时了一个星期的电影，对面是一家面馆。

他下意识地把车开过去兜了一圈，中间没有停车只是很小地绕了一个圈子。

回想以前走这条路的时候，他还没有想到会有一天跟付志成为并肩作战的兄弟，这中间会发生这么多的事，等到所有的人、所有的事尘埃落定之后，辛健有一种很唏嘘的感慨。

人生的选择很多时候都很微妙。

你永远不知道如果在所谓的岔路口选择了另外一条，结局会是如何。

依照他的逻辑，只要是做了，他就不后悔。

手机突然响了。

付志拿起手机看见一个熟悉的号码后，立刻接听。

耳边的女声温和有礼，带着点祝福的语气告诉了他一个消息。

“庄一伟醒了。”

两人相视而笑。

始终，这个世界还是有奇迹的吧。

番外

钱真和庄一伟的故事

“这天热成这样，是要热死人吗……”钱真一脸受不了地靠在栏杆前面，太阳顶头地晒下来，感觉浑身都要被烤熟了，身上的警服后面大概湿透了，闷得他想当众脱衣。

人来人往的街头，他烦躁地半眯着眼睛，四处游走的视线偶尔落到面前的网吧里，但是没过几分钟又受不了而移开。

等了半个多小时，他等的人终于从里面出来了。

“我还以为你在里面恋爱了！”

钱真迎上去，手里的帽子临时充当扇子，不停地摇晃。

庄一伟对这种不着调的对白只是挑了下眉，“你这是嫉妒了？”

“我这是拳头痒痒了！”

钱真差点抡起来直接砸过去，因为天热导致脾气直线上升的钱真满脸不耐烦地瞪了自己的搭档一眼，扫到他手上的文件，“拿到口供了？”

“嗯。”庄一伟把口供递给他看，“刘伍这次跑不掉了。”

“那就赶紧去抓人！”

钱真扯了人要走，被后面的庄一伟一拽，“逮捕令都没批呢，你去哪儿抓啊？”

他说完正往前冲的人才算是安静下来，皱着眉停下动作，不太甘愿地往旁边一倚，“真是麻烦！”

“有赵队他们盯着呢，没事，我们今天就是来要这份证词的。”

天一热似乎钱真的控制力就降低了很多，合作了这么多年，回回到了夏天都是这副德行。

庄一伟一边说一边拎着钱真往警车那边走，俩人上车第一件事就是开空调，看着钱真恨不得把衣服都给扒了的劲，他忍不住笑了一下，“我说你这么热干吗不在车里待着，非得在门口晒半天太阳？”

钱真转头瞪了他一眼，“我还不是怕有什么情况来不及照应你。”

曾经有过一次，两人参加围堵一个嫌疑人的时候出了意外，庄一伟因为支援不及差点从六楼摔死，所以从那之后，但凡两个人一起办案，钱真永远不离庄一伟左右以便接应。

庄一伟听完这句话笑了一下，没多说，开着车往局里走。

这个时间，大部分人都去吃饭了。

队里没剩下几个人，庄一伟去交报告，钱真就窝在座位上。

没过一会儿，背后被人猛地拍了一把，“走吧，吃饭去。”

庄一伟交完了报告，抓捕的行动安排在下午，目前其他同事在盯着，他和钱真还有时间去吃顿饭。

看这架势就知道中午不用吃食堂了，钱真眼睛一亮跟在他后面，“哪吃？”

“还是老店呗。”

“好！”

庄一伟说的老店是警队旁边的一条街道里开的小饭店。

虽然店面不大，但是东西挺好吃，都是家常菜很符合钱真的胃口。那家老板欠庄一伟一个人情，任何时候只要他俩去，肯定是好好地招待。

赶上吃饭的时候，店里人不少。

庄一伟刚进去就听见招呼了，连服务员都跟他很熟，帮人点完了单就立刻凑过来，“庄哥！”

“还是老规矩，两份盖饭。”说完庄一伟跟钱真就开始找座，不过这个点人挺多，外面还一堆排队的，两个人绕了一圈也没看见空座。

服务员立刻过来拉住他俩，“老规矩，进包间吧。”说完就往里头带。

钱真笑得很开心地跟着服务员进了包间，对着空调吹了一会儿立刻满足地叹了口气。

庄一伟坐在他对面有点无奈，“你这么吹就不怕吹出点毛病。”

“五千米冠军你当我拿假的？”

钱真甩给对面一个有点嘚瑟的眼神，给自己倒了杯茶，视线往旁边扫了一下，“果然跟着庄大警官就是有福利，吃饭都是进包间吃。”

“那也没有你钱警官厉害，卧底卧得差点连结婚证都办了。”

钱真本来在喝茶，庄一伟这句话差点没呛死他，拼死命地咳了半天才算缓过劲，猛地站起来，“庄一伟，咱们说好了不提这茬了！”

其实所谓的卧底不过就是钱真在一次计划逮捕里稍微伪装了一下，被派到了嫌疑人所在的民政局，当时钱真为了接近嫌疑人就插队在结婚登记的队里，一边盯着目标一边跟着排队，谁知道排到最后差点跟人把结婚证给签了。最后还被那对准备结婚的情侣拉去做了婚礼上的伴郎，灌酒灌得直接挂在婚礼上。

这件事对钱真来说一直是不愿再提的败笔，偏偏庄一伟就喜欢用这个刺激他。看着他现在横眉怒目的样子，他对面的警官嘿嘿一笑，“你自己说不准再提，我可从来没答应。”

那天任务结束后钱真被那对情侣堵在民政局门口抓耳挠腮的样子，现在想起来他都会笑。

钱真入队比他晚几年。严格说，其实他算是钱真的师父，因为他刚来刑队的时候，是一直他负责带的。但是因为俩人年龄差得本来也不远，钱真的性格又大大咧咧，时间长了也就记不住什么所谓的师父还是哥了，俩人合作得顺手了也就成了搭档。

算起来时间也不短了，结果钱真跟第一次见面的时候根本一点都没变。

都说警队是挺磨人的地方，能遇到钱真这样的，也实在不容易。

庄一伟这边还在发散思维，钱真那边已经不爽地要过来警告他一下了，刚走到他旁边，包间门正好被推开。

服务员端着菜顶开门，“二位警官，盖饭！”

他说话的时候，身后刚好有人走过，听见这声招呼，本能地往屋里扫了一眼，正好跟庄一伟撞了个对面。

除了盖饭，老板还送了两碟小凉菜，钱真看见吃的火气终于下去了一点，就近坐在庄一伟旁边，他把比较大的那份扯过来，闷头就开始吃。

“慢用，我先出去忙。”说完服务员要走，却被庄一伟叫住了：“你们旁边包间是什么人？”

这问题问得有点突然，服务员也愣了一下，然后想想，“好像是几个外地人，觉得外面人多就开了包间。不过不是熟人，大概路过。”

这种街道胡同里的小饭馆，多数都是附近工作或者住宅的回头客，像是庄一伟和钱真这样的，大部分的午饭都是在这地方解决，所以里里外外认识得也差不多。

偶尔会有路过的，就比较面生。

庄一伟闻言皱了下眉，“几个人？”

“五个。”

“行了，你去忙吧。”庄一伟让服务员走了，在对方帮他们关上门之后往钱真身后的隔墙扫了一眼，一脸的怀疑。

钱真这时候也抬起头，“怎么了？”

庄一伟压低了一点声音说：“五个人吃饭一点声音都没有，进到包间难道是睡觉的？”

这小饭馆里，说是包间，不过就是用隔墙搭了个小空间出来，根本谈不上什么隔音不隔音的，外面闹闹哄哄的他们在这里都听得一清二楚。可这五个人在一个包间吃饭，怎么一点动静都没有？

要不是刚才庄一伟扫到一眼，他都不知道原来隔壁还有人。

他这么一说，钱真也皱了皱眉，“是有点不对劲。”

做刑警的，多少都有点职业敏感，庄一伟这么一说，钱真这饭吃得也没什么意思了，他站起来往墙边凑了一下，贴着边听了听，能听到有人说话，但是不清楚。

越是这样，似乎越是可疑。

他转身看着庄一伟，“怎么办？”

庄一伟没说话，站起来打开包间门往楼道里看了一眼。

这饭馆布局不怎么合理，外面大厅是吃饭的，再往里头一边是厨房，对面就是所谓的包间，再往里面有一间非常小的杂物房挨着厕所。

他打量了一会儿，示意钱真跟他出去。

包间之间的隔墙比较厚，这边听什么都听不见，但是另外一边就未必了。

如果他没记错，厕所跟包间也是有地方挨着的。

钱真不知道他要干什么，但是估计他有打算了，两个人往厕所那边溜达了两步，然后庄一伟带着他俩人一起挤进了洗手间。

这地方还是男女共用的。钱真进去之后第一件事就是贴近墙边听里面的动静，因为避开了大厅，所以果然比之前清楚了不少。

庄一伟小声地问："怎么样？"

他点了点头，表示能听见。

里面显然全是男人。谈论的话题有点杂，扯上了不少乱七八糟的事情，感觉就是一般的小混混，嘴里没个正经，但是也不像从事什么特殊职业的。

钱真皱眉听了一会儿，刚准备起身，有一句话飘进他耳朵里："大哥，隔壁好像是俩警察。"

这句话的效果有点一石激起千层浪的架势。

里面马上有一番乱七八糟的动静。

然后有个男人哼了一声，"警察又怎么样？"

旁边有人插嘴："这附近好像有警局，警察估计是来吃饭的，未必跟我们有关系。"

"你别这么紧张，再被看出来。"

那边七嘴八舌地在说话，这边钱真听得不清楚，他又下意识地往前凑了凑。

然后就听见刚才哼了一声的男人说："两个警察管屁用，上次四个一起还不是拿我们没辙。"

钱真立刻把庄一伟扯了过来。

"老大，我们之前在S城干的那票动静太大了，估计现在各个地方都有咱们的消息，咱还是注意点吧，小心驶得万年船。"说话的这人声音稍微发细，大概是个有点头脑的，他劝了两句，然后跟其他人说，"总之都把钱收好，咱们赶紧找个地方先安顿下来，再想办法。"

按照这几个人的对话，他们似乎是外省的在逃人员。

钱真给了庄一伟一个眼神，对方点点头。他拿出手机给局里打了个电话，让查一查最近S城发的通缉令有没有团伙逃窜犯。

这边他电话还没挂，突然感觉厕所的门被人拧了一下。

钱真警觉地站起身，还没来得及动作，庄一伟就朝他扑了过来。

所有的事情发展得很快。

先是他耳边传出一声很尖锐的女声高呼，然后是一阵骂骂咧咧的数落：

“你们两个大男人在厕所里半天了也不出来，到底要干吗啊！”

庄一伟给他比了一个嘘声的手势，示意他继续听旁边的动静。

里面显然刚才也有人听见刚才的声音了，几人发出猥琐的笑声。

钱真皱着眉站起来，猛地拉开洗手间的门就往外冲。庄一伟跟在他后面。

俩人走过大厅的时候，明显很多人的视线都在他俩身上。

庄一伟甚至还给了饭钱。

俩人出了饭馆第一件事就是打电话，跟队长请示了一下，两个人就躲在饭馆对面的胡同里，小心地观察着里面的情况。

这地方离警局很近，所以人调过来也不需要多久的时间。

经过核查，这伙人大概是之前一起抢劫案的犯罪团伙，已经做过好几票了，不久前被警方追查到，然后一路逃窜到这里。

庄一伟等到队长到的时候，大概汇报了一下情况："一共是五个人，怀疑身上有武器，饭馆里现在吃饭的人比较多，不适合在里面动手，所以我建议还是等他们出来再实施抓捕。"

队长点了点头，“暴露身份没有？”

“应该没有。”

“好！”

队长拍拍两人的肩膀，示意其他人赶紧部署抓捕的计划。两个人领了枪和防弹衣，都穿好后也加入了抓捕的任务。

整个过程还是挺顺利的。虽然对方有所戒备，但是刚出饭馆门口就被直接摁倒在地上还是没在他们的意料之中，有个人反抗了一会儿，最后还是被堵在胡同巷口的刑警给扣了。

五个人无一漏网。

他们把这几个人都押回局里，队长满意地冲钱真和庄一伟点点头，“干得不错！”

庄一伟没说话，钱真脸色一直沉着。他觉得自己再也没脸去那家饭馆吃饭了。

这时候庄一伟一只胳膊横过他的肩膀，“好啦，别气了……下午还有任务，你还这么生气会影响抓捕情绪的……”

两个人的背影渐行渐远，在阳光下拖成两道交叠在一起但是不太长的影子。

那件事，钱真记了很多年。

他们两个是搭档，是一辈子的搭档。

到最后，钱真依然记得，那日在艳阳之下，他站在警察局的院子里，原本在电话里跟他说了半天报到地方的庄一伟迟迟不见身影，在他等得不耐烦的时候，身后有人叫他的名字。

然后由远而近地跑过来一个穿着警服的刑警，站在他面前的时候，微微一笑。

“嗨！钱真吧？我是庄一伟。”